「ここに来れ
くさん
食べられると聞
ました」
カリン・フォーリーフ
「そんなカリンちゃんのために、
仕方なく色々な春のお菓子を作り
まくらないといけなくなったのよ！
さあ、さっそくマカロン、
シフォンケーキ、パウンドケーキ、
チーズスフレでも作りに
辺境伯邸に帰りましょう」
メリアスフィール・フォーリーフ
「わかった！
メリアお姉ちゃん！」

私はテッドさんのところで信号記録装置の依頼について話をしていた。
実物がないとイメージが湧きにくいと思って
常温鋳造で少しずつ作りあげてきたオルゴールを渡すと、
テッドさんはその精巧な作りに舌を巻く。

「本当にメリアの嬢ちゃんは次から次へと
とんでもないものばかり持ってくるな」
「記録装置の方は、別にゼンマイ式じゃなくても
一定速度にできれば蒸気機関でも
手回しでもなんでもかまわないわ」
テッド

「御高名な錬金薬師殿に、是非ともご助力いただきたく参りました」
ルイーズ・ド・ヴァリエール・ラ・ブリトニア

転生錬金少女のスローライフ 2

tensei renkin shojo no slow life

［著］
夜想庭園

［画］
potg

contents

第Ⅰ章　服飾の錬金薬師

闇ギルドの騒動がおさまり平穏な年明けを迎えたある晴れた日の午後、いつものように王宮の離れにある研究棟でポーションを作成していた私は、何やら意気込んだ面持ちをしたエリザベートさんの訪問を受けていた。

「メリアさん。麦の製粉以外にも、自動的に動く機械を応用できる分野はありませんか？」

「……はて、しがない薬師の私にはとんと心当たりがありませんね」

生粋《きっすい》の王族としては珍しい単刀直入とも言える質問に、咄嗟《とっさ》に目を逸《そ》らしてとぼける私。そんな様子を見て隠し事があることを察したのか、エリザベートさんは私の両手を胸に引き寄せながら、瞳を覗《のぞ》き込むように身を乗り出して言葉を重ねる。

「チョコレートの生産工場から感じたような熱意を、他にも振り向けてほしいのです。人は、食べ物だけでは生きていけないのですよ？」

なんだろう……とても立派なことを話しているように聞こえるけど、肝心の内容は私がひどく食い意地の張った人間だと言っているようなものじゃない。とても不本意だけど、目の端に映るブレイズさんはその通りだと言わんばかりに大きく首を縦に振っている。

まったく失礼しちゃうわ！　いいでしょう、それなら私も正論をぶつけてあげるわ！

「エリザベートさん、急激な変化は人から仕事を奪うのです。もっと緩やかな変革をこそ、民は望むとお考えになりませんか？」

「メリアさんのおかげで、我が国は人手不足なので問題ありません。もっと人を寄越《よこ》してほしいと、中級ポーションを片手に宰相のチャールズも話していましたわ！」

「……宰相閣下とは気が合いそうです」

いつの間に私のポーションは栄養ドリンク代わりに使われるようになっていたのか。ご愁傷さまと言ってあげたいところだけど、今はエリザベートさんの矛先は私に向けられている。早く切り返しのセリフを捻《ひね》り出さないと！

しかし考えがまとまる前に、思わぬところから予期せぬ言葉が投げかけられた。

「そういえば、この間メリア様が服のデザインをされていたとき、ミシンがあればもっと簡単に仕立てられるのにと……モガモガ」

「アルマちゃん！　ほら、新作のお菓子よ！」

とんでもないことを口走りそうだったので、おやつに食べようと思っていたチョコラスクを腰のポーチから素早く取り出してアルマちゃんの口をふさぐ。

そう、ないわけではなかった。蒸気機関を作っておいて紡績工場を作らないなんてあり得ない。

衣食住というスローライフの三大要素において、今まで衣類は本格的に手をつけてこなかったわ。それをすると精密部品の要請が増えて自分の首を絞めることになるとわかっていたからよ。

しかし、私の行動は少し遅かったようだ。

「どうやらあるようですわね！」

にっこりとロイヤルスマイルを見せてそう断定するエリザベートさんに、私はガクリと肩を落として蒸気機関を利用した糸や布の生産について話し始めた。

「服飾方面で役立つ可能性があります。機械で綿から糸を大量に生産したり綿織物を自動的に織ったり、裁縫するときもミシンという機械で行うようにするのです。そうすれば今の何倍も速く、そして安く衣類が出来上がるはずです」

「素晴らしいです！　是非とも、それらを実現していきましょう！」

今すぐにでも発注しようと言うエリザベートさんに、私は慌ててそれらの機械が社会に与える影響について補足を入れる。

「待ってください！　先ほども話したように、人々への影響が大きいものなんです！」

綿製品が大量生産され大量消費されるようになったら、その恩恵に与《あずか》る人とそうでない人とで経済格差が拡大する。大量生産大量消費により、生産者よりそれを加工する工場を営む人と、それを流通させる商人に富が集中するようになり、商工業と農業の格差が広がってしまう。

そうなったら、生まれ育った農村の村人たちも影響を免れない。そんなことはさせないわ！

「機械の導入による工業化で利益が集中する商工業と生産者の格差が極端に大きくならないよう、

可能であれば農業機械を作って一人当たりの農地を今の十倍から百倍くらいにした大農園方式への転換も同時に進めるのがいいでしょう。農業の生産性が上がれば、農地開拓も必要になるわ」

そんな未来予想を付け加えると、エリザベートさんは農業機械にも興味を持った様子で問いかけてきた。

「まあ、商工業だけでなく農業まで十倍から百倍なんて魔法のようです！　その農業機械というのはどんなことをするのですか？」

「蒸気機関の力を使って畑を一度に十数メートルの幅で耕していったり、同様の幅で麦を自動的に収穫して同時に脱穀して袋に収めたりと、人間が手でしていた作業を機械化することで、少ない人数で今まで以上の作業が可能になります」

そうして一次産業に関わる人たちの所得も合わせて増やしていかないと、資本家に富が集中して社会が不安定になるのは産業革命で起きた問題として有名よ。

そのあたりの富の集中や偏在による社会問題について簡単に説明したところ、意外にもすんなりと理解された。エリザベートさんは王太子以外に王子が生まれなかった穴を埋めるために第一、第二王女と違って幼少から帝王学を教え込まれたそうで、富と権力に話が及ぶことに関しては理解が早いらしい。

「メリアさんが治世に関するところまで考えてくれて本当に助かります。あなたが錬金薬師でなければ、宰相直轄の内務で活躍してもらうところですわ」

「そんな徹夜が当たり前になりそうなところは遠慮します……あ、機械を作る技術は試行錯誤が必要だから、すぐにできるわけじゃないですよ！」

椅子に座って六重合成で中級ポーションを作りながら答える私に、いつになっても構わないというエリザベートさん。そう、ついに中級ポーションなら六平列で作れるようになってしまったのよ！　効率が五割増しになったというのに、ちっとも暇にならないのは何故かしら？

「とにかく検討してみてください、私もできる限りの協力はしますわ！」

「メリア様！　もちろん、私も協力しますのでなんでも言いつけてください！　私も気軽に可愛《かわい》い服を着てみたいです！」

「あはは……わかったわ。あまり期待しないでね」

　エリザベートさんだけでなくアルマちゃんも安く服を買えるようになると聞いて目を輝かせる中、私は頬を引き攣《つ》らせながら紡績業やアパレル産業に着手することを約束したのだった。


　研究棟から辺境伯邸に戻った私は、軽く昼食を済ませると早速新しい産業機械の検討に入った。まず耕運機やコンバインの目的と構造は簡単だから、図面を書いてテッドさんに渡すだけで後の工夫や調整は工房に任せられる。あと綿花を手で収穫するのはかなり厳しい労働だった記憶があるから、綿収穫機《コットンピッカー》も大まかな構造図面を書いて工夫して作ってもらいましょう。まずは生産体制を盤石にするのが最優先よ。

それで原料が豊富かつ安価に手に入るようになったら、紡績機械で一気に糸を作って紡織機械で布を織る。生糸も製糸機械で作れるでしょうけど、そこまで繭《まゆ》が取れないだろうから始めは錬金術で作ればいいわ。そして衣服を作る縫製は人手をかけてミシンでやればいいでしょう。型紙通り作っていけば、それなりに均一なできになるはず……

「気が進まないわ」

私はガリガリと手順や概要図を書いていたペンを倒し、大きく背伸びをして天井をぼんやりと見つめた。大体、おしゃれをして街に出かけるようなことはしないし、部屋でゆったりと過ごす分にはアニーが用意してくれた服で十分よね？　時間がかかりそうな割に、自分自身に対するメリットが見えてこないわ。

「どうされたのですか？　気分が優れないご様子ですが」

私の作業が止まったのを見て、メイドのアニーが気を利《き》かせてお茶を差し出してくる。私はお茶を口にして一息つくと、考えをまとめるためアニーに今回の依頼を話してみる。

「エリザベートさんの要望で服飾関係の自動機を考えているんだけど、少しやる気が出なくて……」

「まあ、姫様が服を気にされるなんて珍しいですね」

「そうなの？　姫様なのだから普通は……って、普通じゃなかったわね」

「はい。姫様は辺境の守護についていらっしゃいましたから、滅多に夜会に出られることもなく……」

私自身が着るよりも、むしろあの美人な割に浮いた話を一切聞かない姫様に、絹で織ったオフショルダーの真っ青なイブニングドレスでも着せて舞踏会に放り込んでやりたい。強い意志を宿した瞳に豪奢《ごうしゃ》な金髪、そして剣術で引き締まった体にはブルーベルベットがよく映えるでしょう。普通のパーティードレスやマーメイドラインのドレスもいいかもしれないわ。

「それだ！」

できる限りの協力をすると言ったのだ。広告塔と称して先端ドレスを着せて外交舞台に出てもらって求婚ラッシュでも受けるがいいわ！　それでエリザベートさんは私に構っている時間がなくなり、晴れて私はスローライフに舞い戻れるというナイスな計画よ！

「ククク……」

先ほどまでの停滞が嘘《うそ》のように邪悪な顔をしてペンを走らせ始めた私を見て、傍《そば》に控えていたブレイズさんが眉を顰《ひそ》める。

「何を考えているか知らんが、やめておいた方がいいぞ。お前がそんな顔で含み笑いをしたときは碌《ろく》な結果になったことがないだろう」

「そんなことないわよ！　これは私だけでなく、ベルゲングリーン王国にとってもためになることなんだから！」

俄然《がぜん》やる気が出てきた私は、急ピッチで産業機械や農業機械の構想を進め始めた。

まず機械で収穫した原綿をほぐして雑物をふるい分けるところは今までのノウハウの延長でなんとかしてもらう。その後、引き延ばして熱処理をしながらラップにして、梳綿機《そめんき》に掛けて繊維を一本ずつに分離して不純物を除いてから集めて太い糸にし、十本くらいを合わせ引き伸ばして繊維質を平行にならし、引き伸ばすようにしてよりをかけて粗糸にする。それからは、回転体を利用した張力で引き延ばしていき細くて強度のある綿糸に仕上げる……

「うん、機械の調整が難しすぎるわね。初めは既存の糸車を蒸気機関で回すだけでもいいのかしら」

そして、ボビンに糸を巻かれるところまで行ったら自動織機で綿布を織る。これは蒸気機関の回転運動を現状のはた織り機の上下運動に変えて動かせばいいけど、横に糸を通す緯糸《ぬきいと》は横運動で通す機構を加えないといけないわね。でも、そうした機構さえ教えてあげれば、あとの構造はなんとかなるでしょうからテッドさんに丸投げしてしまおう。

その分、ミシンだけ私が自作しましょう。主にボビンの構造が難しすぎるわ。私は構造を知っているけど、初めて考えた人はどうやって思いついたのか不思議だわ。

✧

それからしばらくして構想を固めた私は職人街を訪れ、用意した大量の図面をテッドさんの前に広げた。

「というわけで王家の案件よ」

「おいおい、ずいぶんたくさんあるな」

「確かに……結構大変だったわ」

耕運機、コンバイン、綿収穫機《コットンピッカー》は農機だから、長い目で実現できればいいわね。紡績機械が一番初めで次が紡織機械かしら。糸があれば人手で織ればいいわけだし、布ができた後に衣類を作るのも別にミシンが必須というわけではないわね。

「まあ、いつになっても構わないそうだから、各工房の得意分野に合わせて分担して、研究費をもらいながら創意工夫してもらうくらいでちょうどいいと思うわ」

だって、これができたら百年か二百年は近代化が進んだことになるもの。蒸気自動車を作ったりチョコレート製造機で食品を量産したりしている時点で既に進みまくっているような気もするけど、紡績までできたら産業革命が完成してしまう。

産業革命期である千八百年代前後までできたら、あと二百年もすれば情報化時代の到来よ。そんなスピード考えられ……

「……あれ？」

よく考えたら錬金術を使えばトランジスタやダイオードも簡単に作れることに気がついてしまったわ。単結晶の複合半導体を作る方が紡績機械を作るより簡単という時点で凄《すご》いわね。完全結晶のＧａＡｓ半導体でもシリコンを使った半導体でも簡単に生み出せるわ。

錬金術を応用してＡＮＤとＮＯＴ回路を作ったら、もうデジタル回路に必要なものは揃《そろ》ったも同然。ということは、私のライブラリを継承する者は残り五十年もあれば電子計算機まで辿《たど》り着くことになる。

「どうした、メリアの嬢ちゃん」

「ごめんなさい、少し考え事をしてしまったわ。じゃあ私はミシンという精密縫製機械の見本を作ってくるわ」

私が生きている間には訪れない未来を考えても仕方ない。ものづくりはテッドさんたちに任せて、私は蚕《かいこ》に似た虫を探して繭から生糸を作るのよ！

⁂

辺境伯邸に戻ると、私は生糸の原材料の調達に目途をつけようとブレイズさんに心当たりがないか問い掛ける。

「蛾《ガ》の幼虫で繭を作る芋虫みたいなの見たことない？」

「今度は芋虫でも食べるのか」

「違うわよ！」

確かに食べるとクリーミーな味がするらしいけど、昆虫食という前衛的な珍味にチャレンジするのは時期尚早だわ。

「じゃあなんに使うんだ？」

「綿糸以上の品質の糸を作るのよ」

「一応、蛾がたくさん生息している森なら知っているぞ。確かマーロンと呼ばれる芋虫が繭を作ってマーロン蛾に羽化するはずだ」

あまり行きたくはないが、と前置きしつつもブレイズさんは耳寄りな情報をくれた。

「それは手っ取り早いわ！　多少汚れていても、繭さえあれば錬金術で綺麗《きれい》に抽出してみせるわよ！」

そう意気込んだところ、あまり行きたくないはずのブレイズさんはわかったと即答する。

「仕方ないな、さあ行くぞ」

まったく仕方なくなさそうにグンっと全身のバネを使って立ち上がるブレイズさん……ってまさか！

「なに、辺境の森だがバギーなら一日もあれば着くだろう」

「またそれなのォー！」

こうして、またガソリンの代わりに中級ポーションをがぶ飲みする短期ツーリング旅行が敢行されたのであった。

⟡

「はぁ、酷《ひど》い目にあったわ」

バギーによる強行ツーリングの末に目的の森の前に到着した私は思わず溜息《ためいき》をつく。

よく考えたら覚えがあるのが辺境になるのは、ファーレンハイト辺境伯の騎士であるブレイズさんなら当然のことだったわ。ここは素直にエリザベートさん経由で、他の人に集めてきてもらえばよかったのよ。

そう反省する私とは対照的にバギーの旅を楽しんだブレイズさんは、充実した様子で目の前の森について説明してくれる。

「ここは、ある時期になると一斉に蛾が飛び立つことで有名なんだ」

「へぇ……それはそれで綺麗なのかしら？」

蝶《チョウ》なら綺麗だと思うけど、蛾が一斉に飛び立つ光景を想像できない。ブレイズさんの話では観光スポットにもなりそうだけど、辺境の森の傍で景色を楽しむ余裕があるのは腕に自信がある冒険者や騎士だけなのだとか。もったいないことだわ。

「とにかく森に入って繭を探しましょう」

しばらく森を探索してみたところ、繭はたくさんあったわ。羽化は七月から八月の間ということもあり汚れていたけれど、カゴが何杯も満杯になるほど取れた。錬金術なしなら羽化する前の蛹《さなぎ》のうちに取らないと原料として使えなくなってしまうので、産業化する場合はマーロンの飼育と管理が必要となる。

「もったいないわ。誰も利用しようとしなかったのかしら」

「だれも好き好んで蛾の森に踏み入るやつはいないだろ」

そういうものかしら。それなら毎年十分な量の繭を手に入れることができそうね。うまくいけば辺境の主要産業の一つにできるかもしれないわ。

王都に戻ると、早速採取した繭を使って生糸の作成に取り掛かった。アルマちゃんは繭を見るとギョッとした表情を浮かべて後ずさり、裏返したような声を上げた。

「メ、メリア様！　それはひょっとして、蛾の蛹が入っていた繭では⁉」

「あら、よくわかったわね。繭は二種類のタンパク質という物質で構成されていて、布にすると肌に優しく美しい光沢を放つ高級品に変わるのよ！」

百聞は一見に如《し》かず。生糸のうるおいを感じさせるような艶やかな光沢をアルマちゃんに見せてあげようと、私は繭を手に取り錬金術を発動する。

「魔力水生成、洗浄、乾燥、上繭抽出、繊維質分離、繊維補修、均一化、繰糸……」

カラカラカラ……

アルマちゃんに手伝ってもらいながら右手で錬金術により繭を綺麗にして糸状にして手繰《たぐ》り、左手で発動した別の錬金術により直接的に完全に均一の太さにした上で繊維補修により連続した生糸にし、蒸気機関ユニットにより一定速度で巻き取らせる。四重合成を必要とする錬金製糸の極みよ！

「凄いです！　錬金術でこんな綺麗な糸まで作れるなんて！」

アルマちゃんは称賛するけど、まるで人間製糸機になった気分だわ。

結局十分な量の生糸を確保するのに丸一日かかってしまった。そこから紅はアリザリン、紺はインジゴを錬金術で生成して生糸を染色する。更に定着処理をするのに一日かけると、白紅紺の三色の生糸が出来上がった。

「かなり苦労したけど完璧な生糸ができたわ。これで絹織物を作ってドレスを作るのよ！」

うん、自分では無理だからプロの職人に作ってもらいましょう。


私はエリザベートさんに王家専属の職人を紹介してもらい三色の生糸と、イブニングドレス、マーメイドラインのドレス、それからオフショルダーのパーティードレスをデザインして渡した。

また、デザイン画を実現するための新しい縫いの手法やシースルーのレース編み、花を象《かたど》った特殊な織物のサンプルを渡す。私の洋裁技術では完璧な出来栄えとはいかないけど、プロが作業すれば別物のように昇華されるはずよ。

「こ、これは信じられないほど滑らかな糸だ」

「素晴らしいデザインです！　一体どこでこのような……」

私は手で職人たちを制すると、これはエリザベートさん専用の外交用勝負ドレスを仕立てるために特別な錬金術で作り出した特殊な糸、名付けてマーロンシルクであると説明する。

「これで隣国の王子たちを悩殺するのよ！」

「なるほど！　おまかせください！」

「必ずや姫様に似合うドレスを仕立ててみせます！」

「くれぐれも、よろしくお願いします」

姫様にはできる限りの協力をするという約束を取り付けていますと話すと、これまで最低限のパーティーにしか出席しなかった姫様がついにかと涙ぐみ始めたけど嘘は言っていない。協力内容の解釈が人により異なるだけよ。

「おまけに勝負下着もデザインして入れておいたわ！　あとは王室御用達職人の腕次第というわけよ！」

そう言って私と職人さんたちは固く握手を交わし、後日の成果を楽しみにしてブレイズさんと共に辺境伯邸へと向かう馬車に乗り込んだ。

「いいことをした後は気分がいいわ！」

「お前、恐ろしいことを考えるな……」

エリザベートさんも女性なのだから、今までにない光沢を放つ最先端の絹のドレスにまったく興味が湧かないこともないはずよ。

そうだわ。念のために料理長のお菓子のスペシャリテと一緒に、エリザベートさんの絹のドレスについて王妃様に手紙で知らせて外堀を埋めておきましょう。

「どう考えても素材はいいのだから、後は結果を待つのみね！」

「どうなっても知らんぞ」

ブレイズさんが何か言ったけど、気にしない。細工は流流《りゅうりゅう》仕上げを御覧《ごろう》じよって感じだわ！

✧

それからしばらく時は過ぎ、絹糸の後に取り掛かったミシンの製作はかなり時間をかけて完成した。よく取り外しをして構造を知っていたボビンケースや表に出ていた回転機構、抑え金、送り歯、ミシン針などはすぐできたけど、送り調整や逆方向に動作する機構が……すごく、難しかったのよ。

不完全品を元にテッドさんと相談しながら記憶にある古いミシンの動きを実現する機構を検討し、推測と実際の動きが合致するまで数カ月を要してしまった。

「私には荷が重かったようだわ」

本当は服飾に使う機械はこんな感じだって見本にしようと考えていたのだけど、正直言ってミシンを舐《な》めていたわ。よく考えたら、ミシンは精密機械の分類よね。

「いやすげえよ、このミシンってやつは」

出来上がったミシンを使用するのは慣れていたので実際に使って見せると、高速に縫い目ができていく様子にテッドさんは感心する。

「これで蒸気機関ユニットを動力として、蒸気自動車のようにペダルで回転速度を適度に調整できるようにすれば完成と思っていたのだけど……」

正直言って、服飾店が使う分には足踏みミシンのままでもいい気がしてきたわ。だって、人力だと自分で調整しやすいから。工場でまったく同じ品を工業的に作るようになるまでは蒸気機関の動力はいらないかもしれない。

「まさかこんな機械を考えていたとは思わなかったぜ。とにかく、部品に求められる精度がやばい」

テッドさんが言うには細工師の領分だそうだけど、色々と分業を進めていく必要があるのかもしれないわね。

私が手間取っている間に、テッドさんに頼んだ農機の方が先に完成していた。紡績の方は既にある水車に連動するものを蒸気機関に置き換えるのはすぐ実現できたけど、完全に工業機械化した紡績機については糸の均一化の調整が難しいようで、糸を伸ばしていく工程で糸が切れたりして連続稼働に至っていなかった。その関係で、当初設定した順番とは逆に、自動織機の方が先にできていた。

これで、きちんとした糸さえあれば布の大量生産はできるようになったわ。

「現時点では紡績工程を錬金術なしで実現するのは難しそうだから、均質化や繊維補修の効果を付与した魔石を設置して紡績プロセスの補強をすることにしましょう」

「なるほど、それなら嬢ちゃんが用意する糸の強度と同じになるな」

そうだけど、魔石が必要になるから完全に私の手を離れないのよね。技術の進歩を祈る限りだけど、とりあえず魔石による紡績プロセス補助で紡績機械の稼働に漕《こ》ぎ着けることができたわ。

こうして完成した機械を工場で稼働させる頃には、春が訪れようとしていた。そしてその頃、王室御用達職人の誇りをかけた渾身《こんしん》のマーロンシルクのドレスが完成する。

「これはどういうことなのですか！」

私の研究室の扉を蹴破るような勢いで開いたエリザベートさんは、艶やかな金髪をアップにしてマーロンシルクで作られたネービーのドレスに身を包んでいた。オフショルダーで露出した胸元とマーロンシルクの光沢を放つ深みのある紺色のドレスとのコントラストは美しく、長いロングドレスは途中からシースルーに変化していき、細やかな花柄の隙間から覗く足元と完全な調和を見せている。はっきり言って、王室御用達職人の名は伊達《だて》じゃなかった。

なおも言い募ろうとするエリザベートさんに、ここが勝負どころと畳み掛ける私。

「今回稼働に漕ぎ着けた紡績工場や紡織工場による新しい服飾産業の門出を象徴するものとして国内外に向けて強烈にアピールするには、エリザベートさんに最高級のマーロンシルクを使ったドレスを着て外交舞台に出てもらって宣伝《トップセールス》をしてもらうのが一番だと思ったんです！」

服飾産業の発展というそれなりの理《り》がある内容に、考えを巡らせるエリザベートさん。

「そ、それはそうかもしれませんが、これは少し大胆なのでは……」

「そんなことはありません、ほら見てください！」

エリザベートさんに鏡を向けて更に捲《まく》し立てる。

「王室御用達職人たちが意地と誇りをかけて作ったドレスに身を包んだエリザベートさんは、こんなにも美しいじゃないですか！」

本当のことを言っているので嘘偽りがまったく含まれていないことを察したのか、まんざらでもなさそうに納得して帰っていくエリザベートさん。

ふふふ。交渉に長《た》けたエリザベートさんを相手に嘘や誤魔化しは通用しない。それなら、真正面から事実を叩《たた》きつければいいと私は学んだのよ！

「まさか蛾の森で採った繭《まゆ》があんな綺麗なドレスに化けるなんて……」

ブレイズさんも唖然《あぜん》とする出来栄えに私も満足して大きく頷《うなず》いてみせる。さすがにプロ中のプロが作っただけあって、想像の遥《はる》か上の出来栄えだわ。私がイメージした通りのネービーブルーのドレスに身を包んだエリザベートさんはとても魅力的で、腕に抱えていたもう一着の深紅のドレスも素敵だったわ。やっぱり素材がいい人は何を着ても似合うのね。

「あれで外交パーティーに出れば男性も放っておかないはず」

そして姫様は求婚の対応で忙しくなり、姫様案件《むちゃぶり》は減り、私は楽になるという寸法よ！

✧

それからしばらくして開かれた外交パーティーで、王族専用の待合室にやってきた自分の娘を見て王妃のアナスタシアは目を見開いて絶句する。

「エリザベート、あなた……」

王室御用達職人を通してあらかじめ知らされていたアナスタシアでさえ、娘の身を包むドレスの素晴らしさに驚愕《きょうがく》の表情を隠せないでいた。

信じられないほどの光沢を放ち、まったく新しいデザインとレースの手法を取り入れたネービーのドレス。そんな先進的で美しい装いをした娘と既存の古臭いドレスを着て並んでいたら、王妃という立場ですら見劣りが甚だしくて外交パーティーなど出られたものではない。

そんな母の心情を素早く察したエリザベートは、ためらいがちにこう申し出る。

「あの……やはりこのような姿を殿方の前に晒《さら》すのは、少々気恥ずかしいものがあります。今日は出席を見合わせましょうか？」

しかしエリザベートの言葉に我に返ったアナスタシアは、コホンと咳払いをするとかぶりを振ってやんわりと娘を窘《たしな》めた。

「何を言っているのです。デビュタントを迎えたばかりの年頃の娘ではないでしょう」

他ならぬ娘のためならやむなし。そう決断したアナスタシアは普段の毅然《きぜん》とした態度を取り戻すと、エリザベートにそのまま外交パーティーの舞踏会に参加するように申し付ける。

こうしてその日のパーティーは、このような場に滅多に姿を現すことのなかったエリザベートの鮮烈な姿に騒然とすることとなった。

「ちょっと！　エリザベート様のあのドレスはどこで手に入るの!?」

「信じられない光沢だ。しかもあの透けるような縫いの手法は素晴らしい」

先ほどから引っ切りなしに国外の王子たちからアプローチをかけられている深い紺色をしたマーメイドラインのドレスに身を包んだエリザベートを見て、自分たちが着ているドレスとのあまりの差に愕然としている貴夫人と御令嬢たち。

メリアが睨《にら》んだ通り、理知的で無駄のない鍛えられた体をしたエリザベートには高貴な青いドレスがよく似合っていた。

「まさかベルゲングリーン王国の姫君がこれほど美しいとは……」

「聞いていたのとまったく違うではないか。うちの外交官の目は節穴か？」

来訪していた王子たちや外交官は、エリザベートの装いに一様に驚愕していた。剣一筋のお転婆姫という風聞は、マーロンシルクのドレスを纏《まと》った美しい姫君を前にして消し飛んでいた。

やがてダンス前のお色直しで退席して戻ってきたエリザベートは、今度は深紅のイブニングドレスに身を包んでいた。先ほどの青い薔薇《バラ》を連想させるようなエレガントで高貴なネービーのドレスとは打って変わった華やかで艶やかな装いに、他国からきた男性たちは完全に目を奪われる。

「私と一曲ダンスを……」

「いや、私が先に……」

ダンスの誘いのマナーも消し飛ぶほどに完全にエリザベートの独壇場となった舞踏会は、かなりの数の女性が壁の花になる異例の事態を引き起こし、居合わせた貴族女性たちは屈辱に身を震わせた。

「こんなドレスじゃ恥ずかしくて出られないわ！」

「わかった！　次は絶対あのドレスを手に入れてくるから今日は堪《こら》えてくれ！」

パーティーが終わり会場を後にするや否や、同伴に連れて来た夫人や令嬢が泣き叫ぶのを宥《なだ》める男性が後を絶たない。

メリアの前々世の記憶を基準にして作られたドレスは、材質も染めも縫いの手法もデザインですら何一つ普通のものはない。そう、一言でいえば、やりすぎだったのだ。

✧

「どうやらうまくいったようね」

王家御用達職人から完全勝利の報告を聞いた私は喜悦《きえつ》の表情を浮かべていた。王宮でも捌《さば》ききれないほどの求婚の申し込みが押し寄せているそうで、めでたしめでたしね！

魔石で多少強引にとはいえ紡績工場も無事稼働して産業革命の仕掛けも済んだことだし、エリザベートさんのドレスによる宣伝効果でベルゲングリーン王国の布や服飾は売れていくはずよ。

ここまでやったからには、これからはスローライフに向けてゆっくりポーションと魔石を作っていればいいはずだわ。願わくば、そこに美味《おい》しい料理とデザートがありますように。

そんな素敵な未来を想像して悦に入る私にブレイズさんは水を差す。

「なんだか嫌な予感がするんだよな……」

「何よ、何か問題でもあるの？」

「デザートを辺境伯夫人が自慢して回ったときと同じで理由までは出てこないんだ」

よくわからないけどドラゴンの尾を踏みつけにしたような、そんな悪寒がするそうだ。

それなら、よくわからないまま返り討ちにするまでよ！　ドラゴンハートも食べられて一石二鳥だわ！

✧

しかし、そんな楽観的な私の目論見《もくろみ》に反して、平穏な日々は長く続かなかった。

「メリアさん、仕事をお願いします」

久しぶりに会うエリザベートさんは、手に持つ紙の束を私に渡してきた。よくわからないけど、王妃様を筆頭に貴族女性の名前がずらりとリストアップされている。

「貴族家の名簿作りですか？」

ほとんどの貴族家の名前が掲載されているようなので、抜け漏れのチェックでもするのかと間の抜けた答えを返してしまう。でも、よく考えたらそんなことは内務官がすればいいはずよ。

「いいえ、マーロンシルクのドレスの注文リストです。外交舞台で宣伝《トップセールス》をしてほしいと、先日お話しされたのはメリアさんでしょう」

「えぇ！　確かにそんなことも言ったような記憶があるようなないような……って、ほとんど全ての貴族家じゃないですか！」

貴族家全員の名簿と見間違うほどで、記載されていない家名を探す方が困難だった。

「貴族としての恥も外聞もかなぐり捨てて、涙を流しながらどうしてもと請われて大変でした」

「でもあれは王家御用達職人が作ったものなので難しいかと……」

そこで、絹糸までを用意して後は専門の職人に布を織らせてドレスを仕立てさせたことを話すと、それなら各貴族家が抱えている職人たちに都合させるということになり、私は生糸を卸せばいいことになった。けれど、そんなにいっぱいあったかしら？

とりあえず在庫として取っておいた生糸については王妃様の分としてエリザベートさんに渡し、まだ生糸にしていない繭を見せて原料不足を伝える。

「原材料にこのようなマーロンの繭が必要なので、マーロンが生息する森を有する貴族家で大人数をかけて取って来てもらわない限り、必要量が確保できないかと……」

「まあ、そんな簡単な事で必要な量が確保できるのですか」

なんだかデジャヴを感じるやりとりだわ。この流れは、大量動員の結果、私が人間製糸機械として馬車馬《ばしゃうま》、もとい、蒸気馬車のように働かされる流れね。

そうして自らの未来予想図に想いを馳《は》せて黙り込んでいると、何を勘違いしたのか笑顔を向けて励ましてくる。

「心配はありませんわ！　どこの貴族家でも協力を惜しまないでしょう！」

エリザベートさんは舞踏会の後、どれだけ多くの貴族の訪問と熱烈な要請を受けて大変だったのかを話し始めた。なんだか国内の貴族の話ばかりで思っていた流れと違うわ。

「王室御用達職人の話では求婚が殺到したはずなのに、お見合いはどうしたのですか」

「窓口の私が不在ではドレス作りが進まないので、国内貴族の総意で後回しになりました」

母の名が注文リストのトップにあっては、貴族を抑えようにも説得力がないでしょうとエリザベートさんは笑う。

「いや！　そこはエリザベートさんの幸せのためにですね……というか貴族全員の相手なんて大変でしょう！」

「私のことは心配しないでください。メリアさんのポーションで疲労も残りませんし、大丈夫ですわ！」

そんなポーションの使い方は間違っていますと指摘する間もなく、繭の大量収集の協力を要請してくるとエリザベートさんは颯爽《さっそう》と去っていく。

「つまり、私もポーションを使えば疲労は残らないから大丈夫ということかしら？」

「やはり碌《ろく》なことにならなかったな」

「……」

なんということでしょう。こんなことなら製糸工場も作っておけば……いえ、蛹のうちに繭を確保していないから、今は汚れを除去して繊維を補修できる錬金術以外では絹糸を作れないわ！

こうして私は人間製糸工場、兼、染師として生糸の生産に忙殺されることになった。

✧

ブレイズさんに中級ポーションを飲ませてもらいながら四重合成による製糸の極みを何時間も続けているうちに、もはや無意識で絹糸を生成できるようになり、空いている両足で魔石付与ができるようになっていた。六重合成ができなかったら、生糸だけしか作れなくなっていたところよ。

「次は製糸工場で絹糸を作ってもらわないと過労死してしまうわ」

でもその前に養蚕業《ようさんぎょう》ならぬマーロン育成業を興さないと、蛹のうちに繭を乱獲していたらマーロンが絶滅してしまう。

「どうしたものかしら」

「ポーションを飲めば疲労は……」

「それは言わない約束よ、ブレイズさん！」

まずマーロンの育成のための人員確保とノウハウの蓄積、必要なガラス張りの温室、そして製糸機械の製作、最後に染め……と。染めは既存の染材で我慢してもらって色素定着だけ魔石で補助しましょう。

調整に時間が掛かりそうな人員計画はエリザベートさんに、次にテッドさんに製糸機械を考案してもらって、温室はエリザベートさんに建築家を紹介してもらいつつテッドさんからガラスやフレームを供給してもらうと。

心の中でカキカキとペンを走らせていた私は、大まかな線表を書き終えた。あとは書き出すだけね……そう、両手が空いていれば！

私は錬金術で連続的に生成されていく生糸を見ながら溜息をついた。

「教えてブレイズさん。私は、あと何束絹糸を作ればいいの」

「わからんが伯爵家の分までは終わったぞ」

それって子爵以下の貴族家がまるまる残っているって言わない？　序例のピラミッド構造を考えると今まで納めた分より多いのでは。もう子爵以下は今までのドレスで我慢させればいいじゃない。

そこで序例というフレーズでピンと来た私は、貴族特有の問題を指摘する。

「全員がマーロンシルクのドレスを着てしまったら希少価値が損なわれるけど、上位の貴族家はそれでもいいの？」

「……一理あるな」

辺境伯夫人の甘味騒動で、女性の社交界における上下関係の機微を多少なりとも学習したブレイズさんは、ちょっと聞いてくると言ってエリザベートさんのところに向かっていった。

やっと重労働から一時的に解放された私は、ペンを取って先ほど心の中で立てた絹糸生産計画を紙に書き始める。さっきの計画が頭から蒸発する前に文字に落としておかないといけないわ。

「パソコンとＣＡＤとまでは言わないけどタイプライターとドラフターくらいは欲しいわね」

でも活版印刷すらしていないのに、タイプライターなんて作れるのかしら。

そういえばドラフターを作っても鉛筆が無かったわ。天然ゴムまでできたんだから消しゴムは錬金術抜きでも作れるのはありがたい、などと製糸機械を描いているそばから別の発案が次から次へと湧いてくる。ないものが多すぎます、神様！

そんなカオスな思考に陥りつつも、やがて構想を書き終えた私は泥のようにソファで眠りにつくのだった。

✧

とりあえず初年度は伯爵家までということで決着がつき、時間ができた私はマーロン育成業の構想をエリザベートさんに説明した。これにより、貴族の有志で人員の確保とノウハウの蓄積を始めさせ、必要となる温室も建てられることになった。これで数年のうちに綺麗な繭が安定して取れるようになるはずだわ。

その間にマーロンシルク向けの製糸機械を完成させればいいということで、テッドさんの店を訪れて製糸機械の構想図面を渡した。

「これはまたずいぶんと難しい機構だな」

「最初のうちは以前の糸車方式で人力でもいいわ」

どちらにしても、絹糸については原材料の供給量からして綿ほど生産できない。工業化は将来的な努力目標ということでいいでしょう。

「こんなのが最高級ドレスになるなんて信じられんな」

「作っている私自身ですら、一着も着られないほどの人気よ。それより自動化した綿糸の生産はどうなっているか聞いている？」

集めた繭を繁々《しげしげ》と見ては出来上がる生糸と比較していたテッドさんだけど、私はそんな一部の人だけが身につけられる天上のマーロンシルクのことよりも大量生産できるようになったはずの綿糸の生産状況の方が気になるわ。

「そっちは糸の生産より、原材料となる綿の栽培が追い付かないそうだ」

「どういうこと？」

詳しく聞いたところ、農機を買えるような余裕がある農家はいないから、王家や貴族主導の荘園でもないと急に生産は増えないのだとか。

「農機は蒸気機関を使った最新の機械だからな。普通の村で生活を送るなら、あれを一台買う金があれば一生遊んで暮らせる」

そうだった。私の草刈り鎌でさえ財産だったのに、農機なんて高級機械買えるわけがないわよね。すっかり忘れていたけれど、綿だって立派な高級品だったわ。

「技術だけ進歩しても実体経済が追い付いてないってことね……」

そう呟《つぶや》いた私は、ぼんやりと前々世で受けた歴史の講義を思い浮かべた。確か十分な富の蓄積がなければ、経済循環が発生せず産業革命は起きないと話していた気がする。こんなことなら紡績産業がもたらす可能性なんて、余計なことを話すんじゃなかったわ。

私が大きな土地を購入した上で農業機械を貸与して、人を雇って労働に対して賃金を払おうかしら。

……いえ、駄目ね。大規模農業の先駆けをすることになるようなことを、平民の私がしていいのかわからない。そもそも土地は基本的には貴族が所有していて、それを農民に貸与して税を納めさせている。大規模農業を始めるとしたら貴族自身がするしかないから、どうにもならないわね。

これはレポートにして、エリザベートさんに送って丸投げしましょう。

「それなら、しばらくはミシンを使って好みの服でも作っていることにするわ。製紙機械についても、無理のないペースでお願いね」

「おう、任せとけ。できたらまた連絡入れるからよ」

私はテッドさんに別れを告げて工房を後にすると、服飾店で布地を購入して服作りに取り組むことにした。せっかくミシンができたのだから、お洒落なファッションを楽しまないとね！

✧

「というか、いつのまにか十四歳になっていたわ」

ミシン製作や生糸量産にかまけているうちに初夏を過ぎようとしていた。去年の今頃はクレーン湖へのレジャー旅行でワクワクしていたはずなのに、遠い昔のように感じるわ。

「ねえブレイズさん、今年の夏はどこにも行けないの？」

去年の楽しい夏を思い出しながら、涼しげな夏服をデザインしていく。

ベーシックな白いワンピースに麦わら帽子、ハイウエストのセーラーカラー、ハイウエスト学園風半袖プルオーバーのワンピース、ラウンドカラーハイウエストのワンピース……我ながら少し痛いくらい可愛いものばかりね。でもこういうのは今しか似合わない上に、そこら辺に売っていないのよ。ならば自分で作るしかないわ。幸い、今ならミシンでバンバン作れてしまう。染色も錬金術で自由自在よ。

そんな私のデザイン画を横目に見ながら、ブレイズさんは顎に手を当てて思案していた。

「どうだろうな、聞いてみないとわからんが希望はあるのか？」

「そうね、海辺がいいわ」

揚げ物を解禁したときにコロッケやカツに合うソースを開発したから、お好み焼きやたこ焼きが楽しめるはず。かき氷製造機とビーチバレー用のボールでも作って遊ぶのよ。

「ああ、でも海水浴は許してくれないんだった……」

「湖どころか海で泳ぐ気だったのか」

それはそうでしょう。サーフボードで腹這《はらば》いに波に乗ったら気持ちいいでしょうし。水着という概念がないから、服を着たまま水に入るか素っ裸で泳ぐとでも思っているに違いない。ブレイズさんの呆《あき》れ顔を見ればわかるわ。

遊ぶ以外にも海辺まで来ればカツオブシを作ったりとか干物を作ったりとか貝を利用してシー

フードスパゲッティとかロブスターとか色々食べたいものもたくさんある。似た生物が近海に生息しているかわからないけど。

「海となると東海岸か南海岸のどちらかになるな」

「それなら東海岸がいいわ」

南海岸は、ビルさんのおかげで輸出入の品目は大体わかったし、新しい発見をするなら東が望ましいでしょう。

「希望はわかった。多分無理だろうが、上申だけはしてやろう」

「ありがとう、ウィリアムさんのところで作ったビールは海辺で飲むと最高よ」

それを早く言えとブレイズさんはすっ飛んでいった。ふふふ、どうやら期待できそうね。こうなったら海に合う夏服をデザインしてどんどん作るわよ！

まだ見ぬバカンスの予感に胸を膨らませながら、私は海に相応《ふさわ》しいセーラーカラーを中心とした夏服を量産していくのであった。

✧

「正直言って自分一人じゃ作りきれませんでした！」

ミシンがあればバンバン作れると言ったのは誤りだったわ。やっぱり餅は餅屋、服は服飾屋に任せるに限る。というわけで王都の服飾屋に寄って、百枚くらい書いた海辺への旅行に向けた夏服デザイン画を渡した。

使用する金具や樹脂ボタンのような小物は、常温鋳造であらかじめ錬金術で作ってあるわ。

「ミシンと私が染色した布も置いていきますので役立ててください」

私は実演を交え、ミシンの使い方を簡単に教えた。また、デザイン画の指定色については、色別にナンバリングして区別するようにした。布の小さな切れ端のサンプルと番号を記載したカラーブックで参照できるようにしていることを伝え、参考となるカラーブックを渡す。これにより、デザイン画の注釈で記載した色とナンバーにより、使用する布を指定することができるようになるはずよ。

「メリアスフィール様、こちらのデザインやカラーブックを私どもの店で使わせていただくことはできませんでしょうか」

「別に構わないですよ」

育ち盛りだから来年はもう着られなくなっているかもしれないし、一般向けの服になっていればいつでも注文できるようになるわ。それに、工業規格のように服飾も色の規格が定められていれば、店によるばらつきも抑えられるようになるはずよ。

その後、店側からのミシンの発注に関して相談を受け、今後、テッドさんを受注窓口にして少しずつ台数を増やしていく相談をした。また、デザインについても持ち寄ればデザイン使用料を貰えて、なおかつ一般向けに展開してもらえるようになったわ。

「色指定はしてないけど、今まで書いた各季節のスケッチブックも置いていくので使ってください」

「ありがとうございます！　必ず、王都中に広めてみせます！」

よし、これで時間ができたわ。やっぱり並列にことを進めるには分業が一番よね。

✧

研究棟に到着してたまにはゆっくりとした時間を過ごそうと冷やしたジュースを片手に中庭にやってきたところ、そこにはいつものように正拳突きをして鍛錬に勤《いそ》しむライル君の姿があった。騎士団に揉まれた後も努力を惜しまなかったことが、突き出される拳から伝わってくる。

「こんにちは、ずいぶん上達したみたいじゃない！」

私は手にしたジュースをライル君に差し出しながら彼の努力を褒めたたえる。

「ありがとうございます。でも、あまり実感がわかなくて……」

一人で鍛えていても目にみえる成果が見えてこない。私はライル君に集まる地脈の太さからおよそ察しがつくけれど、まだそれを自分で感知するには至らないようだ。

「わかったわ！　それなら暇そうにしているブレイズさんに相手をしてもらいましょう！」

「はあ？　俺は剣士なんだから、こいつの相手はできないだろ」

「それもそうね。じゃあ私が相手になるわ」

そう言って準備体操に正拳突きに続いて軽く上段回し蹴りをしてみせたところ、ブレイズさんが慌ててこちらに駆け寄り私を後ろに押しやった。

「アホか、スカートを着て蹴りを放つな！　俺が相手をするからお前は大人しくしていろ！」

「ええ……大丈夫なの？　ああ見えて、少し前のライル君とは別人よ？」

「ふん、そこで見ていろ。剣がなくても、まだ俺の相手にはならん」

ブレイズさんはそうして鼻で笑うと、私の心配をよそにライル君の正面に立って打って来いと手で合図する。ライル君は嬉《うれ》しそうな顔をして両手を拝むようにして拳法の流儀に沿った挨拶をすると、掛け声と共にブレイズさんに突進していく。

「セイッ！」

パン……ドサッ……

「……あ、あれ？」

しかし、結果は呆気《あっけ》ないものだった。技の出だしを見越したブレイズさんの足払いにより、気がつけばライル君は中庭の草を背に空を仰いでいた。

「ライル、稽古で正拳突きばかりしているから足がお留守になっているぞ。力はあっても、対人の基礎がまるでなっていないないな」

フォレストマッドベアーを狩った時の気負いのない一撃からある程度は想像していたけど、やっぱりブレイズさんは強いわ。騎士団に鍛えられたライル君を子供扱いしている。

私はブレイズさんの想像以上の技量に舌をまいて、思わず声を上げた。

「すごいじゃない！　単なる酒好きのスピード狂じゃなかったのね！」

「別にたいしたことじゃない。お前だって同じことを指摘するつもりで蹴りを見せたんだろ？

だが、ライル相手に足技を使うのは禁止だ。そろそろ年を考えて慎《つつ》ましく振る舞うんだな」

「もう、わかったわよ。これじゃあ、湖や海で泳ぐのはいつになっても無理そうね」

「あたりまえだ。ほら、続きをするぞ」

そう言ってブレイズさんは地面に座ったライル君の手を取り起こしてあげると、再び稽古を始めた。ライル君はその後も果敢に攻めていったけど、その日は地面を転がるだけで終わった。なんだか受け身の稽古みたいになってしまったわね。

「はぁ、はぁ……ありがとうございました。やっぱり全然進歩していませんね……」

「そんなことはない。そこらの野盗なら木っ端微塵《みじん》になりかねんから注意しろよ」

「は、はい！」

威力だけならライル君の拳はかなりのものだわ。完全なタイミングで受け流さない限り骨折は免れないはずなのに、あれだけ組み手をしたブレイズさんは平然としている。つまり、それほどに技量に差があるということだわ。

「まさかブレイズさんがこんなに強いだなんてね」

「これくらいは当然だ。護衛対象より弱い騎士なんて無意味だろう……って、あれはお前に任せたぞ」

なんのことかとブレイズさんの視線を追うと、長剣を片手にこちらに向かって走りながら手を振るアルマちゃんの姿があった。

「メリア様！　私にも、稽古をつけてくださぁーい！」

「ええ!?　ほら、ブレイズさん！　剣士なんだから本業でしょう？　出番よ！」

以前に見てあげたことがあったけど、はっきり言ってアルマちゃんに武術の才能はない。しかしやる気だけはライル君にも負けないので扱いに困るのよ！

しかしそれはブレイズさんも同様なのか、絶対嫌だと両手を突き出し拒否の姿勢を見せる。

「馬鹿いうな！　ライルと違って、あの子が相手だと怪我《けが》をさせちまうだろうが！　死ぬほど気を使うんだよ！」

「大丈夫よ、私が何者か忘れたの？　ポーションがあれば全快するわ！」

そうして二人で押し付け合う中、研究棟の中庭にアルマちゃんの拗《す》ねた声とライル君の朗らかな笑い声が響き渡るのだった。

✧

それから数日ほどライル君やアルマちゃんとの稽古が続いたところで、こんなにストイックに肉体鍛錬ばかり続けていては日々を楽しく過ごす習慣が身につかないと危惧した私は、二人のためにちょっとしたサプライズを用意してあげようとテッドさんのもとを訪れた。

「こんにちは、テッドさん。早速だけど、かき氷製造機とたこ焼きの鉄板を作ってほしいの」

「おう、メリアの嬢ちゃんか。なんだ、そのかき氷とたこ焼きってのは？」

私は試作図面を広げて、手回し式のかき氷製造機とたこ焼きの器具を説明した。手回しで回転運動を伝える機構は以前に依頼したミキサーで理解してもらえるだろうし、たこ焼き器は、形状と折り畳み以外は火炎の魔石をつけた鉄板となんら変わらないものだからすぐできるはず。

もっとも、こちらではタコに相当する生物がいるかわからないから、形だけ真似《まね》た粉物の球体焼きと呼ぶ方が適切かもしれない。

「なるほど。わりと簡単な金物じゃないか。弟子にちょうどいい仕事だから任せてくれ」

「ありがとう、頼んだわ！」

よし、これで少しは夏らしい気分を味わえそうね。そうだ、夏といえばテッドさんにうってつけのものができたんだったわ。

「これはウィリアムさんのところで新しくできたビールというエールに似たお酒なんだけど、たこ焼き器はこれによく合う小麦を使った間食ができるの。試験用にレシピを置いていくから、味見してみてね！」

私は差し入れとしてビールの二リットルの小樽《こたる》を渡した。テッドさんはお酒と聞いて嬉しそうな表情を浮かべて小樽を受け取る。

「おお、ありがとよ！　出来上がったら家に持ち帰って嫁や娘に作らせて試してみるぜ！」

私は改めてお礼を言って決済を済ませると、テッドさんの鍛冶屋を後にした。

⁺

辺境伯邸への帰り道、蒸気馬車の中でブレイズさんが耐えかねたように私に問いかける。

「なあ、さっきのビールってなんだ？　俺も飲んでみたいんだが……」

「帰ってからにしてちょうだい。エールと同じで昼間から飲むようなものじゃないわ。それに、今回はライル君とアルマちゃんの更生のためなんだから、ブレイズさんは遠慮して」

「はあ？　更生って今でも十分真面目に取り組んでいるだろ」

「真面目すぎるのはよくないわ。適度に息抜きすることを覚えてほしいのよ」

そうでないと、気が付かないうちに過労死してしまうかもしれない。そうならないための、心の予防薬というわけね。先日申請した旅行も認められなかったそうだし、ここは王都でもできる遊びで息抜きをしてあげなきゃ！

「ほう、面倒見がいいんだな。確かに、ここ数日は詰めすぎかもしれん」

「ブレイズさんにも少しは責任があるのよ？　ライル君に少しは上達したと思わせてくれればいいのに。わざと一本取られるくらいは、大人の対応というものよ！」

「あのなぁ、あいつの拳をまともに受けたら俺が骨折しちまうだろうが！　一本取られろと言うのは、つまり俺に重傷を負えと言っているのと同じだぞ？」

「大丈夫よ、ポーションを飲めば回復するから！　ブレイズさんの尊い犠牲は忘れないわ！」

「アホか！　絶対に断る！」

もう。頑張るライル君を応援して、当たれ、当たれと祈っていたのに。でも、仕方ないわ。地脈を帯びた錬金薬師の拳を正面から受けられるのは同じ錬金薬師だけよね。私も基本的には師匠を相手に修練を積んだのだし、なんだか懐《なつ》かしいわ。

「それで？　趣旨はなんとなくわかったが、何をするつもりなんだ？」

「縁日……いえ、私の記憶にある地方の夏のお祭りを再現して楽しもうと思うの」

そのために、かき氷やたこ焼きもどきといった食べ物を用意するわ。遊びとしては錬金術で作った風船を使った水風船のヨーヨー釣りに、花火を作ってみましょう。七色の火花を出すまでには至らないかもしれないけど、線香花火くらいは再現してみたいものね！

私はブレイズさんにお祭りの計画を話しながら、二度と戻れない遠い過去を懐かしんで微笑《ほほえ》んだ。

✧

テッドさんに頼んだ調理道具が出来上がり錬金術による花火や水風船の製作が済むと、いよいよお祭りを行う日がやってきた。思いつきで始めたお祭りで急な仕事になってしまったけど、私とアルマちゃんはミシンの力で用意した夏らしい水色のセーラーカラーのワンピースに着替えて、ブレイズさんとライル君が待つ夜の研究棟の中庭に集合する。小道具に作った提灯《ちょうちん》が灯《とも》す暖かな光が、研究棟の白い壁を幻想的に浮かび上がらせる様がとても美しい。

夜に出歩くなどとんでもないと一時は研究棟の兵士に反対されたけど、ビールを渡したらビシッっと直立不動の姿勢で敬礼の姿勢を取り「問題ありません！」と答えてくれたわ。

「やっぱり、持つべきものはお金とお酒よね」

「間違っちゃいないが、とても人を指導する立場の者が吐くセリフじゃないな」

「別にいいじゃない。ほら、ライル君もアルマちゃんも楽しんでいるわよ！」

二人は少し離れた場所で、私が用意した花火を使って楽しんでいる。七色は無理だったけど、苦労の甲斐《かい》あって赤・青・黄色の三色は表現できたわ。

様子を見に二人の元に近寄ると、アルマちゃんが興奮した面持ちで問いかけてくる。

「メリア様！　この花火というものは、どうやって作ったのですか？　とても綺麗です！」

「ちょっと錬金術で激しく燃える火薬という物質を作って、燃やす金属により異なる色を示す炎色反応と呼ばれる性質を利用したのよ」

赤色はカルシウム化合物、黄色はナトリウム化合物、青色は銅化合物だけど、その辺りの違いを説明するには化学知識を教えてあげる必要があるからまたの機会になりそうね。

「なるほど。師匠から伝えられたライブラリには確かにそのようなものがありますが、こうして実現してしまうなんて、凄い行動力ですね」

「そんなことはないわ。ライル君、あなただって毎日ブレイズさんと組み手をして鍛えているじゃない。同じ熱意を別のことに振り向ければ、できないことはないはずよ！」

いい機会だからと、知識伝承の儀式を終えたときにも伝えたことを繰り返す。

「知識伝承をする前にも話した通り、ポーションは体を、豊かな生活は心を癒やすの。鍛錬するのは、あくまで地脈を太くする手段だということを忘れずにいてちょうだいね」

「……はい、わかりました。メリア師匠」

よし、どうやら私の伝えたかったことは理解してもらえたようね。これで今回のお祭りの目的の大半は達成されたわ。

「それじゃあ難しい話はここまでにして、まずは腹ごしらえよ！」

この日のために作ってもらったたこ焼き器を取り出し、私は白身魚入りのなんちゃってたこ焼きを作った。ジュワッと焦げるソースの香ばしい匂いが食欲をそそる。やがて丸い白身魚焼きが出来上がると、私は冷えた果汁のジュースを二人に渡す。ブレイズさんには、氷結の魔石で冷やしたジョッキに冷えたビールを注いであげて、皆の用意が揃ったところで乾杯した。

「「「うまーい！」」」

やっぱり開放的な雰囲気で味わう屋台の品は美味しく感じるものね。かき氷製造機も期待した通りの出来栄えで、簡単な構造だから広く普及しそうだわ。

「やっぱりビールは美味《うま》いな」

白身魚を詰めた丸焼きにソースをかけてつまみにしたら何杯でもいけるとご満悦なブレイズさん。そりゃそうでしょうよ。この夏の盛り、仕事を終えた時分にキンキンに冷えたビールをグイッと飲む。これ以上のビールに向いたシチュエーションはなかなかないわ。

その後、錬金術で作った水風船をたらいに浮かべてヨーヨー釣りを楽しんだり、かき氷を作って夏の氷菓を味わったりしてお祭りを楽しんだのだった。

✧

「メリアさん、ゆっくり過ごしているところ申し訳ないのですが仕事です」

バサバサッ……凄くデジャヴを感じる名簿みたいなリストが私の前に積み上げられる。

「あの……生糸を受注するのは、もう今年は終わりだったんじゃないですか？」

エリザベートさんの話によると、最近王都の庶民の間で今までにない先進的なデザインの夏服が流行しているという。その鮮やかな染色と可愛らしくも涼やかな女性服は、貴族令嬢から見ても素晴らしいものだったそうな。

「そして、そんなものをデザインできる者はメリアさんしかおりませんわ」

「そんなことはないと思うんですけど……染色はともかく普通の夏服ですよ？　貴族令嬢ならもっと良いもの着ていらっしゃるでしょう」

「着ていないのですよ。メリアさんのデザインした服は、それほどのものなのです」

「え？」

真面目な顔をしていうエリザベートさんに思わず言葉を止めてしまう。つまり、庶民に劣る野暮ったい普段着を着ているなんて恥ずかしくて外に出られないとか？

「それなら服飾店で同じ服を買えばいいのでは？」

確か一般売り展開する話だったから、誰でもお金を出せば買えるはずだわ。

「多くの庶民が着ている服と同じ服を後追いするように買い求めて着る貴族令嬢はいないのです。私はそれでも構わないのですが、そういうものだそうです」

「いやいや、エリザベートさんは構うべきでしょう！」

とにかくそういう理屈で、エリザベートさんを窓口にしてデザインの依頼が殺到しているらしい。

「メリアさんのことです。貴族令嬢に相応しいデザインも思いつくのでしょう？」

「……はて、しがない薬師の私にはとんと心当たりがありません」

そりゃ思いつくに決まっているでしょう。お嬢様系のフリフリ衣装、可愛い系、クール系、おっとり系、文学少女系、少し背伸びした大人の装い、人物さえ確認できればいくらでも合うものは思いつく……じゃない！

「どうやら心当たりはあるようですね！」

ニッコリと笑うエリザベートさんに、妄想から我に帰るのが遅かったと悟る私。しまった、下手な嘘は通じないんだったわ。

以前見たお願いのポーズを前に、私はヤケになって言い放つ。

「わかりました！　こうなったらやってやろうじゃないの。私の趣味全開の少し痛いデザインを貴族令嬢に着せまくってやるわ！」

こうして後にメリアスと呼ばれるティーンズファッションブランドの礎《いしずえ》が生まれると共に、デザインと製作を分離した服飾業における分業のベースが出来上がっていくのであった。

第2章 美粧の錬金薬師

一般市民向けの店に渡した服飾デザインの流行という思いもしないところから貴族向けの服飾デザインをすることになった私は、本来ポーション作製の場であるはずの研究棟で今日も御令嬢の対応に追われていた。

「このようにゆったりとしたラインのグレーのブレザーのツーピースに胸元をリボンで止めた白のブラウス、そして膝下から少し白のレースのアンダースカートを出してみてはどうでしょう」

「うーん、膝出しするのは少し恥ずかしいわ」

「それでしたら秋に合わせてロングドレス風のチェック柄チョコレートカラーのノースリーブジャンパースカートに、肩口を覆う広いレース襟と白のブラウス、そしてアクセントのブローチをあしらったリボンタイをつけてはいかがでしょうか」

錬金術で培《つちか》った両利《き》きの特性を最大限活かして右手でデザイン画を変更しつつ、左手で見本となる布地のカラーリングの組み合わせを提示してバリエーションを膨らませていく。もちろん服飾に合わせたヘアスタイルの提案も忘れない。

「合わせて、このように肩下から髪を緩やかにロールさせると、お嬢様のふわりとした髪質に大変お似合いかと存じます」

「まあ、素晴らしいわ。これにします！」

などと、和やかに秋のコーデの話に花を咲かせる子爵令嬢と私。もはや何人のデザインを手がけたか覚えていないけど、気がついたら秋になっていたわ。

それにしても、こんなクラシックロリータ全開のデザインを貴族の御令嬢たちに着せまくっていいのか少し心配になってしまう。この上なく似合うのだけど、これが前々世だったら痛ロリファッションで目立ちまくっていたところよ。

「他に何か気になることがあればお伺いしますが」

「夏の日差しで少しソバカスができてしまって。あと、チョコレートの食べすぎで少しニキビが……」

そこで口ごもって眉を寄せる子爵令嬢。十代だから仕方ないけど、それなら話は簡単だった。

最近忘れてしまいそうなデザイナー生活を送っているけれど、本業は薬師なのだから！

「それでしたら、こちらのポーションをお持ちください」

私は王宮の研究室の薬草棚から蓮華草《レンゲソウ》と仙人草、それから二重合成に使用する癒やし草を取り出すと、その場でシミ・ソバカスを完全に除去するポーションとニキビを根治するポーションを生成する。

「四重魔力水生成、水温調整、薬効抽出、合成昇華、薬効固定、冷却……」

チャポポン！

色素正常化ポーション（＋）：シミ・ソバカスを治すポーション、効き目良

ニキビ治療ポーション（＋）：ニキビを根治するポーション、効き目良

出来上がったポーションをどうぞと勧め、半信半疑でポーションを飲み終えた子爵令嬢に鏡を向けて見せる。

「まあ！　綺麗《きれい》サッパリ跡形《あとかた》もなく消えているわ！」

「お若いですし、一口ほど飲めばすぐ治りますよ」

ふふふ、私は錬金薬師なのよ？　こんな大昔からある初歩的な薬の作製は朝飯前よ！

久々に薬師らしい仕事をしたようでなんだか嬉《うれ》しくなり、駄目押しのため美肌ポーションも生成して薬箱に入れて常備薬として渡した。そう、私は決して魔石クリエイターでもメカニックデザイナーでも錬金酒師でも服飾デザイナーでもないんだからねっ！

「お代はいかほどでしょうか？」

「これはおまけです。ですが、そうですね……」

私は対価を受け取らない代わりに、御令嬢のお父様に農業機械を使った大規模農業への投資をお願いしてもらうことにした。領地に投資する余裕がないのなら、私が直接機材を貸し出すお許しを得てもらうのもいいわね。そうすれば、私が所有する農機を領地の村人に貸しだすことができるわ。

「綿花が大量に作られれば布が大量にできます。布が大量にできれば、他国に輸出するほどに服飾が作り出されます。そして、大量に作り出される中でこそ、ファッションという文化が花開き、お嬢様方が大陸でも最先端の装いをできるようになっていくのですわ」

このように服飾産業全体を見た啓蒙《けいもう》活動をして、各貴族家に大規模農業の経営を少しでも考えてもらうきっかけを作れればそれで十分だわ。大体、私にお金が集中しすぎなのよ。全貴族からコーデの報酬以外におまけのポーション代までもらっていたら使いきれない。というか、既に口座の残高を気にしなくなっているわ！

「わかりましたわ！　必ずお父様に頼んで服飾産業の振興に協力させていただきます！」

変形のフリー戦略により私のシンパと化した子爵令嬢は、薬箱とポイントカードを大事そうに抱えて嬉しげに退出していく。まあ、娘からの頼みという非常に緩やかな働きかけだから問題はないでしょう。お願いを完遂すると「メリアのお友達ポイント」が貯まって、少しオプションサービスが受けられるだけの緩い関係だわ。

私は愛想笑いをして研究室の扉を通っていく子爵令嬢に手を振ってお見送りした。

バタンッ……

「はぁー、今日はこれで終わり？」

私はケイトが運んできてくれたお茶をグイッと一気に胃に流し込み、先ほどまでの綺麗な姿勢を崩してソファに座り込みながら大きく息を吐く。

「ああ、大体の貴族家は一巡したからしばらくは大丈夫だ」

令嬢が姿を消すと同時に、愛想笑いを解いてソファに倒れ込み疲労の声を上げる私に、最近は完全にマネジャーと化しているブレイズさんが答えた。

「おかしいわね、錬金薬師として出仕したと思っていたらファッションコーディネーターになっていたわ」

「偶然だな、俺も護衛騎士として付いてきたはずだと首を傾《かし》げていたところだ」

とにかく、これでやりきった。今まで専門で服飾店を営んできた人たちや貴族のお抱え職人たちは、私のデザインをヒントに色々な独自デザインを生み出していくに違いないわ。

「ところで鉛筆を作ってくれそうな商会ってあるのかしら」

さんざんデザイン画を描いていくうちに書き直しが効かないペンに限界を感じ、丸い円筒状の木にキリで穴を開けて、錬金鋳造の要領で黒鉛と粘土の混成物を流し込んで鉛筆を作ったのだ。黒鉛の濃度も精密製図用の４Ｈからデッサン用の４Ｂまで、色鉛筆も色素を混ぜれば自由自在というわけよ。

そう、錬金術ならの話だわ。錬金術なしとなると、黒鉛と粘土を混ぜ合わせて芯を作ってから木に溝を作って接着して、円形や三角形や方形など持ちやすい形に削るという面倒な工程を踏まないといけない。だから別に広めなくていいかと思っていたのだけれど、

「これは物凄《すご》く便利ですね！　ぜひ量産してください！」

令嬢たちの様子を見にきていたエリザベートさんの鶴の一声で量産することになってしまった。

鉛筆削りは金具だからテッドさん経由で細工師の人に頼めるし、消しゴムもビルさんのところで天然ゴムの塊を適当な大きさに切り出すだけで量産してもらえるでしょう。だけど鉛筆となると誰が作るのかしら。万年筆さえないのよ？

この際、ドラフターの図面とか万年筆の見本とかも作ってテッドさんに相談しに行ってみよう。

✧

またもや王家案件かと訪問した私を見てテッドさんは戦々恐々としたが、持ち込んだものが製図用具と知ると興味深げに話を聞いてくれた。

「こいつは木工職人だな。万年筆の方は細工師の領分だろう」

一通り図面や試作品を眺めたテッドさんは、今度は万年筆や錬金鉛筆で図面を書いたり線を引いたりすると感嘆の声を上げた。

「こりゃすげぇな！　いくら書いてもインクを足さずに書ける！」

「こんな感じの定規付きの机と薄い鉛筆を組み合わせて精密な図面を描くのに使うのよ」

私はドラフターの図面を広げて2Hくらいの鉛筆で直線を引き、その線を消しゴムで消して見せた。

「こうして天然ゴムで作った消しゴムで消せるから、図面の修正がしやすいの。もちろん、文字やデザインなんかにも使えるわ」

そう言って4Bの鉛筆でデザイン画を描いて色鉛筆で色をつけたり、HBの鉛筆で手紙を描いたりしてみせる。

「消されては困るような文章は、今まで通りインクを使用するけど、万年筆なら毛細管現象で自動的にインクが補充されていくから途切れなく書けるのよ。ただ、ペン先の割れ目を物凄く細く作らないといけないから、少し試行錯誤が必要かもしれないわ」

「なるほどなぁ……うまいこと考えたもんだ。細工師に伝えとく」

「ここまできたらタイプライターとか活版印刷機も作ってほしいけど、今すぐには難しいかもしれないわ」

一応、三文字分だけ金属のハンコを作ってきたので、インクに浸して「メリア」と打刻して見せた。文字の順番を変えて「アメリ」などと別の名前を打刻する。

この三文字を例に、全ての文字を用意して組み合わせれば一度に文章を打てることを説明した。そこから一文字ずつボタンと連動させて打ち込んで打刻する機構と、一文字打ち込んだらその分だけ紙をズラす機構を作れば、ボタンを連続的に押すだけで長い文章が打ち込める印字の概念を話した。

「ミシンと同じくらい精密かもしれないけど、できたら文章が早く書けそうでしょう？」

「……またやばいものを持ってきたな」

テッドさんは服飾については専門外だったけど、ミシンの桁違いの生産性は一目瞭然で理解していた。私が指で机の上の仮想ボタンをパチパチとさせる一打一打が一文字に相当するのであれば毎秒二文字、一分で百二十文字くらいは打てる。だとすれば、かなり革新的であることは容易に想像ができるはず。

「まあ、鉛筆以外は私個人の依頼だから気長にお願いするわ」

「わかった、任せてくれ。というか、鉛筆やドラフターは俺たちの方が必要な道具だからすぐ作るぜ！」

意気込むように拳を握ってみせるテッドさんに錬金術で作った鉛筆をプレゼントし、最後に鉛筆削りの図面を渡して決済を済ますと、私はテッドさんの店を後にした。

これで筆記に関してはかなり楽になるわね！

✧

ところ変わって王宮の一室では、ちょっとした騒ぎが起きようとしていた。

メリアの草の根活動は本人が思っているより多大な影響を及ぼし、宰相のチャールズのもとに無視できない数字となって報告されたのだ。

「近頃、綿花の輸入が増えて布や衣類の輸出が爆発的に増えています」

二年弱でかなり蒸気馬車による物流インフラが整えられ、南大陸のカカオ豆を元にしたチョコレートやコーヒーなどの嗜好品《しこうひん》の流通を起爆剤として、人・物・金が動くようになった。そして、紡績工場や製粉工場のような工業的な生産手段の拡充により、国外から仕入れた原料を製品にして輸出する加工貿易の礎《いしずえ》が築かれていく。

当然のことながら貿易収支は圧倒的な黒字を計上することになり、隣国もその影響を無視できなくなってきていた。

「隣国からは工業技術や服飾産業、また食文化についても技術援助および文化交流を強く求められています。いかが致しましょう」

これだけ人の移動手段や物流が確立された今となっては、貴族のみならず王都の一般住民に至るまでが先進的なファッションに身を包み、一昔前とは別次元にある美味しい料理や嗜好品、さらには新しい酒としてビールや白ワイン、ブランデーが出回る文明開化の様子を隠すのは無理だった。

しかし、内務官を通した隣国の要望をチャールズはバッサリと切って捨てる。

「できるわけなかろう、誰がその中心を担《にな》っていると思っている」

食文化や服飾文化は蒸気機関と違って錬金術ではないから良いではないかと詰め寄る隣国の大使に舌打ちを禁じ得ない事情があった。それらの全てにベルゲングリーン王国の至宝とも言える錬金薬師メリアスフィール・フォーリーフが絡《から》んでいるのだ。

「並行してエリザベート様と隣国王子との婚約打診に関する返答についても、各国から急《せ》かされているのですが……」

「それが進められるのであれば、即刻やっておったわ！」

エリザベート様とメリアスフィール・フォーリーフを組ませたらロイヤルパワーと古《いにしえ》の錬金術パワーで際限なく制御不能な発展に突き進んでしまう。その片方だけでもなんとかしたいのは山々だが、国内貴族の総意がそれを許さない。エリザベート様がベルゲングリーンの青い薔薇《バラ》とまで称される発端となったマーロンシルクのドレスや、メリアスブランドの貴族令嬢御用達の服飾デザインの窓口としてエリザベート様が貴族間の調整役となったことで、替えが利かなくなってしまったのだ。

そのメリアスブランドといえば、何より恐ろしいのは「メリアのお友達ポイント」制度だ。表向きは農業機械を各貴族の領地経営に活かすことに関する協力のお願いという緩いものであったが、副産物の効果が半端なかった。

チャールズは王宮の離れの研究棟から娘が王都の屋敷に帰ったときの一幕を思い返す。

「あら、急に綺麗になったみたいだけど、どうしたの？」

妻が王宮の離れの研究棟で行われるメリア嬢のファッションコーディネートから帰った娘の外見の変化に気がつくのは早かった。

「錬金薬師様のポーションでシミやソバカス、ニキビなどを完全に除去できたの。それに美肌ポーションもいただいてきたのよ」

「あら、そうなの……ちょっと、お母様にも試させて？」

その効果は推して知るべし。禁断と言えるレベルのポーションとセットで渡されるお父様へのお願い完遂ポイントスタンプは、デフォルメされたサイドテールのメリアスタンプから醸《かも》し出される可愛《かわい》らしさとは裏腹に、恐ろしいほどの強制力を持っていた。

ガシィ！

「あなた？　ちょっとお話があるわ」

ギリギリと肩に食い込む手と目力《めぢから》はマーロンシルクのドレスのときが生易しいと感じるほどに半端なかった。それはそうだろう、目の前の妻からは完全にシミがなくなり肌のハリも二十代に近いものになっていた。いくら私が男でも、それが女性にとってどれほどの価値を持つものか想像がつかないわけではなかった。

「この、お父様へのお願い完遂《きょうせい》スタンプ、もちろん協力してくれるわよね？」

恐ろしい表情で迫ってくる妻の後ろには娘が控え、胸の前で手を組んで瞳をうるうるさせながら私の方を見つめている。こんなものは壊れた玩具《おもちゃ》のように首を縦に振りまくるしか手はなかろう。

娘を持つ貴族家で、ほぼ同じことが起きたことは想像に難《かた》くない。今では農業機械の注文が殺到しており、とても技術協力などにかまけている暇はベルゲングリーンの工房長たちにはないだろう。

「とにかく却下だ！　今は国内需要で我が国の工房は忙しく、どうにもならんと伝えろ！」

このように相変わらず、ベルゲングリーンの宰相の苦労は絶えなかった。

✧

貴族令嬢のコーデが一巡した頃、私はしばらく用がなくなったはずのエリザベートさんの訪問を受けていた。

「コーディネートをしてもらいに来ました」

「はぁ？」

エリザベートさんが少し顔をあからめて可笑《おか》しなことを言った気がする。

「令嬢という年でもないのですが、母がどうしても行けというので……」

王妃様がエリザベートさんに普段着のコーデを勧めるなんてどういうことなのかしら。

「エリザベートさんは普段は騎士姿でいるんだからコーデも何もないでしょう」

そう言うと、お友達ポイントとか美肌ポーションが欲しいようですと王妃様の意向を漏らすエリザベートさんに、私は身構えて損をしたと肩をすくめる。

「別にコーデとかお友達ポイントとか関係なく美肌ポーションくらい作りますよ」

「そうですか、それはよかったですわ」

そんなホッとしたようなエリザベートさんを見て考えを改める。よく考えたら、エリザベートさんに痛コーデを着せて遊ぶのもまた一興だった気がする。チィ！　惜しいことをしたわ！

私は王妃様とエリザベートさん用として生成した美肌ポーションセットを渡しながら少し後悔した。

「それにしても、傷を治したり毒や病気を治したりする用途以外のポーションもあるのですね」

「そりゃ千年、二千年と積み重ねた錬金薬師の歴史の中でも、人の悩みは普遍的なものですからね」

不老不死は無理だけど、日焼け止めだって、目薬だって、水虫対策だって、アレルギー対策だって、なんだったら体臭対策だって、およそ薬に関することでないものはない。

そうして私の本業はなんだったのか思い出してもらおうと役立ちそうな薬を列挙すると、エリザベートさんは感心したような声を上げる。

「まあ、水虫の薬は軍には重宝しそうですね」

長時間具足を付けているから慢性化するらしい。だからこそ昔の薬師が作ったのだ。色々用意できるポーションはあるので、命に関わるほどでなくても何か困っている症状がないか、エリザベートさんがとりまとめてくれることになった。

そうした段取りをつけ終わると、美肌ポーションセットを持ってエリザベートさんは去って行った。

「ようやく薬師らしい仕事に回帰《かいき》したわね」

「そうだといいがな」

また何か嫌な予感を抱いてそうなブレイズさんの物言いに眉を顰《ひそ》める。

「なんだか引っかかる言い草ね。何か気がついた点があるなら先に言ってほしいわ」

「姫さんが窓口になって大変じゃなかったことってあったか？」

「……ないわね」

でも今回は仕方ないじゃない。ポーションで解決できるもので忙しくなるのなら、薬師の本望というものでしょう。それに、軽い症状なら薄めて大量に配れるから大丈夫よ。たとえば水虫対策なら中級を作って薄めても低級ポーション並みの効果で十分だし、問題ないはずだわ。

✧

コーデの仕事が一巡して時間に余裕ができたので、私はあらためて職人街にあるテッドさんのお店を訪れて以前頼んだものがどうなっているか確認しにきた。

「こんにちは、テッドさん。ドラフターはもうできたかしら？」

「おお、メリアの嬢ちゃんか。できてるぞ！」

テッドさんの案内で部屋の奥に行くと、なんだか設計士が使うような完璧なドラフターができていた。試しにアームに繋《つな》げられた定規を使って線を引いたり直角を描いたりしてみると、とても使いやすい。

「完璧だわ、すごく使いやすい！」

「はは、ありがとよ。まあ俺らも使うもんだから調整も楽だった」

一応鉛筆もできたそうだけど芯の濃さにムラが出るようだった。

「それなら綿と同じように芯を固化する前に均一化の効果を付与した魔石を通してムラをなくしましょう」

「なるほど、それなら同じ濃さになるな。あと、鉛筆削りはすぐにできたから渡しておく」

やったわ！　これでナイフを使って鉛筆を削る生活とはおさらばね！

「ありがとう、これはお礼よ。もう出回っているけど、白ワインとブランデーができたようだから差し入れとして持ってきたわ」

まだ少し若いワインだけど、前にブレイズさんが持ってきたものよりは完成に近いはずよ。ブランデーの方は、前に作ってくれた蒸留器を使って作ったことを説明した。

「ありがとよ、楽しみにしてたぜ！」

「来年になったら少し若いけど赤ワインもできるから楽しみにしていてね」

「おう！　凄く楽しみにして待ってるぞ！」

その後、タイプライターはまだ難しいけど、活版印刷はわりとすぐできそうだという経過報告を聞いた。印刷ができるようになれば知識や技術を広めやすくなるし、私抜きでも自律的に発展していける未来が描けるわ！


そんな期待に胸を膨らませながら、私はテッドさんの鍛冶屋を後にするのだった。

スローライフに向けて楽しい企画を練るのも束《つか》の間、私は再び研究棟でエリザベートさんの訪問を受けていた。

「メリアさん、また別の仕事をお願いします」

バサバサッっと目の前に積まれた書類に、先日のブレイズさんの予感が的中したことを悟る。

あれかしら、二度あることは三度ある。三度目かどうか記憶が曖昧になってきたけれど、また名簿みたいなリストを見せられたら、困っている症状を取りまとめたものではないことはわかるわ。

「これはどういうリストなんでしょうか」

「美肌ポーションの発注者リストです。困っている症状がないかとりまとめた結果がこれです」

そう来たか。軍人さんが困っているだろうと水虫対策のポーションは大量に作っていたけど、これは予想していなかったわ。コーデで一部の貴族令嬢に持たせたポーションだが、その効果に母親たちが目ざとく気付いたらしい。

「まさか御令嬢たちを経由してそこまで広く伝わっていたとは思わなかったわ」

「聞きに回ったら物凄い勢いで頼まれました」

何しろ軽く十歳以上は若く見えるし、シミ・ソバカス・ニキビの跡は消え失《う》せる。使用した者と使用していない者の差が激しすぎて、社交界ではとんでもない格差が生じていたのだ。

「毎回一瓶丸ごと必要というわけでもありませんし、すぐできますよ。これならライル君も作れますし」

「すみません、そこはなるべく秘密で女性であるメリアさんに作ってほしいのです」

ぐぅ、気持ちはわからなくもない。仕方ないわね、六重合成で三本ずつ作っていけばすぐ終わるでしょう。

「わかりました。その他に必要なものはありませんか？」

「そうですね……シワの防止、保湿といったスキンケアと、日焼け防止、後は脇《わき》の下の臭い除去といったところでしょうか」

なんだか薬というより、基礎化粧品と日焼け止めローションと香水付きの制汗スプレーといったところのようね。でも、長い錬金薬師の歴史においては当然それらの対策も確立されている。

「シワや保湿については化粧の前に美肌ポーションを薄めて顔に塗るといいです。また、日焼け防止については外出前に新しく作る日焼け止めローションを塗ってください。脇の下の臭いについてはスプレーという液体を霧状に噴き出す器具をテッドさんのところで作ってもらいますので、それに制汗ポーションと香水を適量混ぜて吹き付けるようにしてください」

そういった説明をして、テッドさんに頼む容器と合わせた納品の段取りを済ませると、エリザベートさんは安心した表情で去っていった。どうやら、かなりマダムの方々に詰め寄られたらしいわね。

「はあ、思いっきり消耗品だわ。ずっと生産し続けなくてはいけなくなった気がする……」

でも錬金術なしで同等の効果がある薬など存在しない。なぜなら薬効ではなく地脈の効果を使って癒やしているからよ。替えが利かないものを世に出してしまったわ。昔は普通に使われていたから負担にならなかったけど、錬金薬師がいなくなって廃《すた》れてしまったのね。

やれやれと六重合成で美肌ポーションを量産し始めた私に、ブレイズさんがある提案をする。

「十五歳になればまた弟子が増やせるから楽になるんじゃないか」

「そんなに簡単に波長があう子が見つかるわけないわよ、その後の鍛錬も必要だし……って、そうだわ！　減るもんじゃないし、波長が合う合わないに関係なく最初から体を鍛えておいてくれないかしら」

そうすれば知識伝承が済むと同時に即戦力になる。候補者全員鍛えておけば知識伝承の対象として選ばれなかったとしても、鍛えた肉体で別の道も開けるでしょう。

「なるほど、それは一理あるな。上申しておこう」

こうして候補者たちへの中級ポーションがぶ飲み特訓の実施が決定されることになった。ノンストップ・ツーリングやマーロンシルク生産で常態化していたポーションによる疲労回復法の過酷さに、二人ともなんら疑問を抱かなかったのが原因だろう。

「もう追加の弟子取り話とは、村から連れ出されてもう二年になるなんて月日が経《た》つのはあっという間だわ」

二年近くいたから、研究棟にもだいぶ地脈が集まってきたから、前回よりは楽に知識伝承の儀式が行えそう。

「というか王都が私に合う地脈の拠点になってしまったら、辺境に帰れなくなるわね。それでもいいのかしら」

「辺境には素養がある者がいないからどうしようもないだろ」

「国内に波長が合う者がいなくなったら国外の者でも構わないの？」

いや、それは駄目だろうとブレイズさんは否定する。

「お前が死んだ後、雷神剣を百本作って攻められるだけで国が滅びかねん」

「国相手という意味なら、あれでもかなり控え目なんだけど……」

そんな私の言葉に、ブレイズさんは顔を天井に向けて目を手で覆うようにして言った。

「控え目じゃないやつはどれくらいなんだ」

「一撃で王都が消し飛ぶわよ」

「なんだと……」

加護を貰《もら》ったおかげで平和でよかったわ！　爆薬を錬金生成して起爆すればいいだけで困ってしまうわね。願わくば、弟子たちが誤った道に進まないことを祈るのみよ。

「だから前回の貴族の我儘《わがまま》なボンボンみたいな者ではなく、人格もそれなりに選んでもらえると助かるわ」

「……わかった」

真剣な表情をして頷《うなず》くブレイズさんに少し困ってしまう。錬金術師の知識記憶はライブラリに保存されてしまうから危険だからといって封印することができない。そう、忘れることができないのよ。でもね、

「私と波長が合う限りは、食べて飲んで楽しく過ごせればそれでいいと思うはずだけどね！」

「ははは、そりゃありがたい」

目指すはスローライフなんだから、これからもどんどん老後に役立つものを作っていくわよ！

✧

「メリアスフィール様、美肌ポーションというものを卸していただけませんでしょうか」

久しぶりに商業ギルドを訪れたところ、受付のベティさんから開口一番に言われたセリフがこれだった。おかしいわね、貴族にしか出回っていなかったはずなんだけど。

「今のところ国内の貴族からの注文が溜《た》まっていて難しいわ」

「そうですか……」

理由を聞くと、国内ではなく国外の貴族からの問い合わせのようだった。ベルゲングリーン王国との外交で、装いから化粧に至るまで急速に天と地ほどの格差が生まれて混乱が起きているそうだ。それで藁《わら》にも縋《すが》る思いで、国を跨《また》いだ組織である商業ギルドに話が来ているという。

「そうなると私の判断で流通させるのはまずいわね」

一応、王宮に可否を確認してから考えるということで、その日は中級ポーションを卸して商業ギルドを後にした。

✧

「というわけなんですよ」

美肌ポーション類を受け取りにきたエリザベートさんに商業ギルドでの一幕を話すと、友好国ならともかく立ち位置を曖昧にする中立国や敵対国に流されては困るので、商業ギルドのように国の色がついていないところに流通させるのは好ましくないということだった。

「友好国であっても親交の証しとして王族限定になるでしょう」

トップ同士の会談で、こちらだけ若々しい姿で出ては友好も何もないだろうから、王家から贈るのが望ましいとね。なるほど、外交カードの一つというところかしら。

「それだと友好国だけ若々しくて目立ちそうですね」

「わかりやすくて、効果的でしょう？」

他国には王家から選別した相手に流すということを商業ギルドに申し伝えるとのことで、後日に王家から贈呈する必要量を知らせてくれるそうだ。

その話はそれでお終《しま》いとして、今度は新しいポーションの使い方について実演を交えて簡単に説明した。十四歳でつけてもどうにかなるわけではないけど、美肌ポーションを手に振りかけて顔にペタペタと塗ったり、日焼け止めローションを露出している肌に塗ったり、テッドさんに容器を作ってもらった香水入りの制汗スプレーを胸元や脇に吹きかけたりしてみせた。

「一応、香水の種類は年齢を考慮して、たとえば私みたいな若年だと柑橘《かんきつ》系だったり、エリザベートさんみたいな妙齢の女性ならローズの香りにしたりと使い分けを想定しています」

香水なしのものも作ったので、香水のノウハウに自信があればそちらに混合してもらうか香水は別に使ってもらうということで、特に好みがなかったり若年で香水を選ぶほどでもなかったりするのなら、先ほど私が使ったような柑橘系の香りのものを使ってもらうよう説明した。

その後、ローズの香りをエリザベートさんにも使ってもらう。運動する前後やダンスの前などに使うと効果的かもしれませんと付け加えた。

「なるほど、これは素晴らしいですわ！」

まあ、誰でも汗の臭いは気になるものだし。あとは、このスプレーを使っても臭いが他人に比べてキツい人のために、フェロモンを抑える内服ポーションも渡した。自分で気が付かない場合は他人に判断してもらうということを説明した。

「臭いの問題はなかなか難しいですし気温の関係もあるので、夏場は以前にクレーン湖畔に行ったときに渡したように、アンダーウェアに小さな冷却の魔石と風の魔石を付けて涼《りょう》を取るような工夫も併用すればよいかと思います」

「確かにあれは効果的に汗を抑えることができましたね」

風の魔石の効果で香水をわざと送ることもできるので、その辺はシーンによって使い分けしてもらうということで説明を終えた。あとは、王家や貴族お抱えの香水マイスターの人たちが巧みに利用してくれるでしょう。

こうして一連の特定用途ポーション作りが一段落した私は、冬に向けた新しいものづくりに思いを馳《は》せるのであった。

再び商業ギルドを訪れた私は、エリザベートさんから聞いた内容を王家の意向として伝えた。

「ということで美肌ポーションは王家から贈ることになりました」

「そうですか……他国の顧客には、うまい言い訳を考えないといけませんね」

ベティさんは残念そうにしたけど、国の都合なのだから仕方ない。せめてもの埋め合わせに、私は許された範囲内での肌の手入れについて説明する。

「錬金術によるポーションなしでも、薬効成分を使ったスキンケアをすればそれなりに効果が見込めるはずよ」

ただ、そちらは効果がポーションほど明確に出るわけではないので薬師として出すわけにはいかない。それでも、植物性のオイル、植物性乳化ワックスにあとは精製水と好みの香りをつけるためのエッセンシャルオイルを適量混ぜれば、化粧をする前の素肌に潤いを保つ乳液は作れるでしょう。

そんな説明をしたところ、ベティさんは弾《はじ》けるような笑顔を浮かべた。

「なるほど、ではそれを特許登録して売り出しましょう！」

「えぇ!?」

千三百年前くらいの先人の成果に似たようなものがあるけど、そんな化石のようなスキンケア用品を特許にするなんて気がひけるわ。第一、フォーリーフの名前で登録するものが不完全な薬なんて、師匠に申し訳が立たない。

そんな理由を述べて断ろうとしたところ、

「では匿名制度を利用しましょう」

などと言い出した。匿名ならフォーリーフとは無関係なブランドとして売り出せるとか。

「ちょっと！　そんなものがあるなら最初から特許申請を全て匿名にしたわよ！」

とにかく、私は関わらないし名前も出さない、製造から販売まで全て商業ギルドに委託するという条件で乳液やフェイシャルクリームを始めとした基礎化粧品の特許登録をした。

「ブランド名はメリアスフィール様の名前を一部使わせていただいてメリーズとして売り出しますね！」

「わかったわ、好きにしてちょうだい。ただ、人によってアレルギー症状が出る場合があるから、使用前に手の甲で試して二、三日して問題がなかったら使用するように説明書きを書いておいた方がいいわ」

それでも問題が起きたら直してあげるから申し出てもらうようにお願いした。不完全な薬でアレルギーを起こされたら気分が悪いわ。

「ところで顔の皮を剥《は》いで中級ポーションを使って再生したら若返りするんでしょうか」

「ブフゥー！」

恐ろしいことを言い出したわね。思わず噴いてしまったけど、錬金薬師の長い歴史の中で奇特にも試した人がいるので答えは知っている。

「再生直後は綺麗だけど、細胞自体が若返りしたわけじゃないから、傷を治すのにポーションの地脈の力を使い切った後は、水分保持ができずに年齢相応の肌に戻るわ」

ついでに言えば、細胞分裂で寿命が減る分、やり過ぎると老化が早まる。とてもじゃないけど、痛みに耐えて行うようなことじゃない。火傷のケロイドを低級ポーションで治そうというのなら有効だけど、中級や上級ならそのままでも治せるので痛いだけよ。

「なるほど、よくわかりました」

ふぅ、鳥肌が立ってしまったわ。それはさておき、これで一般庶民も普通のスキンケアはできるようになるのだから、錬金薬師を必要としない安価な製品が出回るのは良いことかもしれない。ハンドクリームは男性の職人にも需要はあるでしょう。

私はそう割り切って商業ギルドを後にした。

✧

商業ギルドから研究棟に戻ると小腹が空いてきた。アルマちゃんは所用で外に出ているそうなので、私はケイトを相手に気を抜いた声を出す。

「はあ、コタツに入ってビュッシュ・ド・ノエルでも食べたい」

「何それ？　美味しいの？」

「美味しいけど、今はそれよりも休みたい気分だわ」

私は荷物をケイトに渡しつつソファに寝転がった。次第にメイド仕事にも慣れてきた様子のケイトを見つめながら考えを巡らせる。

「ああ、冬になったらコタツに入ってゴロゴロしたいわ……」

構造も簡単なので、ドラフターで図面を書き上げてテッドさんに渡すことにした。ガリガリと図面を書き上げる私にケイトがお茶を差し出してツッコミを入れる。

「こんなの、ここに置いたら雰囲気が台無しっしょ！　バーバラ様に見つかったらどうするの？」

「異国の調度品と言えばいいじゃない。掘りゴタツの台座ごと魔法鞄《かばん》で出し入れできるし、大きな問題はないわ！」

確かに研究棟みたいな洋館にはまったくそぐわないけど、ソファにダイブするよりはいいでしょう。作法に厳しいバーバラさんでも、そういうものだと言えば文句は出ないはず！

そう考えて熱を入れて図面を書いていたら本格的にお腹が空いてしまったので、ブレイズさんに断りを入れてケイトと共に研究棟の調理部屋へと赴いた。魔法鞄から材料を取り出して準備を始めると、立ち込める甘い匂いにケイトは嬉しそうな声をあげる。

「これは……ひょっとして新しいお菓子？」

「ええ。頭を使ったら甘いものが食べたくなったのよ！」

そう言って辺境伯邸で作ったロールケーキを取り出して、チョコレートクリームで木材を模したデコレーションを加えていく。簡易的だけど、ビュッシュ・ド・ノエルの出来上がりよ！

あとは年が変わる前後で正月気分を味わいたくなったので、栗きんとんと、豆をすりつぶしたあんこも取り出す。これで、あんパン、あんまん、温泉饅頭《まんじゅう》、同じく栗饅頭、栗羊羹《ようかん》、芋羊羹と色々作れる。

「これは豆を甘くしたものなんだけど、ケイトはどんなものが食べたい？」

「村にいたときにメリアが作ってくれたお団子みたいなのがいい」

串団子……は米がなかったから作れなかったはずだし、お団子って小麦粉で作ったすいとんのことかしら？　あの時は自分を誤魔化していたわね。

「わかったわ。それなら一番基本的な饅頭を作りましょう」

饅頭はあんこまで作ってあれば薄力粉と砂糖と水で簡単に作れる。問題は蒸して作る和菓子風の饅頭か魔導オーブンで焼いて作る洋菓子風の饅頭にするかだけど、残念ながら蒸し器までは持ってきていないから魔導オーブンでチャチャっと作りましょう。

やがて焼き上がったカステラ饅頭をトレイに載せていき、ブレイズさんが待つ部屋へと戻っていく。ケイトにお茶を用意してもらったら、準備完了よ！

「美味しい！　やっぱりメリアの作るお菓子は最高っしょ！」

「こっちのケーキは無理だが、このカステラ饅頭というのは素朴な味わいでいいな」

「そう？　湿地帯に生える細長い白い半透明の粒みたいな作物があったら、更にレシピが広がるわよ！」

「それなら聞いたことがあるぞ。隣国の更に先に、雨がよく降る川沿いの地域にあったはずだ」

なんだか梅雨みたいなイメージね。ここらへんは梅雨の時期がまったくなくカラッとしているから、気候が違うほど遠く離れている国になるのかしら。あまり遠いようだったら、いよいよ空輸の実現を考えないといけないわね。

私は喜ぶケイトを見つめながら、コメの獲得に向けて考えを巡らせるのだった。

✧

スイーツで程よく空腹を満たした後、次の野望に向けて職人街に繰り出していた。

「というわけで空を飛びたいわ」

テッドさんは渡したコタツの図面を取り落として口をあんぐりと開けてブレイズさんの方を見た。

「前にも言っていたから正常だぞ」

「失礼ね、気が触れたとでも思ったのかしら」

私は、以前作った飛行船を魔法鞄から取り出し、火炎の魔石で軽い空気を中空の船体に溜《た》めることで浮かばせプロペラで推進する仕組みを説明した。

「嘘《うそ》だろ？　ほんとに飛んでやがる！」

「いきなり飛行機は難しいから飛行船が現実的かしら」

原理的には見ての通り。温度差による空気の比重の違いを利用して空に浮かせ、プロペラで推進させるのよ。プロペラはなくても前に見せた風の魔石の出力を大きくしたもので代用できるから、蒸気機関を載せてプロペラを回さなくてもなんとかなるかもしれないわ。

「そして、まだ見ぬコメを空輸して食べるのよ！」

「はぁ、こりゃずいぶんと遠大なサブプロジェクトだな。また食い物がメインなところがメリアの嬢ちゃんらしい」

そう言ってテッドさんは笑っていた。それ以外に飛行船を動かす理由なんて何があるというのよ！

「飛行船の話は今は話半分に聞いてくれればいいわ」

「おう、正直言ってぶったまげたが、いつものことだな。だが面白い！」

そう言ってテッドさんはニカッと笑った。できることはわかっているけど、パラシュートとか、錬金術で液体水素を封入したカプセルでも用意して非常用ゴム風船でも作るとか、安全対策をしないとね。とにかく、生きてさえいればポーションで治せるわ。だけど、施工の規模が蒸気船並だから個人でつくるのは難しいかもしれない。

「それに比べてこいつはえらく簡単だな」

テッドさんは拾い上げたコタツの図面を広げて、そう感想を漏らす。

「冬にゴロゴロしてゆっくり過ごすための家具だからね。四人でトランプ……えっとカードを使ったゲームをしたりして過ごすのよ」

説明の途中で気がついたけど、トランプとかインドアの娯楽《ゲーム》をまったく作ってなかったわね。

今度、現物を作って見せてあげた方が手っ取り早いわ。

私は娯楽道具を作る約束をしてテッドさんの店を後にした。

✧

前世から現在に至るまでに既に世に出ているものがないかの確認に、エリザベートさんにトランプ、リバーシ、将棋を見せてルールを伝えて試していたけれど、

「参りました」

まったく勝てないのだけど？　負ける理由がわからないわ。

「これはなかなか面白い遊戯ですわ！」

エリザベートさんによると、トランプは私が顔に出すぎで勝負にならないとか。

「じゃあリバーシと将棋はどうなっているのよ！」

「メリアさんは、もっと先を読まないといけませんよ？」

なぜ二十手くらい先を読まないのですかと言い出すエリザベートさん。はい、わかりました。

地頭が違いすぎるということが！

「でも今回は仕方ありません。私は兵を預かる将軍をしていたのですから、錬金薬師のメリアさんが軍の指揮で負けるのは当然ですわ」

「そういう問題じゃない気が……」

私はすごく納得いかなかったけど、似たような遊びがないことはわかったからもういいわ。

エリザベートさんは実に興味深い遊具なので、相手になりそうな者に配るから百組くらい用意してほしいと言い残し、ご満悦の表情をして去っていく。

「まったく相手にならなくてスミマセンでした！」

パタンと扉が閉まった後に盤面をひっくり返した私は、その後テッドさんにサンプル品を渡し、王家宛てに百組の複製を納入するように伝えたのだった。

✧

それからしばらく時が経過し、商業ギルドの待合室に置かれた将棋盤を挟んで対局が行われていた。テッドが王家向けの百組を納めたあと、貴族家の御用商人を経由してゆっくりと商人の間にも浸透していき、いまや対局は商人の挨拶代わりとなっていたのだ。
「お聞きになりましたかな」
パチリ
「メリーズの基礎化粧品のことですか？　もちろんですとも」
パチリ
「私の妻も使用しておりますが、なかなかの効果のようで」
「ほう、一体どこのだれが特許登録などしたのでしょうな」

メリーズの基礎化粧品は匿名で特許登録され商業ギルドにて委託製造、委託販売されている。

このような儲《もう》け話をわざわざギルドに全面委任する奇特な商人がいるとは……

盤上の駒を眺めながら、その人物像を想像する商人たち。

「ふふふ、考えるまでもありませんな」

「確かに。そもそも隠す気があるのか……」

シャトーメリアージュ、メリアスそしてメリーズ。ネーミングが、あからさまにすぎる。第一、

「説明通り使用して問題が起きた場合は百パーセント治します」などと、責任問題に対して用心深い商業ギルドにそこまで言わせることができる人物はたった一人しか思い当たらなかった。

「そのあたりは、かの錬金薬師殿の十四歳らしさというべきでしょう」

パチリ
「ところで、基礎というからには応用、発展させた化粧品もあるのでしょうな」

「かの薬師殿であれば、隠し玉の十や二十はあって然《しか》るべきでしょう。それ、王手です」

バチン！

「あいや、待ったですぞ！」

「待ったはなしです」

こうしてメリアの知らぬところでまことしやかに幻の化粧品の噂《うわさ》が広まっていくのであった。

そんな幻の化粧品の噂は、エリザベートの訪問という形でメリアにも影響を及ぼそうとしていた。

「メリアさん、化粧品を作っていただけませんか？」

「は？　美肌ポーションを使用した上で既存のものをお使いになればよろしいのでは？」

エリザベートさんによると、メリーズなるブランドで噂の基礎化粧品を作り出した私なら、その上に施す化粧品にも詳しいのではと市中でもっぱらの噂だそうだ。そこで秘匿している化粧品の要請がエリザベートさんに届くようになったのだとか。

「ちょっと待って、なんで匿名で全面委託したのにバレてるのよ！」

「メリアさん、まさか隠しているつもりだったのですか！」

互いの認識の違いにより双方共に驚くという奇妙な構図が出来上がる。よほどわかりやすかったのか、隠しているとも思われていなかったわ。トランプ勝負と同じで、どうしてかまったくわからない。匿名制度とは一体……

いえ、この際、それは後で考えるとして化粧品の話に集中よ。

「そんなに化粧品に詳しいわけではないですけど、今はどんなものを使っているんですか」

「これが一般的な化粧になります」

そうして差し出された白粉《おしろい》に、これはまさかと戦慄《せんりつ》を覚えながら鑑定してみる。

白粉（一）：微量の鉛を使用したおしろい

白粉：微量の水銀を使用したおしろい

ちょっと！　慢性鉛中毒や慢性水銀中毒にでもなりたいの？　こんなものを使っていたら、肌に悪いだけじゃ済まないわよ！

「毒じゃないですか！　長く使っていたらキュアポーションを飲まなければ死にますよ！」

「なんですって！　それは大変まずいですわ……」

千二百年前くらいに化粧品を研究した先人もいるけど、錬金薬師にとって化粧で誤魔化すのは自らの敗北を宣言するようなものだから、一般には伝えなかったようだ。そして化粧で隠す必要がない水準までポーションが進化した後は世間でも化粧の技術は廃れていったのだろうけど、あまりに原始的すぎるわ。江戸時代じゃないのよ。

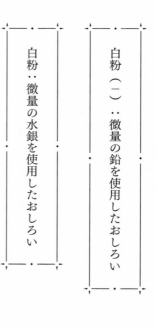

「仕方ないわね。私が普通の化粧品というものを見せてあげるわ」

千二百年前の先人には錬金薬師の恥を晒すようで申し訳ないけど、毒を使われるくらいならと許してくれるはずよ。私の前々世の知識も加えて、新しいメーキャップ化粧品を一通り作ってやるわ！

「まず最低限として、安全なファンデーション、ベビーパウダー、口紅、アイシャドー、アイライナー、頬紅、マスカラを作ります」

「まあ。ずいぶんと色々な化粧品をご存じなのですね！」

なんだか毒物の使用が心配になってきたから香水も用意する。ネイルまで面倒見切れないからポーションを使って綺麗にしよう。

「今使っている白粉は廃棄して顔に付けたものは綺麗に落としたあと、念のためにキュアポーションを飲ませてください。自分で常時服毒していたら、いくら薬師がいても面倒見切れません」

それにより損害を受ける商人もいるだろうし、しばらくは私が作った安全な化粧品の売り上げは、白粉の不良在庫を買い上げて確実に廃棄させる資金に充ててもらうようにお願いする。

「さすがメリアさんですわ、今までの白粉は使用禁止の触れを出しましょう！」

ふう、これで安心ね！　私の自由時間が削れるだけで……ガクリ。

✧

隠しても仕方なくなったので、新しい化粧品の製造法をギルドに伝えて追加で特許登録と製造・販売の委託をした。前々世の知識に起因する化学式から直接生成する成分については、製造法が確立するまで私が供給することになったわ。

使い方がわからないということなので、化粧の仕方については、年代ごとの基本的なメークの仕方を王宮のメイド長さんとその直属の女官だけに伝え、それ以降は女官を通して各貴族家に広めてもらうことにした。常勤でメーキャップ講師までやっていたら時間がなくなってしまうもの。

やがて来た講義の最終試験の日、私の前で女官たちによって化粧を施された王妃様はエリザベートさんとよく似ていた。いえ逆だわ、エリザベートさんが似ているのね。

「よし、合格よ！」

やっぱりロイヤルファミリーは素がいいから化粧映えするわね。美肌ポーションで素の肌年齢も若いから姉妹で通る……とまではいかないかもしれないけど、かなりの線までいったわ。

「こ、これがわたくし？」

王妃様は差し出された鏡をみて黙り込んでいたので少し心配になって、

「何か問題でも？」

と聞いてみたけど、ゆっくり頭《かぶり》を振っていたから問題ないわね！　これで水銀中毒や鉛中毒とはおさらばよ！

私は薬師として水銀や鉛入りの白粉を駆逐したことに軽い達成感を覚えながら、錬金薬師としての礼を取り王妃様の御前から退出した。

ちょうどその頃、宰相のチャールズはメリアが予想した商人とは別口から突き上げを受けようとしていた。

「白粉の使用を一方的に禁ずるなど横暴だと多く貴族が陳情のため謁見《えっけん》を求めてきています」

毒であるということから即時の対応をしたのが裏目に出たかとチャールズは溜息《ためいき》をつく。新しい化粧品の売り上げで金銭的な補塡《ほてん》をすると言っても、すぐに代替品が供給されるわけではないし、多くの貴族からすれば金銭的な問題ではないのだ。

困ったものだと謁見の間の扉を窺《うかが》うチャールズは、ふと、奥の間から妙齢の女性が女官をしたがえて歩いて来るのが見えた。

「エリザベート様？」

「まあ、お上手ね。チャールズ」

「はあ!?　まさか、アナスタシア様ですか！」

声色から目の前の妙齢の女性が王妃のアナスタシア様であることを知ったチャールズは、大変失礼ながら驚愕《きょうがく》の声を上げてしまう。確かに引退した父が宰相だった頃の、若かりし王妃様がだぶって見える。

動揺が取れぬうちに、このような場所でどうしたのか問われ、白粉の差し止めで陳情のため謁見が行われていることを話すチャールズ。

「私に任せてくれないかしら?」

颯爽《さっそう》と謁見の間に続く扉へと向かうアナスタシア様に、我に返ったチャールズは慌てて後を追った。

✦

謁見の間で、異例にも夫人を連れ立って集団で訪れた高位貴族たちから強い要望を受けていた国王のコーネリアスは、顔に出さないまでもうんざりとした気分でいた。

「ぜひ、白粉の差し止めを撤回していただきたい!」

そう言い放った公爵をはじめとする貴族たちに返事を返そうとしたそのとき、後ろの扉が勢いよく開かれ宰相と共に妙齢の女性が姿を現す。

「……妃《きさき》、であるか?」

「まあ、陛下。長年連れ添った私の顔を見忘れたのですか」

忘れるわけがない。忘れるわけはないが、余は夢でも見ているのか? エリザベートが生まれる前くらいまで若返って見えるその美しい横顔に、顎が外れるかと思うほど口を広げて驚くしかなかった。

妃は国王に寄り添うようにして謁見の間に集まった高位貴族たちを見ると、嫣然《えんぜん》とした笑みを浮かべながら話しかけた。

「なんでも、粗悪品の化粧を使い続けたいと陳情に来られたとか」

そんなぞんざいな言葉を投げかけられながらも、先ほどまで大声を上げていた公爵ですら、妃の外見の劇的な変化に口をパクパクさせながら声が出せないでいた。連れ立ってきた夫人たちに至っては、謁見の間であることを忘れて驚愕に目を見開いて妃を凝視している。

「ほほほ、別によろしいんじゃないですか？　親切心でこの化粧品の素晴らしさを伝えようとしていたのですが、余計なお世話だったようですわ」

完全勝利の余裕を見せながら夫人たちを見下ろすアナスタシアは、名実ともに夜会の頂点に君臨していた頃の風格を漂わせながら続けた。

「それほど大量に作れるわけではないようですし、高位の貴族が進んで旧来品で我慢してくれるというのなら、それは大変結構なことではないですか」

そう話す妃の意図を汲み取り、国王は公爵に揺さぶりをかける。

「そうであるな。公爵よ、長年の功績を鑑《かんが》み、望み通りお前たちに限っては特例として粗悪品を使い続けることを許してやろうではないか」

「あ……ありがたきしあわゴフッ……」

条件反射で返答しそうになった公爵が、横から公爵夫人に本気の肘鉄を食らわされているザマを見て思わず噴き出してしまいそうになるが、長年鍛えた鉄面皮でやり過ごす。

その後、公爵たちの非常に苦しい言い訳をしばらく堪能《たんのう》した後、頃合いを見て新化粧品の融通を条件に白粉禁止令の推進に協力させることで手打ちにした。

「メリアスフィール・フォーリーフ、噂以上の逸材のようだ」

国王は輝くような笑みを浮かべる妃を見ながら、久しぶりに腹の底から笑った。

「やっぱり冬はコタツに限るわね」

台座の上の掘りゴタツに足を入れ、上に置かれた饅頭《まんじゅう》を手に取ってお茶と一緒に食べながら、美肌ポーションや化粧品を生成する。ここが王宮の研究棟でなければ、もっとよかったのに。

白粉《おしろい》を駆逐したのはいいけど、あれからメリーズの化粧品の需要が増加してしまい、主な製造工程を委託した商業ギルドに卸す原料を作らなくてはいけなくなったわ。こんなことなら千二百年前そのままの化粧品を伝えればよかった。

「明日は、また五人ほど来るそうだ」

「わかったわ」

そして、十五歳になるまでに二人目の弟子の候補者を絞るため、最近では錬金術の素養がある者が波長の確認のため送られてくるようになっていた。この機会に素養が判明しているもの全てを引き合わせて波長適合の順位付けをするらしい。

性格に問題がある者や我儘《わがまま》な子息が事前面接で門前払いされるようになったのは助かるけど、この調子で弟子を取らされたら、五十歳になる前に十人くらいの弟子を抱えることになってしまうわ。

「普通は二、三人も弟子を取れば十分なんだけど」

「そうなのか？　錬金薬師が増えるのはかなり先になりそうだな」

というか大体は一人だった。波長の適合率を考えればそれでも万々歳よ。まあ、二人取れば少なくとも私の代では倍に増やしたことになるでしょう。

「それより、泥炭《ピート》と水源が見つかったんですって？」

「ああ、北の国境近くの森で発見されたそうだ」

ウィリアムさんのところで泥炭なしで試行し、ウイスキーの工程は一通りできるようになっていた。これでいよいよ本格的なウイスキーができるわ。最短で三年、それなりのものは十年後に。

「若いウイスキーでも出来上がりは三年後ね、ウィリアムさんには伝えたの？」

「もちろんだ、今頃は現地に行っているはずだ」

これで一通りのお酒は……って、肝心のラム酒がまだじゃないの。洋菓子には欠かせないから是非とも進めたいところだけど、必要な機材が揃《そろ》わない事情があった。いつぞや貴族の令嬢方を通した農業機械の普及のお願いは思ったより効果があり、なんと農業機械の受注でテッドさんたちはしばらく忙しくなってしまったのよ！　それで遠心分離機の研究は後回しになっていた。

来年になれば年を追うごとに収穫が倍増していくはず。でも伝え聞いたところによると、綿花を輸入して布や服にして輸出する加工貿易が盛んになっているようで、綿花の国内生産にそれほどこだわる必要はなかったのかもしれないわ。となれば、

「いよいよ見えてきたわね、私のスローライフ」

「そんなわけないだろう」

ブレイズさんの話によると、十五歳になると同時に、未成年を理由に突っ撥《ぱ》ねてきた外交舞台へのデビューが待っているそうだ。何それこわい。

「まずはフィルアーデ神聖国を訪問して聖女認定がされる予定だ」

「は？　聖女なんてどこからそんな話が出てくるのよ！」

こんなに食い意地が張って商売っ気があってぐーたらスローライフする気満々の聖女がいてたまるものですか。神様だって笑い転げるわよ。

「お前が聖女らしくないのはまったくその通りだが政治的配慮だ」

どうやら第三国で加護の正式な認定を受けることで、戦争などの紛争停止が確定するとか。そうでなければ嘘《うそ》か真《まこと》かわからない加護認定宣言が飛び交うことになるらしい。

「隣国にフィルアーデ神聖国なんて国あったかしら」

「国を二つ隔てた大陸中央にあるぞ」

え？　それってまさかの旅行フラグ!?　いや、私は騙《だま》されないわよ！

「まさかバギーに乗ってノンストップで行くつもりじゃないでしょうね」

「他国を素通りできるとでも思っているのか？　当たり前だが、途中で表敬訪問くらいはするだ

ろう」

　そう言って肩をすくめるブレイズさん。なるほど、ということは途中で色々な料理を食べたり歓待を受けたりできるわけね。

「それは楽しみだわ。美味《おい》しい料理やスイーツが食べられそうね」

「そんなわけがないだろう。忘れているのかもしれないが、お前が考えた料理以上のものなんて道中はおろか隣国の宮廷にもあるはずがない」

　そういえば、そんな理由で審問にかけられたような記憶があるわ。

「嫌なことはなるべく忘れるようにしているのよ。思い出させないで！」

「ついでに言えば酒も衣類も甘味も移動手段や生活インフラも含めて、全て、ベルゲングリーン王国が最先端だ。このコタツとやらで暖を取りながら小綺麗《こぎれい》な部屋着を羽織って、饅頭《まんじゅう》を食って過ごすのが当たり前だと思っているお前が満足できるような国は一つもない！」

　そう断言して遠ざけたい現実を直視させようとするブレイズさんに、私は頭を抱えて呻《うめ》き声を漏らす。

「なんてことなの。そんな辺鄙《へんぴ》なド田舎の国に行くなんて……」

「お前、国を出たら絶対そんなこと言うなよ。というか口を閉じて愛想笑いを浮かべていろ」

「失礼ね、公然とそんなことを言うはずないでしょう。ちょっと心の中で思うだけだわ。これでもＴＰＯくらいわきまえているわよ！」

「その心の中がわかりやすすぎて、姫さんにトランプで負け続けたことを忘れたのか」

「うっ……仕方ないわね。わかったわよ」

使えそうな内陸の特産物でも見つけて、目ぼしいものがあったら商業ギルドを通して輸出してもらうくらいが関の山ね。米以外で言えば醤油や味噌を作れそうな大豆。あとは唐辛子と胡麻《ごま》油、つまりラー油あたりかしら。チャーハン……う、頭が！

こうして比較的平穏な日々を過ごすうちに、やがて春を迎えた。

✧

「ここに来れば饅頭をたくさん食べられると聞いて来ました」

冬の間に選別を終えた中で第一位の弟子候補となったカリンちゃんは、すごく食い意地がはった子だった。年齢は九歳の女の子。肩口で切り揃えられた茶髪を振り乱しながら興味深く研究室を見回している。

「こんな子が私と一番波長が合うなんて……」

「この上なく納得の第一位じゃないか」

「ぐぅ、まあいいわ。それならそれで私にも考えがあるわ」

カリンちゃんに近づき、これからよろしくねと私はお姉さんらしく飴《あめ》ちゃんを渡す。そうして食べ物で気を引きつつ、しばらく一緒に過ごしながら初夏を迎えて私が十五歳になったら知識伝承の儀式を行う説明をしていく。

「これからしばらく一緒に過ごして互いを理解し仲良くなると、儀式の成功率が上がるの」

「ふぅん……でもカリン、食べ物の味以外はよくわからない」

「そんなカリンちゃんのために、仕方なく色々な春のお菓子を作りまくらないといけなくなったのよ！　さあ、さっそくマカロン、シフォンケーキ、パウンドケーキ、チーズスフレでも作りに辺境伯邸に帰りましょう」

「わかった！　メリアお姉ちゃん！」

よし！　これでしばらくは合法的にルーティンワークから解放ね！

「すまん、先行きがとても不安になってきたんだが……」

メリア二号じゃないかと顔を手で覆うようにするブレイズさんに畳み掛けるように指摘する。

「何を言っているの？　弟子が増えたら楽になるって言っていたのはブレイズさんじゃない。食の伝道師が増えるんだから喜んでほしいわ」

「似たような思考に深い知識と自重のなさが伝わることに、そこはかとない不安を覚えるんだ」

なんだか間接的に私がカリンちゃんのような幼い思考パターンをしていて自重がないように聞こえたけど、気のせいと断じてカリンちゃんの手を引き研究棟を後にする。見た目はともかく、私は礼節をわきまえた立派な大人の女性だわ！

帰りがけ、折角だからとスケッチブックを取り出してリボンをあしらったベレー帽に紺を基調とした白いラインの入った小学生の制服風デザインを描き、カリンちゃんの寸法を採ってもらって注文した。貴族令嬢の春のコーデも終わったし、被《かぶ》りはないはずよ。

衣食住足りて礼節を知る。貧しい農村から連れて来られたカリンちゃんには、まずは文化的な暮らしをしてもらいましょう！

✧

こうして、料理とお菓子三昧の楽しい春が過ぎていき、やがて初夏を迎え私が十五歳となったある日、私はカリンちゃんに知識伝承の儀式を行った。

「これから、するべきことはわかった？」

「うん、まだまだ山ほど実現できていない料理があるってわかったよ、メリアお姉ちゃん」

「その通りよ！」

危険な知識も多分に含まれる私の書庫《ライブラリ》を受け継いだ後も、なおも変わらぬカリンちゃんの様子に私は嬉《うれ》しくなって微笑《ほほえ》んだ。それでこそ私の弟子、カリン・フォーリーフよ！

まずは知識伝承の試しにと、カリンちゃんに中級ポーションを作ってもらった。

「魔力水生成、水温調整、薬効抽出、薬効固定、冷却……」

チャポン！

中級ポーション：やや重い傷を治せるポーション、効き目普通

「ふむ、普通ね。まだ九歳だし焦《あせ》らずこれから成長していけばいいわ」

「わかった、ポーションの方もついでに頑張る！」

「ついで……」

何やらボソッとした声がブレイズさんから聞こえた気がするが気にしない。錬金薬師になったからといって、趣味も持たずに蒸気馬車のようにポーションを作るだけの毎日を送るのは味気ないし、頑張るって言っているんだからいいじゃない。

これで、私の代では少なくとも二人の弟子が生まれ、師匠の弟子として最低限の役目は果たしたと安堵《あんど》した。もう、いつ過労死しても思い残すことは――

「ありまくりよ！　これからも料理とお菓子を広めていくのよ！」

研究棟の中庭の木の下で、カリンちゃんと揃ってエイエイオーと右手を上げる私たちに呆《あき》れながらも仕方ないなと笑うブレイズさん。そんな私たちを祝福するように初夏の優しい木漏《こ》れ日が降り注いでいた。

知識伝承の儀式を終えた後、私はまた六重合成による量産活動の日々に戻りながら、その作業と同時並行で表敬訪問に必要な知識を詰め込まれていた。せめて、どちらかにしてもらえないものかしら。

「なぜこんなことに……」

「仕方なくお菓子作りを優先してきた結果ですわ」

自業自得と冷たくあしらうエリザベートさん。それにしても、エリザベートさんは周辺国の事情をよくわかっているわ。両手両足がふさがっている私の代わりにノートに記帳していくブレイズさんの文章や簡易地図を見ながら感心していた。

今回の旅程は西の隣国から更に隣の国を経て北上してフィルアーデ神聖国にいく予定だ。北の国経由なら一国で行けるらしいけど、敵対国だから万が一を考えると駄目だそうだわ。敵対国であっても過去の前例から、加護持ちを殺《あや》めた場合に降り注ぐ自国への災禍を考慮すると滅多なことは起きないそうだけど、軟禁するくらいは考えられるという。

「途中で面白い観光地とかはないんですか」

そんな長い旅路で、なんの楽しみもなく蒸気馬車で揺られる毎日では気が滅入るわ。

「もちろんあります。初夏の時期限定の雪解けによる白糸のように流れる滝や、向こう岸が見えないほどの雄大な河川、山脈越えの峠道の中央から見下ろす景色など見どころは随所にありますわ」

ただ、日程を考えるとゆっくり物見遊山《ものみゆさん》している時間はないという。そこまで期待させておいて、最後に下げられるとガックリとしてしまう。

「これが最初で最後の訪問かもしれないのに……」

「いえ、教皇の代替わりの際にはまた呼ばれるでしょう」

聖女認定されたら、私が式典であらたな教皇を任命する役回りを務めることになるのだとか。

「そんなこと一言も聞いてないんですけど！」

「加護持ちは、それほどに希少な存在なのです」

ましてや創造神の加護など古い文献を漁らないと出てこないのだとか。同格の者が後から出てきたとしても、私が筆頭だという。あの微妙な加護というか慈悲にそんな価値があろうとは思わなかったわ。

そこまで希少な存在が物見遊山も許されないとはどういうことなのか問うと、夏のコーデが間に合わないという酷《ひど》く世俗的な理由だった。それまでの神聖な話との落差に、思わず反論が口を突いて出る。

「季節も一巡しましたし、去年を参考にお抱え職人にデザインさせればいいのでは」

「私も家のものに作らせればと話したのですが……」

令嬢たち曰《いわ》く。メリアス&メリーズ、メリメリの装いにあらずんば貴族令嬢にあらず。その証拠がメリア様謹製の特殊なインクを使って押される「メリアのお友達ポイント」スタンプですわ、と口を揃えて断言されたという。

私は真面目な顔で告げられたシュールな内容に思わず噴いてしまう。

「完全にブランド化してるじゃないですか！」

「そうなのです！　国内の農業振興にも一役買っている側面もあるので、メリアさんには申し訳ないのですが頑張ってもらうしかありません」

そう言われると自分が仕向けたこともあり反論の余地がない。でも私の心にメリメリくるものがあるわ。

その後、西のスポーン王国、その隣のエープトルコ王国、それからフィルアーデ神聖国について大体の詰め込みが終わると、北のブリトニア帝国についてはまたの機会ということでようやく解放された。

✧

辺境伯邸に戻り、私は指示されたマーロンシルク生産のため無意識下で四重合成により生糸を生成しながら、これからの旅に思いを馳《は》せた。

「隣のスポーン王国はともかくエープトルコ王国にあるナール川は見てみたかったわ」

雨期になると氾濫して肥沃《ひよく》な農業地帯を生み出しているのだとか。なんだか稲が期待できそうな話よ。更にエープトルコ王国の北のケール山脈を越えたところにあるフィルアーデ神聖国は、高所にあるから薬草がたくさん生えてそう。ハーブも期待できるわ。スポーン王国の南に張り出した半島部分は乾燥しているようだから、案外、いい葡萄《ブドウ》や他にも有用な作物が見つかるかもしれない。研究室に備え付けられた植物図鑑によると、オライルという前々世のオリーブに似ている植物も生えているようだわ。でも南に迂回《うかい》することはできないから、図鑑の植生図に記される場所まで足を運ぶのは難しいかもしれない。

「ああ、南半島に生えているというオライルの実が欲しいわ」

「市場を回れば農作物は見られるだろう」

「確かに、それくらいは許してほしいものね」

とにかく目ぼしいものを見つけたら魔法鞄に入るだけ買い込むのよ。

「ところで何人で神聖国に向かうの？」

「スポーン王国に隣接する辺境伯軍から一個小隊程度をつけて向かう。あまり大規模では誤解を生むからな」

ブレイズさんはそういうけど、数十人規模じゃないの。大袈裟《おおげさ》ではないかしら。

「そんなに大人数じゃ料理を作っていられないわね」

「大丈夫だ、料理長もついてくる」

「え、そんなのありなの？」

「辺境伯も辺境伯夫人も王都にいないのだから問題ないだろう」

なるほど、それは助かるわ。珍味や珍しい作物を見つけたらその場で調理できるわね。

「こうなると長距離の旅に適した蒸気馬車を設計して、テッドさんに作ってもらわないといけないわ」

「今度は何をするつもりだ？　またとんでもない代物を作る気じゃないだろうな」

「ちょっと空間拡張の魔石で蒸気馬車の荷台を広げて、料理する場所や寝泊まりできる居住空間を設けるだけよ」

魔法鞄のちょっとした応用ね。人が入れる分だけ、鞄の収納容量よりかなり狭くなるから魔石が勿体無《もったいな》いけど。荷台の筐体《きょうたい》を方形にして少し大きくするだけだからすぐできるでしょう。

「また、そんなとんでもないものを……」

「ちょっと広くなるだけで大したことないわよ。テントを張らなくても野宿できるからいいでしょう。小隊規模なら全員分用意できると思うけど要《い》らないの？」

そう聞いてみると、ブレイズさんは顎に手を当ててしばらく考えたかと思うと、要ると答えた。

「外からバレなければ問題なかろう」

「そうそう、蒸気馬車を動かしている時点で今更よ」

大体、小隊規模が移動したら小さな町や村じゃ泊まるところがないじゃない。それにしても料理長がいるなら、ほとんど辺境伯邸で過ごすのと変わりないわ。

「あら？　もしかしてポーションなどを作らなくていい分だけ、王都より楽に暮らせるんじゃないかしら」

「いつからポーションを作らずに済むと錯覚していた」

魔法鞄に材料を詰めていけば作れるだろうと、いつ用意していたのか薬草などの材料を詰め込んだ鞄を見せるブレイズさんに思わず溜息《ためいき》をついてしまう。料理だけじゃなくて、その他も王都にいるのとなんら変わらないじゃないの。

まったく、どこの誰よ！　魔法鞄などという無粋なものを作ったのは！

「旅行気分が台無しだわ……」

「もとから旅行じゃないけどな」

それは言わない約束よ、ブレイズさん。聖女などという柄《がら》にもない呼称から目を逸《そ》らしたい乙女心を理解してちょうだい。

「まったくもう！　フィルアーデ神聖国には、白糸の滝を見たり薬草やハーブを採取したりする以外に用はないのよ。あと少しステンドグラスやパイプオルガンにも興味があるけど」

指折り数え始めた私にブレイズさんはツッコミを入れる。

「肝心の認定式を忘れるほど用がありまくりじゃないか」

「あれもしたいこれもしたい年頃なのよ！」

「十年、二十年経《た》っても変わらない気がするんだが」

「そりゃそうよ。十年や二十年で地脈を通すこの肉体と精神が衰えるものですか」

まだ十五歳なのよ？　お楽しみはこれからよ！

「それじゃ年頃関係なくないか？」

「女性に年齢の話は禁物よ！」

その答えに興味をなくしたのか、へいへいとおざなりな返事を返して私が書いた設計図を持ってテッドさんのところに行こうとするブレイズさんに、ちょっと待ってと何パターンかにナンバリングしたウイスキーの小樽《こたる》を渡す。

「ウィリアムさんのところで試験的に作ったウイスキーを錬金術で疑似的に熟成したものよ」

原酒が二割の水割りの状態で、どれが一番好みかなるべく多くの職人さんたちに聞いてきてもらうよう、お願いした。後で混ぜ合わせてある程度の調整ができるとしても、十年経って失敗じゃ困るものね。主な消費者の嗜好を早めに調査できるならしておくに限るわ。

「おう、任せろ！」

先ほどとは打って変わってやる気を出したかと思うと、ブレイズさんはバギーを飛ばしてあっという間に視界から消えていった。

まったく、いつもあれくらいやる気を出してくれるといいのだけどとぼやきながら部屋に戻ると、私は魔石を手に蒸気馬車用の効果付与を始めるのだった。

✧

それから一カ月後、私はフィルアーデ神聖国に向けた旅に出ていた。旅行という非日常に胸を弾ませながら隣国のスポーン王国での逗留《とうりゅう》で市場を見回っていた私は、お目当てのオライルの実をみつけて歓喜の声を上げる。

「やっぱりあったわ、オライルの実！」

少し購入して早速錬金術でオライルからオイルを抽出してみると、狙い通りの油が抽出できた。

「よし！　これでパスタもハーブ石鹸《せっけん》も作りやすくなるわ！」

私は市場でオライルの実を大人買いすると、逗留先の宿でオライルオイルを抽出して料理長に渡す。

「パスタ料理を作るときに、このオライルの実から取れるオイルを使うと、相性がいいと思うわ」

他にもドレッシングとか違った風味を出せるものがあると思うので研究してほしいと付け加えた。

「わかりました。さっそく試しましょう」

料理長はオライルオイルを受け取ると、蒸気馬車内部に設けたキッチンスペースに消えていった。オライルオイルは錬金術を使わなくてもミキサーにかけて水分と油に分離した上澄みを掬《すく》うだけで簡単に作れるから、輸入できれば気楽に使えるわ。

「ところでこの後の予定はどうなっているの？」

「スポーン王国の駐在大使館に行って大使と王宮に挨拶に行くことになる」

ううっ、聞かなければよかったわ。でも大使の指示に従って紹介されたら会釈《えしゃく》するだけでいいそうだから少しの間の我慢よね。

そう、このときはそう思っていた。

「ほう、そちらが噂《うわさ》の錬金薬師殿か」

「はは、フィルアーデ神聖国にて聖女認定を受ける旅の途中にて、挨拶に参った所存です」

自国の大使が滑らかに会話を進めていく後ろで、頭を下げて待機するだけの簡単なお仕事です。やっぱり貴族は折衝に関して鍛えられているだけあって、コミュニケーションは完璧ね。

「折角だから姫にも顔合わせをしようではないか」

そう言って王様が側仕《そばづか》えに手を振って指示をすると、後ろの扉から妙齢の美しい女性が現れた。王妃様やエリザベートさんが薔薇《バラ》を連想させる美しさなら、こちらは白百合《シラユリ》のようなたおやかな女性で、絹のようなオフゴールドのロングストレートの髪に優しげな青い瞳でこちらを見つめている。これは今まで見た中でもトップクラスに綺麗な女性だわ。

「我が娘セリーヌは隣国のエープトルコ王国の王子と婚約を交わす予定でおったのだが、どこぞの国で見《まみ》えた青い薔薇が美しいと評判で話が頓挫《とんざ》しておってな。友好国である大使においては、どうしたらよいか是非とも妙案を聞かせてもらいたいものだ」

そうスポーンの王様がやけにニッコリした笑顔で話しかけたけど、先ほどと違って大使が大汗をかいている様子だった。

なんだか雲行きが怪しくなってきたわね。青い薔薇でどうして話が頓挫《とんざ》するのかさっぱりわからないけど、こんな美しい姫君を放っておくなんて勿体無いことだわ。

「そこの錬金薬師殿にも是非意見を聞いてみたい。直答《じきとう》を許す」

そう仰《おっしゃ》るものの額面通り受け取っていいのかわからないので大使の方を見ると、仕方なしといった風情で頷《うなず》くので思うところを述べた。

「これほどの姫君を放っておくなど、エープトルコの王子は見る目がありませんね」

「ほう、聞けば錬金薬師殿は薬だけでなく服飾デザインや化粧にも詳しいとか。姫に相応《ふさわ》しい装いを見繕《みつくろ》ってはくれぬか」

お安い御用だわ。白なら前にエリザベートさんのドレスで使わなかったマーロンシルクの布もあるしね！

私は右手を胸に当てた錬金薬師としての礼をとりながら自信満々に答える。

「お任せください。そこいらの野薔薇など霞《かす》むほどの美しい白百合を、王子の眼前に見せつけてご覧にいれま……フガフガ」

とそこまで口にしたところで、ひどく慌てた様子の大使に口を押さえつけられた。ブレイズさんを見ると、天井を向いて目を手に当てて「あちゃー」という表情をしている。どうやら、何かやらかしてしまったらしいわ。

「そうか。それは楽しみにしておるぞ」

その言葉と共に王様は会心の笑みを浮かべられ、逆に大使はガクリと項垂《うなだ》れながら了承する形で、私の初めての外交行事は終わりを告げたのだった。

「自国の姫を野薔薇にしてどうするんですか！」

バベン、バベンと机を叩《たた》くエイベールさん。そう、謁見《えっけん》終了後、大使館に戻った私は駐在大使のエイベール伯爵にこってりと絞られていた。

「青い薔薇がエリザベートさんのことだとは露《つゆ》知らず……」

今度は私が大汗をかいて苦しい言い訳をする。うぅ、ハッキリ言ってよ！　お前の国のエリザベート姫がよくもやらかしてくれたじゃないかって言えばいいじゃない！

とにかく謁見の間で王様と直々に約束したからには履行《りこう》しないといけなくなったそうよ。ははは、青いマーロンシルクのドレスを纏《まと》ったエリザベートさんの上を行かなくてはならなくなってしまったわ。

ただ、あの時は化粧もしてなかったし、将軍を務めていた脳筋姫様《エリザベートさん》よりは、姫君として育てられたセリーヌ姫の方が上だと信じてなんとかする他ない。

やればいいんでしょ、やれば！

「これが、私なの？」

「私の持てる技術と、スポーン王家の職人たちの技術の粋を集めた最高傑作でございます」

セリーヌ姫は姿見鏡に映る自分を見て呆然《ぼうぜん》としている様子だった。

錬金術で作った美肌ポーションと化粧の技術、そしてスポーン王国の王家御用達職人との合作による純白のマーロンシルクを使った必殺のウェディング風ドレスよ。ヘアケア、フェイシャル、ボディー、ネイル、香水、つま先の靴のエナメル素材に至るまで錬金術でやりきったわ！　これで靡《なび》かないボンクラ王子なら諦《あきら》めてちょうだい。

王様にも完全武装《メーキャップ》したセリーヌ姫を確認してもらうと、王様は驚愕の表情を浮かべて約束の履《り》行《こう》を認めてくれた。

「何か褒美《ほうび》を取らそう、望みはあるか」

「オライルの実を輸出してもらえれば十分です」

そんな簡単なことかと王様は快《こころよ》く受諾してくれた。これでオライルオイルは使い放題ね！

その後、王宮の女官に化粧技術を伝授し、美肌ポーションと化粧品を渡し、後はよろしくお願いしますということで、ようやく解放されたのだった。

✧

「やっと出発できるわね」

まったく、中級ポーションがぶ飲みで一月弱くらいかかってしまったじゃない。旅の日程が大きくずれてしまったわ。

「最初にお前が言ったバギーで急行する案が一番楽だったかもな」

確かにポーションをがぶ飲みする期間は短くて済んだでしょうね。幸い遅延の理由はスポーン王家のほうで取り成してくれるそうだから、行事取りやめということにはならなかった。けど、もう謁見はこりごりだわ。そう思いながら、エイベール伯爵からエープトルコの駐在大使に向けた手紙を預かり、西に向かって出発した。

「でも一カ月も逗留《とうりゅう》できたおかげでオライルを使った料理のレパートリーは格段に増えたわね」

チキンピザ、チーズピカタ、チキンソテー、ローストポーク、そしてイタリアン風味のカツレツ。蒸気馬車の中で料理長により昇華されたオライルオイルを使った料理に舌鼓を打つ私。今回のことは犬に噛《か》まれたと思って忘れることにしましょう。

「さあ、次は米を発掘するわよ！」

「忘れた頃に何かありそうな気がするんだがな」

不吉なことをいうブレイズさんの言葉は、次のエープトルコ王国の市場に想いを馳せる私には聞こえなかった。

その後、エープトルコ王国の王子とスポーン王国の姫君との間で、無事、婚約が取り交わされたことを知るのは、辺境伯邸に大量に送られてきたオライルに付けられた謝意を示す手紙からとなる。

隣国から颯爽《さっそう》と現れ、魔法のように縁談をまとめたという錬金薬師の手腕に、各国王家から姫君の縁談への協力要請が届くようになるのはまた後の話となるのだが、このときのメリアには知る由もなかった。

✧

スポーン王国を経由してエープトルコ王国に入った街中で、私は至高の穀物を目の当たりにしていた。

「これは夢にまで見た米じゃないの！」

川が氾濫するほど水資源が豊富ならあるのではないかと思っていたのよ。そして、嬉しいことに大豆も見つけてしまった。数量を聞き間違えたのかと耳を疑う店主を急《せ》かすように、私は店に置いてあった米と大豆を全て買い取る。商業ギルド証の決済は国を跨《また》いでも有効で便利ね。

「無敵！　醤油と味噌はもう手に入ったも同然よ！」

「そんなに喜ぶほどのものか？」

右手を振り上げて喜ぶ私にブレイズさんが不思議そうにしていたが、こればかりは現物を用意してからじゃないと伝わらない。

あんこに使う小豆《あずき》は糖質が多くてタンパク質や脂質が足りないから醤油や味噌を造れなかったけど、これで、かなりの料理が解禁されるわ。帰ったら清酒、焼酎、みりん、酢も作らないとね。

でもこれらの品々を定期的に輸入するにはどうしたらいいのかしら。というか、ベルゲングリーン王国でも栽培できないものかしら。いや、量をとるのは無理ね。それに水を湛《たた》えた肥沃な大地でしか育たない品種もあるし。

「そうだわ、商業ギルドを仲介して送ってもらいましょう」

「少し落ち着け！　その前に大使館に行くぞ」

商業ギルドに突貫《とっかん》しようとする私の襟首を摑《つか》んで止めるブレイズさん。いけない、喜びのあまり忘れるところだったわ。仕方ない、商業ギルドは国に帰ってもあるからなんとでもなるでしょう。

✧

街を通り抜けて王宮近くにある大使館に到着すると執事の案内で客室に通され館の主と面会した。一通りの挨拶を終えた後、ブレイズさんが例の手紙を渡す。

「スポーン王国では、相当やらかしたようですね」

エープトルコ王国における駐在大使であるワイズリー伯爵はスポーン王国の駐在大使であるエイベール伯爵からの手紙を読み終え、私が予定より遅れて到着した理由を知ったようだ。先ほどまでの笑顔が嘘のように口角を引き攣《つ》らせている。

「不幸な事故だったんです」

当初の予定では、会釈だけしてればオッケーのはずだったのよ。でも王様も納得していたし、旅の日程が少し遅れただけで問題ないわね！

「エープトルコ王国の謁見では、くれぐれも口を慎《つつし》んでくださいよ」

「はい、もちろんです。直答を許されても喉《のど》を痛めていることにしてください」

「死の淵にある重病人でも瀕死の重傷からでも全快してみせる最高峰の錬金薬師が自分の喉《のど》を痛めたままにしているわけがないでしょう！　そういうところですぞ！」

などと、即座に迂闊《うかつ》な発言癖を指摘するワイズリー伯爵はなかなかのやり手のようだった。これなら余計なことを言わなければなんとかしてくれると、私は逆に安心してしまったわ。

「もし発言するときは発言内容を一度、私に小声でお伝えください」

「はい、わかりました。言う通りにします」

私は原点に立ち返り、イエス・オア・イエス、偉い人には考えるだけ無駄というスタンスを貫くことにした。

「まあ小言はここまでとしましょう。長旅の疲れを残していては判断力も鈍りますから、ごゆるりとお過ごしください」

そんな考えを見抜かれたのか今度は肩の力を抜いて旅の疲れを癒やすようにとワイズリーさんに近場での物見遊山を勧められ、私は二日後の謁見まで異国情緒を満喫できるよう自由行動をすることになった。

ワイズリーさんの配慮はありがたいけど、ポーション効果で少しも疲れていなかった私は花より団子とばかりにエープトルコの大地の恵みを頬張っていた。

「握り飯美味しいわ！」

米を手に入れたので、早速、脱穀《だっこく》してご飯を炊いたのよ。牛丼、カツ丼、天丼、親子丼、炒飯《チャーハン》、ドリア、団子、大福、おはぎ、草餅。醤油ができたらお寿司、海鮮丼、鉄火丼、いくら丼。単なるお茶漬けや卵かけご飯でもいいはずだった。

しかし今このとき、塩をかけただけの単なる素の握り飯に私は涙を流していた。

「変わった食感ですな。これはどのように使うのですか」

新しい食材の素の味を確かめる料理長に、私は米を利用したレシピを説明していく。色々な応用が利くけれど、本領を発揮するのは帰って米や大豆から作る調味料を作ってからのお楽しみよ。

「色々あるけど、まずはカレーライスを食べましょう！」

ナンやカレーパンしか用意してなかったけど、今は久しぶりにカレーライスを食べたいわ。私はご飯を炊く間に用意してもらっていたカレーをご飯にかけてもらった。

「はぁー、美味しいわ」

「これはカレーによく合いますな」

基本、ぶっかけは米に有効だからね！

「いっしょに炒めたり煮汁を染み込ませたりして素の米に深い味わいを持たせることができるの。主食であるパンにも通じるところがあるから今後の研究課題ね」

「わかりました、帰るまでに旅の途中でも試行錯誤していきます」

これで帰ったら色々なレパートリー開発が楽しめるわ。米そのものだけじゃなく、米から作り出される調味料なしでは両手を縛られたようなものだったから楽しみだわ。

「確かにカレーをかけるとうまいが、パンでもよくないか？」

「そうね。これは好みの問題だから、そういう意見もあるかもしれない。米からもお酒を作れるから、それも好み次第で好き嫌いが分かれると思うわ」

「これから酒ができるのか⁉」

「ええ。甘口、辛口とあるけれど、透明でスッキリとしたお酒ができるわ。寒い日に温めて飲むとか、色々と楽しみ方があるのよ」

そう説明すると、それは楽しみだと柔らかな笑みを浮かべるブレイズさん。相変わらずお酒が好きなんだから！　でも、もうこれで思い残すことはないわね。

そんな満足感に包まれながら、その日は久しぶりの米料理に満足しながら眠りについた。

楽しい米料理の時間はあっという間に過ぎ去り謁見の日を迎えていた。外交の場に相応しい衣装に身を包んだ私は、ワイズリーさんと共にエープトルコ宮殿を訪れていた。

「そちらが貴国の錬金薬師殿ですか」

「はは、フィルアーデ神聖国への旅の途中にて、挨拶に参った所存です」

エープトルコ王国は王様と直答を交わすことなく宰相を通して会話をする形式のようで、スポーン王国のような突発的な事故が起きる土壌はもとからなかった。私は言われるがままに会釈をしたりポーションを作って見せたりしただけで無事解放される。

「エープトルコ王国の謁見は王様との距離が遠くて助かったわ！」

「謁見は楽ですが、その後の社交がメインなのですよ」

なるほど。公私を明確に分けているので私的な場なら距離近くコミュニケーションをとるそうだけど、その前に私は旅程の遅延を理由に退散するという段取りになっていた。

「日程通りだったらボロを出す可能性があったと考えると、早い段階でボロを出しただけね。それなら予想の範囲内じゃないかしら！」

「そんなわけないだろう。なぜ一度はボロを出すことが前提になっているんだ？」

すかさずブレイズさんから鋭いツッコミが入ったけれど、外交に関わるような有能な人たちにとって多少のハプニングは想定の範囲内に違いないわ。

「あとはフィルアーデ神聖国でボロを出さなければ終わりなんだからいいじゃない。私自身ではなく、もっとベルゲングリーン王国の外交官の手腕を信じるべきだわ！」

「お前な。たとえその通りでも、ハッキリ口に出すものじゃないだろ！」

そんな私たちのやり取りを聞いて、ワイズリーさんは笑い声を上げる。

「フィルアーデ神聖国ではちょっとやそっとボロを出したところで問題にはならないでしょう」

やり手のワイズリーさんにしてはずいぶんと寛容な意見だけど、神聖国ならはっちゃけても問題ないお国柄ということなのかしら。そんな疑問を投げかけると、宗教国家においては、仮にも聖女になろうという者に不利益となることをする者は一人もいないそうだわ。

「それなら、ここまで来れば私の旅は終わったも同然ね」

米と大豆も手に入れたことだし。

「どちらかというと山脈越えが一般人には厳しいんだが……お前は山脈の一つや二つでどうこうなる玉じゃないからな」

「蒸気馬車に乗っているんだから当たり前でしょう」

そりゃ十二歳で徒歩ならフォーリーフの名を受け継ぐ私でも厳しいけど今や十五歳。徒歩でも行ける自信があるのに、蒸気馬車で峠越えするなら何の負荷にもならないわ。

「たまに高山で具合が悪くなるらしい」

「ああ、高山病ね。それなら予防ポーションを作って飲んでもらいましょう」

私は高英草と癒やし草で高山病を治す草を二本同時に合成して一本を水で希釈した。

「四重魔力水生成、水温調整、薬効抽出、合成昇華、薬効固定、冷却……」

チャポポン！

高山病治療ポーション（＋）：酸素摂取を急速に促進して高山病を治すポーション、効き目良

高山病予防ポーション（＋）：酸素摂取を促進して高山病を抑えるポーション、効き目良

「山越え前に薄めた方を飲んでもらえば、ほぼ高山病にかからないわ。それでも高山病になる人がいたら薄めてない方を飲ませてちょうだい。一発で治るわ！」

そう説明して護衛の人たちの分としてブレイズさんに渡した。

「嘘だろ、そんなにあっさりと抑えられるなんて……」

「私を誰だと思っているの？　錬金薬師なのよ」

高山に薬草を採りに行く錬金薬師が、高山でよく発生する病を治せないわけがないじゃない。

「さすが錬金薬師殿ですね、スポーン王国でのやらかしとは大違いだ」

「すっかり忘れるときがあるが、薬に関することだけは完全無欠だった」

感心するワイズリーさんとブレイズさんだけど、なんだか言い回しが納得いかないわ。

私はそんな悶々とした思いを抱えながら、エープトルコ王国を出立するのであった。

エープトルコ王国からフィルアーデ神聖国に向けて峠道を行く途中、エリザベートさんに聞いていた観光スポットに差し掛かった。しかし予定より一カ月遅れていたので、雪解け水による滝が見られる時機を逸していた。

「もう少し早く来られたら白糸の滝を見ることができたのに残念だわ」

今では乾いた岩場に夏の訪れを感じさせるような日差しが照り付けている。帰ったら夏のコーデを急《せ》かされそうだわ。帰りながら去年のスケッチブックを参考にしてデザインしないとね。

「高山病にかかった人は出ていない？」

「ああ、一人もいない」

「よかったわ。これなら早く済ませて帰れそうね」

薬草とかハーブを採取するつもりだったけれど、今回はあきらめましょう。せめてパイプオルガンくらいは聴かせてほしいものだわ。

「見えてきたぞ、あれがフィルアーデの大神殿だ」

「大きい！　こんな山脈の間にある盆地によくあんなものを建てたわね」

前々世のケルン大聖堂くらいあるんじゃないかしら。それに……あれは何かしら。

「なんだか薄《うっす》らと光が立ち上っているのが見えるわ」

「そんなもの俺には見えないぞ？」

「おかしいわね、地脈でもないようだし気になるわ」

とはいうもののずっと観察しているわけにもいかないので、不思議な光を放つ大神殿を横目にフィルアーデ神聖国にあるベルゲングリーンの大使館に向かった。

✧

「ファーレンハイト辺境伯直属の筆頭錬金薬師メリアスフィール・フォーリーフです」

「駐在大使のエーレンです、遠いところお疲れでしょう」

エーレン伯爵は気さくな人のようだった。スポーン王国やエープトルコ王国の大使たちとは印象が違うわね。不思議そうに思っていることが顔に出たのか、エーレンさんは聞く前に答えを教えてくれた。

「神聖国では世俗の駆け引きよりも誠実さが求められますから、他の大使とは違うかもしれません」

なるほど、宗教国家は一般的な国とは立ち位置が違うということね。それはそれで、なんだか肩が凝りそうな話だわ。

「スポーン王国ではやらかしましたからお手柔らかにお願いします」

「ははは、聞き及んでおりますよ。なかなか面白いことになっているようです」

あのあと、セリーヌ姫とエープトルコの王子を引き合わせるお茶会がセッティングされ、王子は一発でセリーヌ姫の虜《とりこ》になったそうだ。今では逆に王子が必死にセリーヌ姫を口説いているのだとか。

「それは良かったです、苦労した甲斐《かい》がありました」

そう、半端な苦労じゃなかったわ。思い出してもゲッソリしてしまう。

「婚約発表がされるのも時間の問題でしょう」

そうして一通りの世話ばなしをしたあと今後の予定が説明された。なんと、教皇様は明日にでもお会いしたいと連絡を受けているそうだわ。

「明日ですか、ずいぶん早いのですね」

「到着時期は大体わかっていたようですから」

「え？　教皇様は未来が読めるのでしょうか？」

それとも神託でもあるのかしら。いずれにしても、事前に知っていなければ説明がつかないわ。

「いえ、加護持ちの方から立ち上る気《プラーナ》が遠くからでも観測できるそうです」

「ひょっとして、大神殿から立ち上っている薄《うっす》らとした光のようなものですか」

エーレンさんはゆっくりと頷いた。

「私には見えませんが、神に属する人たちには見えるそうです」

「えぇ！　そんなの初耳なんですけど！」

いつから私は神に属する者の一員になっていたのかしら？　加護というか慈悲で見せてやろう的なものなのかもしれないわ。

とにかく謁見は明日ということで、その日は旅の疲れを癒やす意味もあり早めに就寝することにした。

✧

翌日の朝、朝食の後に身支度を済ませた私はエーレンさんと共に大神殿に向かった。神殿の入り口近辺にある正門に着くと、正面に教皇様と思《おぼ》しき厳かな法衣を纏った人物と教会関係者と思しきお偉方が列を成して出迎えの体制を整えていた。

顔面を引き攣らせながらエーレンさんの先導で教皇様の前まで来ると、向こうから頭をさげて挨拶をしてくる。

「聖女様、ようこそおいでくださいました」

「認定に来たので、まだ聖女ではないのでは……」

遠慮がちにそう言うと、教皇様は笑って仰《おっしゃ》った。

「認定などあくまで世俗の形式的なもので、来られる前からわかっておりました。どうぞこちらへ」

私は教皇様の導くままに大神殿中央にある礼拝堂に向かって歩を進めた。しばらく歩くと、神様と思しき像が立ち並ぶ中央に、見覚えのある顔が見えてきた。

「あ、フィリアスティン様だわ」

私の呟《つぶや》きに、ぎょっとした表情で教皇様が振り返った。やがて私の目線の先にある像を見るや否や、私の前に跪《ひざまず》く。

「ちょ、何してるんですか！」

「使徒様とは気が付かず大変ご無礼を」

「いやいや、使徒なんて大層なものになった覚えはないです！　一回目は好きに生きるが良いと適当に送り出され、二回目は死んでしまうとは情けないと言われて慈悲の加護に注意書きを添えて再送されただけなんですよ！」

「それが使徒様以外のなんだというのでしょうか」

要は神様に送り出されたイコール使徒なのだそうだ。師匠から受け継いだ錬金薬師としての力以外は特殊な力は何も持っていないのに……まずいわね。このままだと私のスローライフ生活に多大な影響を及ぼす気がしてならないわ。

「えっと、このことはどうか内密にお願いします」

私のスローライフのために、そう心の中で付け加えた。教皇様は渋々《しぶしぶ》という体《てい》でそれがお望みとあらばと了承してくれた。聖女認定が危うく使徒認定に格上げされるところだったわ。聖女呼ばわりされるのも、かなりゾワゾワっとくるものがあるけど！

とりあえず形式通り、加護を与えてくれた神様の像の前で、目を閉じてお祈りをした。

（フィリアスティン様、色々と大変なこともありましたけど、概《おお》ね楽しく生きています。ありがとうございます。これからも食い道楽なスローライフを目指して頑張ろうと思います）

「好きに生きるが良い」

何か声が聞こえたと思って目を開いて見ると、目の前のフィリアスティン様の像が半端なく光っていた。まあ、一般の人には見えないからいいか。

そう思って立ち上がって振り返ったら、また教皇様をはじめとした教会関係者全員が跪《ひざまず》いていた。ぎゃー！　よく考えたら、ここ一般人以外しかいないわよ！

「いや、あの……普通にしてくださると嬉しいのですが」

「メリアスフィール・フォーリーフ様、あなた様が神託の錬金薬師殿で間違いありません」

何その大層な名前。聞いてみると、錬金薬師が途絶えた世に神が遣わす錬金薬師の再来、それが私なのだとか。そういえば、そんな失われた知識の補塡のために再送されたのでは、という考察を以前したような気がするわ。

「いや、でもまあ、もう弟子を二人とって最低限の務めは果たしたのでお役御免ですよ」

あははは……って、全然笑いが通じてないわよ！　とにかく跪かれるのは非常に困るので普通にしてくださいと拝み倒した。このあと私は聖女認定の書簡を受け取り、無事に目的を果たすと逃げるように大使館に舞い戻った。

「酷い目にあったわ」

「なあ、また何かやらかしたんじゃないか？　いくら俺が宗教に疎《うと》くても、礼拝堂から出てきた教会関係者の反応が尋常じゃなかったことくらいわかるぞ」

訝《いぶか》しげに問うブレイズさんに、耳をふさいであーあー何も聞こえないー何もなかったーと言って誤魔化す。

「無事に聖女認定の書簡も貰えたんだし、別になんだっていいじゃない」

「それもそうか」

ブレイズさんはそれ以上の追及は無駄と悟ったのか、あっさり引き下がった。

「さあ、早く帰って味噌と醤油を造るわよ！」

こうして無事に全日程を終えた私たちはベルゲングリーン王国に向けて出立した。

✧

メリアが出発してしばらく経った後、フィルアーデ神聖国から各国に向けてベルゲングリーン王国の聖女認定の結果を知らせる書簡が届けられた。内容は次のようなものだ。

『フィルアーデ神聖国は、メリアスフィール・フォーリーフ様を創造神様の極めて特別な聖女であることを認め、これに仇《あだ》なすものは神敵として全教徒の力を以て誅滅《ちゅうめつ》することをここに誓う。

第九十五代教皇フィアデル・ヨハン・エインヘリアル・デア・フィリア』

その異例とも言える文面に、各国首脳は何度も書簡を読み返してこう呟いたという。

「使徒宣言で出される文面の使徒を極めて特別な聖女に置き換えただけではないか」

各国の見解としては、これはメリアが使徒である事実を暗示するものであるということで一致する。教皇はメリアの約束を表面的には守ったものの、実《じつ》の部分では一歩も譲らなかったのだ。

こうしてメリアの与《あずか》り知らぬところで各国に隠された真実が伝えられることとなった。

第4章　伝送の錬金薬師

聖女認定の旅から帰還した私は錬金術で味噌と醤油を再現して満足すると、研究棟で夏のコーデを受け付けながらゆったりとした毎日を過ごしていた。その間、王都を留守にして寂しい思いをしていたカリンちゃんとの隙間を埋めようと、新たなコミュニケーション手段を生み出すことに成功する。

「アルマちゃん、伝声管でカリンちゃんにチョコクッキーが焼きあがったと伝えてあげて」

「はい、わかりました！」

カリンちゃんの部屋に糸電話の糸の代わりに伝声管を限りなく細くした専用管を通すことで、内線電話代わりの通話機を作ったのだ。使わない時は振動抑止の魔石で押さえることで、声が伝わらないようにしてプライバシーを守る仕組みよ。

「研究棟の端から端にいく手間が省けて便利だわ」

便利になった研究棟に満足して鼻歌交じりにお茶会の用意をしていると、ブレイズさんが呆《あき》れたような表情を見せて苦言を呈する。

「またとんでもないものを……本当に懲りないやつだな。騒ぎになっても知らんぞ」

「心配しすぎよ。少し離れた場所に声を届けるくらい、大きな船とか要塞とかにあるでしょう？」

魔石なしでも水道管みたいなもので部屋を繋《つな》げて喋《しゃべ》るだけで、ある程度の距離なら声が伝わるはず。遠くに声を届けようとするとき無意識に手を口に当てて相手に伝わるようにするのだから、それくらいの工夫はしているに違いない。

そんな私の考えを中断したのは、カリンちゃんの元気な挨拶とそれに続く依頼の声だった。

「来たよ、メリアお姉ちゃん！」

「ついでに詳しく聞かせてください、受話器について！」

どうやらカリンちゃんのところにエリザベートさんがいたらしい。なんだか面倒なことになりそうな予感に苦笑いを浮かべながらも、私は二人の来訪を歓迎しつつ伝声管の原理の説明を始めたのだった。

✧

「それでは、これを使えば離れた場所でもその場にいるかのように話せるのですね？」

「一定の距離で魔石により音を増幅してやれば届くはずです。交換局、もとい、伝声管の接続先を変えてもらう係の交換手を置けば、違う場所の違う人と話すこともできるでしょう」

そう説明したところ、エリザベートさんは首を傾《かし》げて聞き返す。

「伝声管とはなんでしょうか」

「砦とか船とかで司令室から兵士や乗組員に指令を伝えたりしないんですか？」

詳しく話すうちに伝声管は存在しないことが発覚してしまったわ。そんな大きな船はまだないし、要塞のような大規模な拠点もないからよ。

今まで原形すらないものを説明するのは厳しいけど原理は簡単なので、頭のいいエリザベートさんはすぐに伝声管の仕組みを理解した。

「これで国と国の間で話せるのでしょうか」

「あまり遠いと遅延があるし、音が反響して聞こえにくくなるわ。無理なく聞こえる距離で内容を人が伝えて、伝令のように幾度か中継してあげる必要があると思います」

それに、そんなに長い距離をチューブで繋ぐなんて、どれだけ人手がかかることやらと実現性を否定するように首を振ってみせる。

しかし、そんな私の様子に構わずエリザベートさんはこう返してきた。

「つまり十人やそこらで何度か伝言させれば、相当長い距離でも数分掛からずに伝令が伝わるということでしょうか？」

「まあ……そうですね」

なんだか既視感《デジャヴ》を感じる流れに、私は言葉を詰まらせる。考えてみれば、エリザベートさんなら十人や百人どうとでもなるという話は蒸気馬車の配備でもした気がする。

でも、そこまでするならモールス信号で光をチカチカさせた方が楽だわ。錬金術でゴムチューブ内部を屈折率の異なる樹脂ガラスで二層構造になるように置換すれば、一キロくらいなら増幅なしでも光を通せるから確実に通信できるはずよ。

私は少し考えた後に、より現実的な手段として光で通信する概念を説明することにした。

「たとえばトーントントントーンって長音の間に三回鳴らしたら特定の文字というように、あらかじめ変換規則を取り決めておけば文章も送れますよ」

などと簡単な信号化や暗号化の例を説明して光の明暗で文を送る概念を伝えた。それからゴムチューブ内部を錬金術で二層構造の樹脂ガラスで置換して、片方から発光効果を付与した魔石で光を当てて逆側の端をピカピカさせてみせた。

「なるほど。狼煙《のろし》や軍旗の上げ下げのように、あらかじめ合図の意味を決めておくということですね？　素晴らしいです！　メリアさんの頭の中は一体どうなっているのですか⁉」

「食べ物のことでいっぱいです……」

私はコタツに入りながら、カリンちゃんと揃《そろ》ってチョコクッキーを食べながらお茶を飲む。いずれにしても実現するのは先の話でしょう。

「メリアお姉ちゃん、どうせならテレビというものを作って！」

「それは、ちょっと無理かな。あはは……」

フィルムの素材はわかっているから写真とか映写機はできるけど、デジタルなものはカリンちゃんを含めた後進が百年くらいかければ作れるんじゃないかしら。

そんな思いを込めてカリンちゃんと二人でお願いオーバー、無理オーバーと交互に信号を送り合って交信の真似事をしていると、突然エリザベートさんが声を張り上げた。

「よくわかりました！　それでは国中の街を繋いで国家間の連絡網を作りましょう！」

「ええ!?　そんなの何人の人手がかかることか！」

「それは私に任せてください。メリアさんは、それ以外のことに注力すればよいのです！」

なんてこと、この姫様は人手の問題じゃ止まらなかったわ！

私は説得を諦めて国単位の通信網という大規模な計画の全体像を思い浮かべる。すると、遠隔地にある食材の調達には存外都合のいい代物であることに気が付き、私は思わず顔をにやけさせた。

「わかりました！　大規模に展開する前に、少し試験したり計画を練ったりする時間をください！」

「それでは、用意ができたらメリアさんを中心として必要な人を集めて話し合いの場を設けますね？　ああ、楽しみです！」

こうして、思わぬきっかけで国内通信網計画と国家間通信計画が立ち上がった。

✧

エリザベートさんとの話を終えた後、私はボルドー商会を訪れた。商会の建物に到着すると店番の人は大急ぎで店の奥に駆けていき、ビルさんに私の来訪を伝える。

「先触れもなく訪れてごめんなさい。あれから飲食店の調子はどうかしら」

「好調ですよ、輸送もエープトルコから蒸気船を使った海運の拡充に対して援助が出るようになって低コストで済んでいます。ただ王都全域に店を展開したせいか連絡に時間がかかって、地方の支店に指示が行き届かないのが悩みです」

もっとも売り上げを考えれば贅沢《ぜいたく》な悩みですと上機嫌で笑うビルさん。だけど、やっぱり連絡がすぐに届かないと必要十分な量に調整することは難しいようだわ。

品切れを起こさないためには多く仕入れすればいいのだけど、そうすると予定より需要が少ない支店では古い食材を抱えることになり鮮度が落ちる。それが支店による味のばらつきを生み、ひいては売り上げや評判に影響することをビルさんは経験からわかっているようだった。前々世の知識で言うところのサプライチェーンマネジメントはこの世界でも重要だわ。

「実は、それを解決する手段を用意したんだけど、実際に商売をしているビルさんの意見がほしいのよ」

「それは構いませんが、どういったものなのですか？」

そこで私は伝声管や導光管についての簡単に説明し、実際に敷設する伝声管や導光管と末端の受話器などを魔法鞄から取り出してビルさんを通話および通信相手に実際に使ってもらった。

始めは物珍しさに感嘆の声を上げていたが、通話網が王国全土を想定していることを伝えると、ビルさんは驚愕《きょうがく》の表情を浮かべて声を上げる。

「これをベルゲングリーン王国全域にですか!?　いやはや、信じられない計画ですね！」

「まあ、実際に敷設するのは王家と職人さんたちなんだけどね。それでどうかしら？　それなりの利用料金と屋内敷設費用を払わないといけないから、始めは利用できる人は限られるかもしれないわ」

「そうですね。王宮や貴族家のように、お会いするにしても手間がかかる顧客に重宝しそうです」

受話器を通してなら先触れを出して日取りを決める必要もなく、先方の都合のいいときにいつでもご用件を承ることができる。高貴な方々に御用聞きに遣わせることができるレベルの者を雇ったり、それに付随する馬車を維持したりする費用を考えれば安いものなのだとか。

「確かに会うまでの段取りが大変そうだわ。貴族と会うのは色々と気を遣うものね」

王侯貴族と面会するために、日取りを決めに執事や使用人に会いに行くという。その二度手間が省けるのは、相当なコストダウンにつながるということだ。

「その通りです。あとはそのまま決済できれば言う事なしです」

今は相手の貴族という立場による信用を担保として取引をしているけれど、未払いが生じたら相手が貴族だからこそ取り立てるのは厳しい。そんな身分制度があるこの世界ならではの悩みに、私も口に手を当てて頭を悩ませる。

さすがにオンライン決済にまで要求が及ぶとは考えてなかったわ。ギルド証の決済って、超音波とか電波なのかしら？　待って。光とかを媒介にしているなら、ひょっとして導光管で離れた距離で決済できるかもしれない。

「ちょっと試したいことがあるので付き合ってくれますか？」

私は試しにビルさんに通話機か導光管の通信線に接触させて、少額請求をしてもらう。すると、なんと導光管の方で決済できてしまった！　どうやらギルド証の決済は光、もしくは、光に類似した性質を持つ何かを利用しているようね。

思わぬ結果に、私だけでなくビルさんも興奮した面持ちで喜びの声を上げる。

「これは素晴らしい発見です！　これなら離れていても即時に取引が成立しますよ！」

ギルド証の決済は大昔の使徒が作ったそうだけど、とんだオーパーツだわ。これならモールス信号より入金額や決済額に対して文字を割り当てた方が早いくらいよ。大抵の人はそんな内容のためにお金を大量に払えないだろうけど。

でも光……ね。それならば、感光紙を一定スピードで送り出して光増幅の魔石を通して焼き付けることができる。そうすれば、信号の長さをそのまま紙やフィルムに焼き付けて記録できそうだわ！　いいヒントになったかもしれない！

更に大きくなった可能性に胸を膨らませながら、私はビルさんにお礼を言って頭の中の食材調達網という妄想を現実の計画へと落とし込んでいくのだった。

✧

後日、王都の職人や冒険者ギルドや商業ギルドの代表たちがエリザベートさんの鶴の一声で研究棟の広間に集められた。私がブレイズさんを伴ってその一室に入ると、年齢的に場違いに見えたのか訝《いぶか》しげな視線が集まる。

その中で一人だけ見知った顔を見つけると、私は旅から帰還した挨拶がてらテッドさんの傍に近寄って行った。

「お久しぶり、テッドさん。元気にしていたかしら」

「ああ、問題ないぞ。てか、メリアの嬢ちゃん。今度は何をやらかしたんだ？」

「開口一番人聞きが悪いこと言わないで。ちょっと離れた場所で連絡できるようにしたらエリザベートさんに見つかっただけよ。それより、ほら！　旅のお土産を持ってきたわよ！」

私は、旅の帰りに錬金術で疑似的に発酵させて作った清酒の瓶を三本取り出した。それぞれ、純米酒、吟醸酒、本醸造酒だ。

「どれも透明だが山で取ってきた水か？」

「米というエープトルコ王国で収穫される農作物から作る新しいお酒よ」

純米酒は純粋に米だけで造るお酒で、ふくよかな味がするはず。残り二つは醸造アルコールを加えたものでフルーティなものとスッキリ辛口なものに分かれる。どれも麦を使用したお酒に負けない男性受けする味わいで、テッドさんにも気に入ってもらえると思って持ってきたものだった。

「自分で飲めないから、後で感想を聞かせてもらえると助かるわ」

「そうか！　ありがたくもらっておく！」

先ほどの詰問するような態度はどこに消えたのやら、テッドさんは嬉《うれ》しそうな顔をしてお酒の入った瓶に頬擦りしていた。そんな様子を見聞きしていた職人の代表たちやギルド長は、私が何者かを悟ったのか我先にと駆け寄って来て新種のお酒を強請《ねだ》ってくる。

「テッドのやつだけずるいぞ！　俺たち木工職人にも極上と言われる酒を分けてくれ！」

「いいや、価値もわからずに飲み干す君たちにはもったいない！　ここは、商業ギルドが錬金薬師殿に代わって取引を仕切らせてもらう！」

「馬鹿なこと言ってんじゃねぇ！　商業ギルドはポーションや化粧品の代理販売でボロ儲《もう》けしているんだから、ちょっとは冒険者ギルドに回しやがれ！」

「はん、聞いちゃいられないねぇ！　金回りがいいあんたらは遠慮して、実作業を担《にな》うあたしら土建業に寄越しな！」

今までエリザベートさんやテッドさんを通していたからギルドや職人のお偉方に会うことはなかったけど、考えていた以上に私は有名になっていたらしい。

ついに直接会う機会を得られたと来てみれば鍛冶連中には新しい酒やスイーツといった特別手当て、商業ギルドには販売代行という特権付与と不公平にも程がある。

そんなことを口にしながら、清酒を皮切りにして王都の代表者会議は本題を議論する前に紛糾していた。

「な、なんでこんなことに……」

盗賊連中と違って電撃で倒してしまうわけにもいかず泡を食っていると、詰め寄る代表者たちを器用に抑えながらブレイズさんは大声をあげる。

「気が付いていないのはお前だけだ！　だから言ったろう、懲りないやつだと！」

しばらく押し問答が続いたが、それを治めたのは遅れて広間にやってきたエリザベートさんだった。

「静まりなさい――」

宰相閣下と近衛騎士団長を伴って現れたエリザベートさんは、いつもと違いドレス姿にティアラを戴《いただ》いた姫様然とした格好をしていた。それを見た職人やギルドの代表者たちは息を呑《の》んで固まり、次の瞬間には私から一歩下がった位置で深々と頭を下げる。

普段は親しく接しているけどエリザベートさんは生粋の王女様なのだと妙に感心しつつ、私も頭を下げようとしたところ制止され言葉を投げかけられた。

「どうですか？　これで少しは関係者の調整をしてきた私の苦労もわかったでしょう」

少し茶目っけのある笑顔を浮かべたエリザベートさんに、こうなることを見越して遅れてきたことを察して、私は、つい、いつもの調子で宣言してしまう。

「もう！　エリザベートさんは、おやつ抜きです！」

「ええ!?　そ、それだけは許してください！」

そんな気の抜けたやり取りに場の緊張が緩むと、代表者たちはそそくさと席に戻っていった。

✧

落ち着きを取り戻した広間で、エリザベートさんの進行により打ち合わせが開始される。

「それでは、メリアさんと面識のない方は簡単に自己紹介をお願いします。席順に冒険者ギルド長、商業ギルド長、後は建築と木工を担う代表の二人の順としましょう」

私自身の紹介は必要ないのかしらと少し疑問に思ったけど、周りを見渡したところ誰も疑問を持たない様子だったので押し黙った。しばらくすると、最初に指名を受けた禿頭《はげあたま》の筋肉質の男性が話し始める。

「俺は王都でこの国の冒険者ギルドを取りまとめている元Sランク冒険者のモーガンだ。ポーションの納入はいつでも大歓迎なんでよろしく！」

「私は商業ギルドの取りまとめ役でレイモンドと申します。錬金薬師殿におかれましては、いつも王都の商業ギルドをご利用いただきありがとうございます」

なんだか先ほどの続きで二人とも競い合うような紹介の仕方だったけど、商業ギルドの制服に身を包んだレイモンドさんはベティさんの上司ということかしら。さすが商売に関わるだけあって、人当たりのよさそうな紳士的な挨拶だわ。

一方の冒険者ギルドだけど、王都に来てからというもの疎遠になってしまった。たまには薬草採取でも行って気晴らしをしたいものね。

「それじゃあ、次はあたしだね。王都の建築を一手に引き受けるランドルフ商会のリンダって言うんだ。親父が土建組合の長《おさ》をしているんだけど腰を痛めちまってね。代わりにあたしが来たんで、よろしく頼むよ！」

オレンジ色の髪を後ろに束ねてポニーテールにしたリンダさんはとても快活な笑顔を浮かべて

おり、これぞ姐《あね》さんという感じだった。私の手を握ってブンブンと振ってくるけど、普通の娘だったら肩が外れるんじゃないかしら。人のことは言えないけど、見かけによらず力持ちなのね。

しばらくそうしているうちに、私が平然とした顔で手を握り返していることに気がついたのか、リンダさんは少し驚いた表情を浮かべた。

そこで少し間があいたところで、隣に座っていた木工職人の代表が声を上げる。

「おいおい、錬金薬師殿の腕が壊れちまう前に離してやれ。俺は王都で木工職人を取りまとめているロビンだ。たまにテッドのやつから仕事を回してもらっていたが、こうして会うのは初めてだな。よろしく頼む！」

「あはは……気遣ってもらってありがとう。皆さんも、よろしくお願いします」

こうして参加者の紹介が終わると、エリザベートさんにより今回の国家規模の計画が説明された。長い距離で連絡を簡単に行える手段を私が開発したこと、そのために特殊な管《くだ》を建物に張り巡らせること、そして離れた街にも地中に埋める形で連絡線を通すことなどだ。

この世界では荒唐無稽なことで想像がつかないのか、参加者が一様に首を傾《かし》げているのを見てエリザベートさんが私に話を振ってきた。

「それでは今回の伝声管と導光管敷設について段取りを行う前に、メリアさんの方から簡単に使い方の説明をお願いします」

「伝声管の方の原理は簡単で、水道管をもっと細くしたような管に声を通すことで会話をするものです」

そう言って、別の部屋と繋がった受話器を手にして私の部屋に残っているアルマちゃんと話をしてみせる。振動の魔石を調整してスピーカーのように部屋中に聞こえるようにしたから、皆に会話が聞こえるはずよ。

「もしもし、アルマちゃん聞こえる？　メリアよ」

「はい、聞こえます！　まだ会議中ですか？」

「うん。今はちょうど伝声管について説明しているところよ。少し後で導光管の機能も説明するから、今度はケイトを待機させていてね」

「わかりました！」

そこでアルマちゃんとの通話を切った私は、あらためて広間に集まった皆に説明を続ける。

「このように伝声管を通して声を伝えれば、別の部屋にいる人と会話ができるわ。会話の際に伝わる振動を魔石で増幅してあげることで、もっと遠くまで声を伝えることができるのよ」

「へぇ……それは便利だけど、どれくらいの距離を話せるんだい？」

「少し試してみたけれど、街と街を繋ぐくらいの距離よ。エリザベートさんの構想では、ベルゲングリーン王国の主要都市間を繋ぐ予定と聞いているわ」

「はあ!?　じゃあ何かい、別の街にいるやつと直接話ができるようになるってのかい？」

「ええ。かなり長い距離にわたって伝声管を敷設していく必要があるわ。だから、かなりの土木作業が必要ね」

私は王国地図を取り出し、まずは主要四都市を繋いでそこから中規模の街へと枝葉を広げていく計画を説明する。人口に応じて優先順位を決めて敷設していくことで、比較的早い段階で費用対効果を出す目論見《もくろみ》よ。ふふふ、さすが私！

そう内心で自画自賛したものの、リンダさんからツッコミが入った。

「場所によっては魔獣も出没するじゃないか！　そんな危険な場所に、あたいが世話する大事な作業員たちを行かせられないねぇ！」

「危険？　街の間に出没するのはワイルドウルフか換金できる野盗くらいのものよ。そんなに心配なら全員に雷神剣を……アイタッ！」

「アホか！　あれは配布禁止だッ！」

国家間の軍事バランスが崩れると目くじらを立ててゲンコツを落とすブレイズさんに恨みがましい目を向けつつ、私は冒険者ギルドの代表者に向けてこう続けた。

「えっと……街と街の間くらいなら、ある程度の冒険者に護衛クエストを出して守ってもらえば安全を確保できると思うわ」

「そりゃそうだけどよ、冒険者だって生活があるんだ。危険に身を置くからにはタダでってわけにはいかねぇぜ？」

「そこはまあ王家から給金が出るはずだし、怪我《けが》をしても無料で中級ポーションをつけてあげれば……」

「よし、わかった！　冒険者ギルドを代表してこの仕事、受けさせてもらうぜ！」

最後まで言葉を続けるまでもなく、作業員の護衛については快諾されてしまった。その後、ホクホク顔のモーガンさんを見て今度はリンダさんから不満の声が上がる。

「ちょっと待ちな！　それじゃあ、報酬に差がありすぎるじゃないか。あたしらにも何かおくれよ！」

「えぇ……それじゃあ、作業員の皆さんが安心して眠れるように空間拡張した蒸気馬車を進呈しましょう。お風呂にトイレやキッチン、そして冷蔵庫。あとは試作品のお酒を……」

「よっしゃ！　その言葉を忘れるんじゃないよ！」

こちらも最後まで言い終えることなく受諾された。どうやらリンダさんもお酒が大好きなようだわ。

「それでは次に導光管による通信を実演するわ。こちらは声ではなく光の明暗を伝えるの。国家間といった長い距離でも通信できる優れものよ」

「光の明暗？　狼煙《のろし》や旗による伝令みたいなものか。声を小刻みに中継する方が話は早いのでは？」

「確かに隣国の国境付近までならそうだけど、エープトルコ王国やその先を想定すると難しくなるわ。それに、導光管には伝声管ではできないすごい機能があるのよ！」

私はあらためて伝声管を通してケイトと話をして、お使いに使用しているギルド証をかざすように指示した。その後、商業ギルドの代表者に少額請求を導光管の末端に向けて行うように依頼する。

「この導光管の端についた魔石に、ギルド証をかざせばよいのですな？」

「ええ、お願いするわ」

レイモンドさんは訝し気な表情をしてギルド証で請求処理をした。そしてボルドー商会で試したようにギルド証を通して決済が完了すると、レイモンドさんは先ほどまでの紳士的な態度をかなぐり捨てて絶叫と言えるほどの声を上げる。

「な、なんだとぉ！　そ、そんな馬鹿なッ!?」

「今は部屋と部屋の間だけど、これが国家間でも可能となると……」

「是非とも、伝声管や導光管の運営に商業ギルドを参画させてください！　というか、見捨てないでください！」

商業ギルドの代表を務めるだけあって、遠距離即時決済の可能性に気が付かないわけがない。それは長距離通信と決済機能という単純なメリットだけでなく、商業ギルドにとってのデメリットも含めてよ。

導光管による通信網と決済機能が大陸全土に広がったら、商業ギルドの仲介がなくとも当事者同士で取引が完結してしまう。仲介を主な生業とする商業ギルドは、その存在意義を問われかねないことにレイモンドさんは即時に気が付いたのだ。さすが商業ギルドを代表するだけあって、商売に対する嗅覚は優れているわ。

私に土下座するような勢いで頼み込むレイモンドさんに他の代表たちは首を傾《かし》げていたけど、エリザベートさんや宰相閣下はそのからくりに気が付いたようで私の方に目配せを送ってきた。どうやら商業ギルドとの調整は王宮で受け持ってくれるらしい。

「えっと……私は伝声管や導光管の運営をするつもりはないので、そのあたりはエリザベートさんや宰相閣下と相談いただければ問題ないかと」

「ありがとうございます！　本当に！」

ふぅ……革新的な技術というものは、時として残酷な結果を招くものね。進め方次第で今まで平和に暮らしてきた人たちの仕事を奪うことにもなりかねない。色々と気を配らないといけないわ。

私は別に通信業を営むつもりは毛頭ないし、そんな暇も持ち合わせていない。食材調達が便利になれば満足なのよ！

「それじゃあ、最後に王都の職人さんたちにちょっとした記録装置の製作をお願いしたいわ」

「メリアの嬢ちゃんのことだから、俺たちにも何か注文があると思っていたぜ」

「さっきの導光管の通信なんだけど、見逃しを防止するために紙に記録したいのよ」

私は導光管を通した信号の記録について、光に反応して黒く変色する感光紙への焼き付けを利用するアイデアを話した。

適度な光増幅の効果を付与した魔石を使用することで薬品を塗った紙に焼き付けられること、それから板バネによるゼンマイ式の送り出し機構をつけた記録装置の図面を取り出して見せる。

「こいつはずいぶんと精巧な作りをしているが、手で送り出すんじゃ駄目なのか？」

「手回しだと一定速度にならないから正確性に欠けるでしょう？　それに、これができれば時計やオルゴールなんかも作れるようになるわ」

「そいつはわかったが、これはかなり難しい機構だ。細工師や紙職人に連絡を取るから後日相談させてくれ。入れ物は、そこのロビンが作ってくれるだろ」

「ああ、任せてくれ！　俺たちにも酒を頼むぜ！」

「ロビンさんもなの？　仕方ないわね……お酒に関してはウィリアムさんと相談するわ」

大量にお酒を用意するには、ウィリアムさんに製法を伝えて本物が作れるようにしないといけない。なんだか色々と作るべきものが増えてしまった気がするけど、これでキックオフは済んだ。これで私は平穏な日常に戻れるわ！

そう思ってお開きにしようと手を振って扉に向かったところで、後ろからガシィとばかりに宰相のチャールズさんに引き留められた。

「お待ちください。聖女と認定されたメリア殿には、同盟国との交渉の場に同席してもらうための大事な打ち合わせが残っています」

「ええ!?　そのあたりは外交官の方々に一任していただくというのは……」

「それが我が国の目覚ましい発展を直接見たいと、同盟国の王がそろって訪問する予定が組まれておりましてな。どこぞの姫君を野・薔・薇にしかねないほどの技術については、それはもう恫喝《どうかつ》に近い勢いで熱望されています。退けるのは無理ですぞ！」

「うっ……わかりました」

スポーン王国での一件に言及されると辛《つら》いものがある。仕方ないわ、食材調達網が完成するまでの我慢よ！

そう自分に言い聞かせ、私は苦笑いを浮かべつつも腹に力を入れて覚悟を決めたのだった。

✧

研究棟で打ち合わせが開かれた次の日の朝、冒険者ギルドの掲示板には大々的に伝声管と導光管を敷設する作業員を護衛する常時クエストが貼り出されていた。商人の護衛クエストとは異色のそれに、冒険者たちは一様に首を傾げて張り紙を見つめる。

Bランク冒険者のトーマスもその一人であった。

「よくわからんが、作業員なんて襲う盗賊はいねぇだろ。いったい何から守れって言うんだ？」

「ワイルドウルフとかその辺じゃねぇか？　主要都市間は滅多に出没しねぇが、辺境に行けば集団で襲ってくることもある」

「それはわかるがよ……ほれ、見てみろ。護衛するのは、あのランドルフ商会の組員だぜ？　こっちが守ってほしいくらいだぜ」

「はっはっは、そりゃ言えてるわ！　まあ、駆け出し冒険者ならいい経験になる……って、なんだあの列は？」

気が付けば周りには自分のパーティー以外に誰も残っておらず、Bランク以上も含めて我先にと受付に殺到する冒険者たちを見てトーマスは異変に気が付く。様子を窺《うかが》うと、今まさに見ていたクエストへの参加を申し込んでいるようだ。

「おいおい、いったいどういうことだ？　こんなの、AランクやBランクの冒険者が争うようなクエストじゃねぇだろ……」

「おい、トーマス！　これを見てみろ！　このクエスト、うますぎるぞ!?」

「何なに？　なお、このクエストの参加者にはもれなく錬金薬師メリアスフィール・フォーリーフ様お手製の中級ポーションが三本供与され……って待てやこら！　中級ポーションの価値をわかってんのか!?」

　要するに、一人当たり金貨三百枚のクエストということだ！　四人パーティーなら千二百枚、そんなボロ儲けの話なんてこの世にあるはずがなかった。

　信じられない思いで口をあんぐりと開けたトーマスに、先達であるAランク冒険者のゼストが護衛クエストの発注書片手にニヤニヤとした笑顔を張り付けて話しかけてきた。

「おいおい、まだそんなところで突っ立ってんのか？　そんなだから、いつまで経《た》ってもBランク止まりなんだよ。もっと金の匂いに敏感になれ！」

「ゼストの兄貴じゃねぇか。どういうことだよ」

「武器の手入れとかで懇意にしている職人にでも話を聞いてみろ。今は作業員が寝泊まりするための蒸気馬車の製作で大忙しにしているはずだ」

　なんでもギルド長とランドルフ商会のリンダがうまいこと交渉したらしく、快適な蒸気馬車と極上と言われる酒の提供を噂《うわさ》の錬金薬師からもぎ取ったと言うのだ。ランドルフ商会の屈強な組員を指して、うちの可愛い作業員だなんて噴き出しそうになるのを堪《こら》えるのが大変だったと、王宮の離れにある研究棟から戻ってきたギルド長が自慢げに話していたという。

「嘘《うそ》だろ⁉　くそっ、俺たちも護衛クエストに参加するぞ！」

「美味い酒を分けてもらえるように、作業員とは仲良くするんだな」

列の最後尾に駆けだしたトーマスにゼストは後ろから声をかけたが、大混乱の冒険者ギルドでその声が届くことはなかった。

⁘

ところ変わって主要都市を繋ぐ街道では、さっそくリンダがランドルフ商会の組員を連れて伝声管と導光管の敷設を開始していた。メリアの指示で後からコンクリートという乾くと固まる不思議な素材を流し込むための側溝を掘りながらの作業だが、支給された魔石付きのツルハシが思いのほか優秀でサクサクと掘り進んでいく。

そんな順調な作業をする傍《そば》で、周りを囲むようにして立つ冒険者の姿があった。

「姐さん、なんですかい？　あの冒険者たちは……」

「何って最初に言ったろ、護衛だよ。錬金薬師様が、宿舎代わりの蒸気馬車に酒と護衛まで付けてくれるって言うんだ。ありがたく受け取りな！」

「マジですかい！　ひょろい腕をして、あいつらが魔獣に襲われたらと思うとこっちが気になっちまいますぜ？」

「大丈夫さ、聞いて驚きな！　なんと、あいつら冒険者には中級ポーションを一人三本も支給してくれているんだ！　ワイルドウルフと素手で殴り合いをしても問題なく全快するから、魔獣が来たらさっさと退避しな！」

そう。リンダは冒険者に護衛を頼んでおきながら、自分たちに対して中級ポーションを求めることはなかった。屈強な男たちで構成される自らの組員が、こんな安全地帯で傷を負うことはないという絶対の信頼がリンダにはある。そういった意味では、蒸気馬車と酒の手当てを得た後に護衛を辞退してもよかったのだ。

しかし、リンダは今回の計画が国家間をも結ぶ壮大なものであることを知ると、考えをあらためた。さすがに国境付近で長期にわたる作業をしたら、ワイバーンの群れに嗅ぎつけられる。その時に、護衛に守られることに慣れておくのとそうでないのとでは大きな差になる。それが、国内作業に冒険者たちを同行させる理由だった。

「ふふふ、まったくとんでもない計画を考えるもんだよ」

リンダは広間で行われた音声通話と遠隔決済という常識外れの機能と構想を思い返して含み笑いをする。あれは間違いなく既存の常識を打ち壊すような革新的な技術として生活に根付くことになるのは想像に難《かた》くない。

そのため、自らが築き上げる通信網の礎が未来にわたって語り継がれる姿を想像すると、リンダは体の芯から熱くなり、喜びに震えが起きるのを止められないでいたのだ。

「さあ！　歴史と大地に、あたしらランドルフ商会の名を刻むよ！」

「「「オウッ！」」」

リンダとその組員たちはベルゲングリーン王国の建築を担う者としての誇りを胸に、エリザベートとメリアが生み出した歴史に残る大仕事にこの上ない充実感を覚えてツルハシを力いっぱい振るった。

✧

ベルゲングリーン王国で通信網が着々と整備される中、スポーン王国とエープトルコ王国の駐在大使は互いの情報交換として事前の打ち合わせをしていた。

「ついに噂の錬金薬師殿が外交の表舞台に立つそうですね」

「先方の事前調整では、なんでも国同士で通信を行える方法を思いついたそうですな」

この三年で目覚ましい発展を遂げているベルゲングリーン王国を目の当たりにしてきた彼らにとって、その立役者であるメリアの協力を得ることは悲願である。

ついにその願いが叶《かな》おうとしていたが、事前調整している間にも矢継ぎ早に別の発明をしてしまう噂の錬金薬師に二人は焦《あせ》りを禁じ得ないでいた。

「また新しい発明とは恐れ入りますな。本国には、ベルゲングリーン王国内の目覚ましい発展をもっと注視してほしいものです」

蒸気馬車、蒸気船、産業機械、農業機械、生活インフラ、服飾文化、食文化、そして今度は通信技術だ。母国の風景を思い出すと、百年以上の差が付いてしまったかのような錯覚を覚える。単なる筆記用具ですら、インクが尽きないでいくらでも書けるような代物が流通しているのだ。

ポーションの提供や縁談の協力を取り付けられるくらいなら、それらの技術協力こそを優先するべきではなかったのかと二人は溜息《ためいき》をつく。

「ただ一度訪れただけの我がエープトルコの農作物を使って、我が国以上の料理を量産しているようです。かの錬金薬師の頭の中は一体どうなっているのか」

時間的に道中で考え付いたのだろうが、完成度や加工にかかる手間から考えて錬金術なしでは到底不可能なものばかりだ。事前打ち合わせのために訪れた王宮で振る舞われた醤油、米を主体とした料理や酒はそれほどの完成度を示していた。

「やはり、あの噂は本当だと考えてよいのか……」

「かの錬金薬師殿が使徒であるという噂ですか？」

むしろ、それ以外の者が今のベルゲングリーンの変革の原動力となり得るのだろうか。

「此度《こたび》の両陛下の訪問を契機として、一刻も早く三国同盟として友好関係をもとにした技術協力について、貴国と連名でベルゲングリーン王国にせまるしかないですな」

「ええ、さもなくば……」

神が直接恩恵を与えているのと同義であるこの国との格差が広がり続けることになるだろう。

その言葉は発せられることはなかったが、二人の間で共通認識として脳裏に刻まれた。

宰相チャールズの元に同盟国が足並みを揃えて王家からの正式な書簡を送って来たのは、それからしばらくしてのことだった。

「スポーン王国とエープトルコ王国の駐在大使から事前交渉の内容が届きました。我が国に対して、広範にわたって技術協力を願い出てきました」

チャールズは内務官が読み上げる内容に、こめかみを揉《も》みほぐしながら頭痛に耐える。

「ほとんど全てではないか。我が国でも需要に供給が追いついていないというのに」

これが十年くらい経過していたなら何のためらいもなく協力するところだが、どれもこれも、まだ三年も経っていない。ましてや、今回の導光管などは国内でもまだこれから始めようという一大国家計画なのだ。そんな研究中の技術を、求められるがままに提供するなど通常はあり得ない。

それと同時に、自国が異常なまでの発展を遂げ、友好国に危機感を抱かせるほどの格差が生まれていることも十分に認識していた。

「トップ会談で決断を仰ぐしかあるまいな」

大局から判断できるのは国のトップである王のみだろう。それに、その原動力となっているメリアスフィール・フォーリーフは、極めて特別な聖女なのだ。これまでの全ての説明がつく隠された事実には、相応の決断をさせるだけの力があるだろう。

それらを踏まえて三国同盟のトップ会談についてチャールズは王に奏上し、やがてそれは実現の日を迎えた。

✧

三国同盟の王が一堂に会する中、王宮の広間で予定されていた会談が始まった。場違いな場所に来てしまったと私は多少緊張を覚えたものの、意外にもトップ会談は思っていたより和やかな雰囲気で進行する。

「久しぶりだな、スポーン王にエープトルコ王よ」

「ああ、直接まみえるのは王太子時代の外交での歓待パーティー以来か」

「思えば我らもずいぶんと年をとったものだ」

王子の時分に他国を訪問してパーティーや舞踏会などで交流をしていた様で、王となって立場が変わってからも親交を保っていたようだ。それには同盟関係を強固にする意味もあるのだろう。

そんな三国のトップの談笑のあと、それぞれの外務大臣と大使が傍《かたわら》に控える中で本題に移ることになった。

「さっそく本題に移らせていただきますが、ベルゲングリーン王国の目覚ましい発展について、技術援助や文化交流を図り、格差を埋める協力を願いたい」

スポーン王国の宰相が進行を進める中で本題が切り出される。というか、それが本題だったの？私、ここにいなくてもよくない？

「この会談が開かれるに至った時点で、ある程度の協力には同意しています。細部をお話し願いたい」

ベルゲングリーンの外務大臣の返答に頷《うなず》き、スポーンの宰相はエープトルコ王国とスポーン王国で話し合った具体的な協力要請の内容を挙げ始めた。

一つは、蒸気機関を使った馬車や船などのインフラ整備への技術協力、もう一つは、産業機械や農業機械といった工業に関する技術協力、最後に服飾や化粧品などの文化交流とのことだった。というか、ほとんど全部じゃないの！

「エープトルコとしても同様の協力をお願いしたい」

「ベルゲングリーンとしても協力するつもりでおりますが、機械の類《たぐ》いは開発されてから三年と経っていないので、誰でもできるわけではありません」

技術移転の対象となる技術者をベルゲングリーンの各工房に派遣して現場で学んでもらうしかないという説明がされ、根幹となる魔石への魔力付与も錬金薬師三人のうち実質二人しかまだ無理であることから、供給先は優先順位を決めて配備計画を練る必要があると伝えられる。

「服飾については人材を派遣したり布を輸出したりすることも可能でしょう。また、化粧品については特許登録されていることもあり各国の商業ギルドで地産地消は可能でしょうが、一部の錬金術を要する材料については、同様に供給の問題があるので徐々にとなりましょう」

「それについては、早めに願いたい。本来連れて来るべき貴婦人の同行がなかったことから事情は概《おおむ》ね察していただけるでしょう」

「わかりました。いずれにしても最先端はただ一人の人物に依存しているので、こちらとしても厳しいことはご理解いただきたい」

というくだりで、私の方に一斉に目が向けられる。うう、そのギラギラした目はやめてほしいわ。私が冷や汗をかいていると、大臣の議論が止まったことを察してスポーン王が素朴な疑問をベルゲングリーン王に投げかけた。

「我が娘のセリーヌに施したような装飾技術の移転は無理なのか」

「伝え聞いた限り、無理というより我が国でも実現しておらぬわ。我が国の錬金薬師殿はスポーン王にずいぶんとこき使われたようだ」

我が妃《きさき》の耳に入ったら大変だと笑うベルゲングリーン王。そりゃそうよ。頭のてっぺんから爪《つま》先《さき》まで妥協なしだったんだから。

「その錬金薬師殿の発案で導光管の敷設による国同士の通信網を実現したいと聞いておるが、具体的にはどんなものなのだ?」

「ふむ、チャールズ。説明せよ」

「はい。導光管は光の明滅を遠方まで伝えるもので、狼煙《のろし》などのようにあらかじめ明滅の仕方により文字を割り当てることで文章を送ることができます」

「それくらいなら、普通に早馬を走らせればよいのではないか?」

「距離と即時性において利があるかと。さらに導光管の両端にギルド証をかざすことで、決済を済ませることができます」

宰相閣下はあらかじめデモンストレーションとして待機させていた商人と内務官に合図を送ると離れた場所で決済をさせた。そのあと、商品である荷物を別の者が運んで内務官がそれを受け取る。

そうした一連の流れを終えて実演をした者たちが深々と礼をすると、三国の重鎮たちが集まる広間は不気味なまでの静けさに包まれた。商業ギルドの代表と同じように、国の統治者たちは遠隔決済がもたらす革新的な商業取引の可能性に思い至ったに違いない。

しばらくしてエープトルコの王様が掠《かす》れたような声で問いかける。

「……ベルゲングリーン王よ。これはいささか人には過ぎた技術ではないか？」

「フィルアーデ神聖国から届けられた書状を見たはずだ。それに、過去にギルド証による決済機能をもたらしたのは何者であったのか。それを考えれば、我らはその恩恵を享受すべきであろう」

「なるほど……な。いや、確かにその通りだ。だとするならば、議論の余地はあるまい。なあ、スポーン王よ」

「ああ。我らは創造神様の……いや、極めて特別な聖女の意思に従うまでだ」

ちょっと待ってよ！　なんだか私が言い出したことのように聞こえたけど、元はと言えばエリザベートさんが言い出したことなんだけど！

そんな私の内心の絶叫は誰にも伝わることはなく、その場は厳かな雰囲気のもとで議事が続けられることになる。その後、スケジュールを含めた細部は実務レベルで詰めるということでトップ会談は無事に終わりを告げたのだった。

✧

あのトップ会談の後、まずは人・物・金の流れをよくしようということで三国間を定期蒸気馬車で繋いだり、エープトルコとベルゲングリーン間で蒸気船を使った定期便を設けたりすることになったわ。製造はベルゲングリーンで、その過程を技術研修にきた他国の工房長たちが学んで帰るという寸法よ。

それに先立って私は今後必要になる蒸気機関用の魔石や伝声管・導光菅を量産することになったけど、どれくらい必要になるかわからないから時間の許す限りひたすら錬金術を発動する毎日を送っている。

「毎日多重合成をしていて手足が器用になったのか、八重合成に目覚めそうだわ」

「よかったな、効率が上がるじゃないか」

「そうね。本来は効率以外にも影響があるのだけど」

六重合成ではできるポーションに変化はなかったけれど、八重合成でポーションを作ったら、また違う境地に目覚めるかもしれない。最上級ポーションに必要な精霊草が取れないから、八重どころか四重合成が必須になる場面は絹糸生産くらいしかないけど、違うポーションができるか試してみたいものだわ。

「そういえばドラゴンを見かけないわね、精霊草の目印になるのに」

フィルアーデ神聖国くらいの山脈なら、昔は一匹や二匹くらい遭遇してもおかしくなかったけれど、まったく出てこなかったわ。

「南にはいないぞ。北のブリトニア帝国や大陸の西側に行かないといない」

なんですって。それじゃあいつまで経ってもドラゴンハートは食べられないし、精霊草も生えている場所がなさそうじゃない。それとも乱獲でもされていなくなったのかしら。

「敵対国だから、ブリトニア帝国との交流はないの？」

「どうだろうな。聖女認定を受けた今なら、あってもおかしくない」

認定を受ける前なら軟禁の恐れがあったけれど、今はもう紛争停止が確定してしまったから行こうと思えば帝国にも行けるそうだ。そういえばブリトニア帝国はフィルアーデ神聖国に行く前の詰め込み講義の範囲外だったから、どんな国か聞いていないわね。

「ブリトニア帝国には、何か美味《おい》しい特産物はないの？」

「基本的にはないな。寒冷地だから主に狩りと寒冷地でも育つ品種の麦の生産で賄っている」

そうなると、ドラゴンのステーキ以外で期待できるのはメープルシロップくらいなのかしら。北なら海産物としてニシンとかサケとかも獲れる可能性もある。私が今作っている蒸気機関用の魔石で、海産資源を運ぶ物流の距離が近づくことを祈るのみだわ。

✧

資材の生産が一段落すると計画を担う作業員たちの動向が気になり、私は研究棟を訪れたエリザベートさんに質問を投げかけた。

「街と街を繋ぐ計画は進んでいるんですか」

「王都と主要四都市の間はもう繋げましたわ」

都市間はさすがにケーブル剝《む》き出しというわけにはいかないから、カバーする配管と石が必要になった。基本的には防水のために合成ゴムの配管でカバーして、コンクリートで保護する。

コンクリートは、火山灰や珪藻土《けいそうど》などの適当な天然ポゾランを持ってきて、錬金術で生成した水酸化カルシウムを加えて簡単なセメントを作ってみせたわ。街道の両脇にコンクリートを敷設していき、その中をゴムの配管を通した特殊伝声管と導光管を通す構造よ。

「ちゃんと声は届いていますか」

「若干、聞こえ難《にく》くなったようなので、各街に伝言役を置いています」

導光管の方はまったく問題ないそうだ。テクノロジーのベースが違いすぎるものね。でも伝言役を置けるなら、国の緊急連絡はしやすくなったのかもしれない。

一般利用を考えると声の方は役人を通すことになるから、利益率に関することなど検閲を避けたい内容は難しいでしょう。光による信号通信については、独自暗号を使うことで直接やり取りすることもできそう。

場合によっては電報サービス会社を作って一般の人に回線の恩恵を小売りすることもできるわ。光通信って原始的な方法でも凄《すご》いのね。

「それでは国と国の間では基本的には導光管を使った信号通信になりそうですね」

「はい。いま三国間で共通の信号を検討させているところです」

それができたら、スポーンを隔てたエープトルコでも直通で通信できるようになる。そう言って喜んでいるけれど、商人ならともかくエリザベートさんがそんなに喜ぶことかしら。

そんな素朴な疑問をぶつけてみると、答えは単純極まりないものだった。

「何を言っているのですか。ほぼ時間差のない連携した軍事行動がとれるのですよ！」

「ああ、そういうことですか。個人的には軍需よりは民需でお願いしたいですね」

私はもっと平和的な電報サービス事業という一般利用向けの概念を伝えた。いえ、電気を使っていないから光報サービスかしら。

「それは面白いですね。メリアさんが存命のうちは喫緊の軍事行動もないわけですし、始めは商業利用がいいでしょう」

広く使われていけば技術も進歩していくから、やがてはテレビ会議だろうと高速通信だろうとできるようになるのでしょう。順番が逆だけど、もう決済までできてしまうわ。

その後、エリザベートさんは新しい決済手段や記録方法、光報サービス事業について調整するために王宮に戻っていった。

エリザベートさんに話をした後、私はテッドさんのところで信号記録装置の依頼について話をしていた。実物がないとイメージが湧きにくいと思って常温鋳造で少しずつ作りあげてきたオルゴールを渡すと、テッドさんはその精巧な作りに舌を巻く。

「本当にメリアの嬢ちゃんは次から次へととんでもないものばかり持ってくるな」

「記録装置の方は、別にゼンマイ式じゃなくても一定速度にできれば蒸気機関でも手回しでもなんでもかまわないわ」

ゼンマイだと途中で止まるし、エリザベートさんが想定するような公式のものは超小型蒸気機関でも作ったほうがいいのかもしれない。モーターや電池は量産ノウハウがないし、電池が切れたときに充電するのが面倒だわ。

「わかったけどよ、このゼンマイってやつは普通考えつかねぇぞ」

渦巻き状に巻かれた板バネが元に戻ろうとする力を回転に利用するだけでなく、それを一定速度の回転に保つなんてと感心するテッドさんだけど、私が考えたわけじゃないから！

そこから精密な腕時計や自動巻き腕時計などにも展開できるのだけど、腕時計は無理でも懐中時計くらいなら行けるのかしら。

「無理かもしれないけど、そのゼンマイを使って掌《てのひら》くらいの大きさの時計を動かせるとありがたいわ」

私は一日二十四時間として、十二時間、六十分、六十秒で一周する長針、短針、秒針の懐中時計を書いてみせ、オルゴールにも使った調速機と脱進機により一定速度で歯車が回転するからくりを説明していく。

「調速機では、ヒゲゼンマイの伸縮でテンプと呼ばれる輪が振り子と同じ原理で規則正しい往復回転運動を繰り返す。脱進機はガンギ車とアンクルの組み合わせで、テンプの往復運動を秒ごとに動く秒針の歯車を回転させる動きに変える仕組みよ」

時計では秒針が六十回転するうちに長針のギアが一周、長針のギアが六十回転するうちに短針を十二分の一だけ回転させるようにギア比に調整することで、一定の速度で動く時計が機能する。その中枢を担う調速機と脱進機こそが、正しく時を刻むためのキーテクノロジーなのだ。

「とびっきりの熟練細工師じゃないと、こいつは無理だな」

「信号記録は信号の長短がわかればいいから、そこまで精密に同じ速度で回すことにこだわらなくても大丈夫よ」

そりゃ助かると軽く息を吐いてオルゴールを机に置くテッドさん。でも、今までだって振り子時計くらいあったのではと思ったらそれもなかったわ。別に何かに追われるように仕事をしているわけでもないし、時間なんて太陽の動きで十分よね。

私はゼンマイ時計よりも簡単な振り子時計の図面を引いて、振り子の原理とそれを利用した時計の仕組みの理解から始めてもらうことにした。

「なるほどなぁ。振り子の振れ幅に関係なく、往復する周期は一定であることを利用するわけか」

「重りまでの長さが変わると往復周期は変わるから、それで調整するのよ」

ゼンマイの話が一段落して箱の話になったけど、宝石箱は意外にも家具職人が作っているそうで、ゼンマイが再現できるようになったら別途話をつけることになった。

一つだけとはいえオルゴールの見本があるから、原理を理解した今なら周期調整と加工精度次第だからいつかは作れるでしょう。

「そういえばラム酒の遠心分離機はできたぞ」

「えっ、本当に!?　ありがとう！」

これでお菓子用のお酒はフルラインアップで揃ったわね。私はラム酒ができたらお菓子を作って持ってくると約束しようと話したけど、酒でいいと言われてしまった。テッドさんが飲むとなるとカクテル用のホワイトラムやゴールドラムより、単品でガツンと来るダークラムの方がいいわよね。お菓子に一番適しているのもダークラムだしちょうどいいわ。

私は、味わいのある熟成酒は三年かかる話をして、また試しに錬金術で熟成加速したら持ってくると約束し、テッドさんの店を後にした。

✧

テッドさんが遠心分離機を完成させたことを知り、早速ウィリアムさんに連絡を入れた。

「ウィリアムさん、ラム酒の遠心分離機ができたそうよ。近々そちらに送られるわ」

「ついにできたのか、使い方は職人に聞いて届き次第使ってみる」

王都近郊の街なので直通で話せるのはやっぱり便利だわ。

「お菓子で使うにしても、職人さんがお酒で飲むにしても、適しているのは三年熟成のラム酒よ」

そこで私はホワイトラム、ゴールドラム、ダークラムといった熟成期間による種類の違いを話し、ウイスキーよりも高温多湿で寝かせることで熟成が早く進み、ウイスキーの半分から三分の一程度で熟成することを説明した。

「ではうまくすれば三年でウイスキーの九年物相当のダークラムができるというわけか」

ダークラムになればウイスキーやブランデーのように香りや味わいを出すことができ、使用した樽により変化する甘みや、コクの深いずっしりとした余韻が楽しめるお酒になるわ。ホワイトラムやゴールドラムは他のお酒やジュースと混ぜ合わせるカクテルのベースに使われるの。

「ホワイトラムができたら、また錬金術で加速熟成して調整を考えましょう」

「わかった、まかせてくれ！」

チンッ！

私は受話器を置くと、渇いた喉を潤すためにお茶を飲んだ。これでお酒に関しては、あとはウィリアムさんの手腕次第というところまで来たわね。

なんだかラム酒の話をしていたらお菓子を作りたくなってしまったわ。冬に相応しいフォンダンショコラを作ってカリンちゃんに持って行ってあげましょう。

✦

辺境伯邸でフォンダンショコラを完成させた私は王宮の研究棟に向かい、早速カリンちゃんを呼んで新作お菓子を振る舞っていた。

「三国間で通信に使う信号の取り決めが済みました」

カリンちゃんが美味しそうにフォンダンショコラを食べる横で、エリザベートさんが通信の進《しん》捗《ちょく》状況を話していた。最近、カリンちゃんに連絡を入れるとセットでエリザベートさんが付いてくるのは何故かしら。そんな疑問が浮かんだが、後回しにして通信の話にのる。

「では通信士を育成して信号から文字に復号できる人を増やす必要がありそうですね」

「なぜですか？　対応表をみれば誰でもわかると思いますが……」

私は熟練の通信士というものは信号パターンを暗記して、表を見なくてもすぐに文章に直せる専門職だと説明した。

「表をちんたら見ながら文章に変換していたら情報の鮮度が落ちてしまうし、専門家を育成して任せればすぐ読み取って報告してくれることでしょう」

前に話した光報サービス事業も、そういった人たちの普段の仕事にすれば、儲けも練度も上がって一石二鳥よ。

「わかりました。その通信士という役職を新たに作ることにしましょう」

これでよしと。何より私が信号表を見ながら復号なんてしたくなかったのよ。

「ところで国内の通信網は完成したのですか」

「村までとはいきませんが、主要な街は全て開通しました！」

各都市や街の中での連絡は発展度合いに依存するから地方では領主のみの場合もあるようだけど、こんな短期間に王国全土を通信網で繋ぐなんてすごいわ。

「線を通すだけなら蒸気馬車の定期便の脇に巻き線を付けて敷設させていけば、あとはコンクリートで保護するだけですからね」

「ああ、剝き出しのままでとりあえず通したところもあるんですね」

それならすぐに終わるわけだわ。もしケーブルが痛んだらまた作ればいいわけだし……主に私が。まあ天然ゴムでコーティングされているから放置しても少なくとも数カ月は問題ないでしょう。

「ところで感熱紙はできましたか？」

私は魔法鞄からロイコ染料をベースにしたロール紙を取り出して差し出した。

「これに魔石で増幅した光をあてたり、火を近づけたりすると熱を持った部分が黒く変色します」

性質上、夏に外気にさらしたまま長時間置いておくと、真っ黒になって使えなくなるという注意も付け加え、私は染料だけ用意して塗布する工程は化粧品のように製造委託したいことを話した。

「わかりました。製造委託の調整は内務に回しておきます」

「おねがいします」

よし、これでほぼ終わったわね。私は美味しいフォンダンショコラに舌鼓を打ちながら、コタツでゴロゴロ計画に思いを馳《は》せた。

「それでは国内の次は国同士の通信といきましょう！」

「……」

あまりにも短い夢だったわね。まさか、こんな早期にスポーンやエープトルコに通信を延長する計画を進めるとは思わなかった。ここは休息をえるため、断固として反対しなくては。

「いけませんよ、姫様！　友好国とはいえ他国にそんな安請け合いをしては！　先端技術を他国に供与するのは何年か間を置くべきです！」

「米や大豆の輸出の量が急激に伸びていて、輸出量を担保するために遠隔決済の要請が強くなってきているんです」

「私が持てる錬金薬師としての技量、その全てをもってして必ずや必要な量の導光管を用意して御覧に入れましょう」

私は胸に手を当て斜め三十度に腰を折った完璧な錬金薬師としての礼を取った。

「そうですか、頼みましたよ！」

そう言い残したかと思うと、気が付けばエリザベートさんは姿を消していた。

「ああ！　私は何を！」

「自ら進んで導光管量産機になると宣言していたぞ」

呆れたように言うブレイズさんに、先ほどのやり取りがフラッシュバックして思い出された。

なんてことなの、国内に続いて遥《はる》か遠いエープトルコまで届く導光管を作らなくてはいけなくなったわ！

「いいわ、やってやろうじゃない！　こうなったら、八重合成の極みを見せてやるわよ！」

こうして中級ポーションがぶ飲みの果てしない導光管生産ロードが幕をあけたのであった。

✧

メリアに国家間を繋ぐ導光管の量産を依頼した数日後、エリザベートはメリアとは別種の困難に立ち向かおうとしていた。

「エリザベート様、出立の用意が整いました。我ら近衛騎士団、いつでも国境に向けて出陣できます」

「リンダさんたちの準備は整っていますか？」

「万事抜かりなく！」

「よろしい、それでは参りましょう」

国内通信網の整備を終えたあとに他国との通信を開通させるにあたって、辺境の峠で出没するワイバーンは無視できない存在だった。ワイバーンはある程度の知能を備えるため、一時的に通過する商隊を襲うことはない。しかし導光管の敷設のために長い間その場に留まると、縄張りを侵されたと判断して襲ってくる。

つまりエリザベートが率いる近衛騎士団は、ワイバーンからの作業員を守る護衛として出立したのだ。

国境の作業場に向かう道中、リンダは柄にもなく緊張した面持ちでエリザベートに話しかける。

「まさか、姫様に守ってもらえるとは思わなかったよ……いえ、思わなかったです」

「他に適任者はいないのです。気にすることはありません」

守るべき作業員がたくさんいる状況で彼らを守り切れるだけの技量と装備を兼ね備えた集団は、鍛え抜かれた近衛騎士団しかいなかった。

「Aランク以上の冒険者たちを集めて護衛させればよいのでは？」

一時はそのような意見も出たが、

「ブレイズ・ガルフィードが持つような強力な魔剣を冒険者たちに拡散してもよいのですか？」

というエリザベートの一言で一蹴された。中級ポーション三本をポンと配布するメリアだ。命の危険があると知れば、魔剣の百本や二百本は用意してみせるだろう。

ケイトの誘拐により過敏になったメリアが、護衛をする騎士や兵士たちに配布した魔剣の威力を知らないものは王宮にはいない。メリアスフィール・フォーリーフの魔剣が外部に拡散したときの危険度は、ワイバーンのそれをはるかに上回るのだ。

そんな事情で狩り出されることになった近衛騎士団ではあったが、彼らは彼らでバギーや魔剣といったメリアの最新装備を試す機会をずっと欲していた。そのためか、作業員の警護という本来は専守防衛の任務でありながら、その顔には好戦的で獰猛《どうもう》な笑みが浮かんでいた。

「早くワイバーンが襲ってこないものか。この火炎剣の餌食にしてやるものを」

「なんの。俺の暴風剣が生み出す真空の刃で切り刻んでくれよう！」

まるで新しいおもちゃを買い与えられた子供のような目をして口々に貸与された武器でワイバーンを退治しようと意気込む姿に、騎士団長のウォーレンが一喝する。

「貴様ら！　姫様が見ている前で無様な姿を晒すなよ！　作業員にかすり傷一つでも付けてみろ、中級ポーションがぶ飲み耐久試練十日の罰に処す！」

「「りょ、了解ッ！」」

メリアが聞いたら噴き出しそうな罰則をちらつかせて騎士たちの統制を取り戻す様に、エリザベートはふと表情を緩める。

「ウォーレン、戦《いくさ》ではないのです。現場につく前からそのように気を張らなくても問題ありませんよ」

キンッ！　ヒュルルル……ドサッ！

「小物であれば、半径百メートル圏内には私が近寄らせませんから」

自然体から繰り出された一瞬の早業で付近を周回していたロックバードを真空の刃で墜落させたエリザベートは、何事もなかったかのように微笑を浮かべた。剣の才を見込まれ通常の武器で辺境の守護を任されていたエリザベートにとって、メリアが護衛のためにと称して用意したちょっとした魔剣は戦力過剰と言える代物だったのだ。

「それとリンダさん。作業中は無理に言葉遣いを改める必要はありません。ここは王宮ではないのですから」

「ははは、そりゃ助かるねぇ。あたしらは導光管の敷設に集中させてもらうよ！」

こうしてベルゲングリーン王国とスポーン王国との国境で、ワイバーンの縄張りという危険な状況下での敷設作業が開始された。

✧

エリザベートが率いる近衛騎士団に守られながら国境での導光管の敷設が順調に進む中、縄張りに侵入した人間たちを遠くから眺めるワンバーンの一群がいた。少しでも近づくと即座に撃ち落とされるロックバードに、相手が並々ならぬ実力の持ち主であることを察して警戒を強める。

『なんなんだよ、あれは！　大昔にドラゴンたちを北に追いやった地脈の使い手が蘇《よみがえ》ったのか⁉』

『馬鹿を言うでない。もしそうなら、あの程度で済むものか。だが、そうじゃな。地脈の使い手の支援を受けている可能性はあろう』

長く監視を続けていると、地上の大型魔獣を集団で相手にしているのが見て取れた。金髪を靡《なび》かせる統率個体の指揮のもとで非常に洗練した連携を見せており、氷結効果を伴う盾で突進を受け止め動きを鈍らせ、距離をとって火炎や真空の刃で危なげなく止《とど》めを刺している。

手にする武器はすべて魔剣。おそらく我らが単体で襲い掛かろうものなら、同じように攻撃をいなされた上で動きを鈍らされ、容易《たやす》く首を刈られることだろう。そのような一団を目にするのは、何百年にもわたってなかったことだ。

『このところ異様な気配を東から感じるようになったが、やはり復活しておったか……』

今まで目立たないように農村で暮らしてきたメリアが王都で錬金術を使いまくったことで、一定以上の知能を持つ魔獣であるワイバーンは見えない脅威に警戒心を募らせていた。それが目にみえる形でこうして辺境の地にやってきたというわけだ。

『それなら、俺たちも北に避難した方がいいんじゃないか？』

『その必要はない。遠い祖先が氷と炎の剣を携えた強力な地脈の使い手に地面に叩《たた》き落とされたことがあるんじゃが、地脈の使い手は我らの祖先の首に刃を突きつけなんと言ったと思う？』

『わからねぇ、なんて言われたんだ？』

『ワイバーンはドラゴンと違って筋っぽいから美味しくないのよね、じゃぞ？　興味をなくして生かして帰された我らの祖先は、心底から、上位種であるはずのドラゴンに生まれなくてよかったと胸を撫《な》で下ろしたという。どうじゃ、笑えるじゃろ？』

『笑えねぇよ、爺さん……』

『いずれにせよ、人間に害を及ぼさなければ互いに傷つけ合うことはない』

そうワイバーンの長老は結論付けて撤収しようとしたところ、一匹だけ若いワイバーンが群れを飛び出していくのが見えた。

『なっ、死ぬ気か！』

『ハッ！　人間如《ごと》きに尻尾を巻いて逃げるなんて、俺は御免だぜッ！』

急いで制止の鳴き声をあげるも、恐れを知らぬ若いワイバーンはそれを無視して人間の集団に向かって飛び去っていく。長老のワイバーンは舌打ちをしつつも、その後ろ姿を群れの皆と共に見送った。

✧

周囲を警戒していた近衛騎士が遠方に大きな飛影を捉え、魔獣の襲来を告げる。

「エリザベート様！　ワイバーン一頭、南南西四百メートルの位置に確認！」

「リンダさん、作業を中止して後方に待機！　氷盾隊、右翼を前に雁行《がんこう》陣形にて構え！　ワイバーンの突進から作業員を守りなさい！」

「「了解！」」

「右翼、距離百メートルまで風の魔剣を構えて待機！　左翼、火炎剣準備！」

「「了解！」」

エリザベートの号令のもと、流れるように一瞬で陣形を整えた近衛騎士たち。やがて、風の魔剣の効果がおよぶ百メートルの距離までワイバーンを引き付けると号令を飛ばす。

「撃てッ！」

ゴウッ！

「キュイイイイ！」

一斉に放たれた暴風により空中で姿勢を崩したワイバーンは、それまでの勢いを保てず姿勢の制御をしようと慌てて翼をバタつかせる。そうして勢いが殺され墜落するように接触距離まで落ちてきたワイバーンを冷静に見つめながら、エリザベートは次の指示を出した。

「よし！　氷盾隊、前へ！」

「「ウォオオオオ！」」

ドンッ！　パキキッ！

「キュ、キュイ!?　キュイイイイ！」

集団でのシールドバッシュにより、氷結効果でワイバーンは左翼手前の地面に縫い留められた。空に退避しようと翼をバタつかせ身を捩《よじ》るが、体温が奪われ鈍った体では思うように動けない。

「左翼、敵を討て！」

「「オリャアアアア！」」

ザンッ！　ゴロゴロ……

「やったぁ！　無傷でワイバーンを討伐したぞォ！」

「うぉおおお！　やっぱすげえぜ、錬金薬師殿の魔剣は！」

エリザベートの的確な指示のもと、胴体と鳴き別れとなったワイバーンの首を集団で持ち上げながら沸き上がった。そんな浮かれ気分の騎士たちをウォーレンは一喝する。

「馬鹿もん、ワイバーンが一頭とは限らんだろう！　周囲の警戒を怠るな！」

「「了解！」」

ウォーレンの声に騎士たちは再び警戒態勢に入ったが、ワイバーンが飛来してきた南の空には後に続く個体は見られない。しばらくして当面の脅威が完全に去ったことを確認すると、エリザベートは再び通常の態勢に戻るよう指示を飛ばした。

近衛騎士たちが散会していったあと、エリザベートは後に残ったウォーレンに労《ねぎら》いの声をかける。

「お疲れさまです。指揮をするのは久しぶりでしたから、少し緊張しましたわ」

「ご冗談を。エリザベート様の優れた指揮と錬金薬師殿が生み出される魔剣やポーションがあれば、ワイバーンが何頭飛来してこようと恐れるに足りません」

「褒めすぎですよ。リンダさんたちも即応してくれましたし、一頭だけなので楽に対応できただけです。ワイバーンは群れを形成していると聞き及んでいますし、はぐれ個体だったのでしょう」

実際には若いワイバーンの暴走であったが、単体とはいえ鮮やかに屠《ほふ》られる同胞を遠目に見てワイバーンの群れは南に撤収していった。ワイバーンは、相手の力量を測れる知能が高い魔獣なのである。

この戦いを契機にワイバーンが現れることはなくなり、国境での導光管敷設作業は順調に進んでいくのだった。

✧

導光管を量産する日々が続いてひと月ほど経ったある日の午後、エリザベートさんが研究棟を訪れた。その際に、私は意外な事実を聞くことになる。

「もうエープトルコまで通信できるようになっていたんですか！」

「はい。メリアさんのおかげで、今ではスポーンもエープトルコも主要都市間を結ぶ通信ができるようになりました」

この一カ月で当初必要とした量は作り終えていたという。まだまだ増産しないといけないと思っていたけど、寝ながら導光管を作成したりして効率を上げたらわりとすぐだったわね。

「実は敷設の際にワイバーンを一頭倒したので冷凍して運ばせたのですが、メリアさんの料理に使えますか？」

「ワイバーンは筋っぽいので食材とするのは難しいです。あ、ちょっと首に剣を当てて脅して帰せば襲ってこなくなる賢い魔獣なので、あまり無用な殺生はしない方がいいですよ！」

「そうなんですか、それはいいことを聞きましたわ。一頭を仕留めた後に襲われなかったのはそのせいかもしれませんね」

集団の何匹かを生かして帰せば人を襲うことはなくなるはず。そうしたら、後には人間以外の大型魔獣を狩る益獣に早変わりよ！

「ところで米や大豆の遠隔決済はできているんですか」

「試験的に実施したところ問題なく決済できたそうです」

「やったわ！　これで当初の目的は達成したわね。さあ、帰ってコタツでゴロゴロ計画を発動するのよ！」

では、ごきげんようと帰ろうとしたところで、後ろからエリザベートさんに呼び止められた。

「実はスポーンやエープトルコの外交筋から、伝声管による遠隔会話の技術協力の要請が来ています」

今度は導光管通信と同様にスポーンやエープトルコ国内の通話網の整備をしたいそうだわ。つまり、私に伝声管を作ってほしいという依頼ね。

「既に米とか大豆の取引には支障ありませんし、今度はゆっくりやらせてもらいますよ」

「ええ、それで構いません。同盟国とはいえ他国の開発にかかりきりになられては国内でも反発が出ます。主に夫人や令嬢から……」

なんだか不吉な言葉を最後に聞いた気がするけど、聞かなかったことにするわ！

✧

エリザベートさんとの話を終えた私は気分転換に職人街を訪れていた。導光管作りに没頭してご無沙汰になっていたから、お土産も持って行きましょう。

「こんにちは、調子はどうかしら」

「おう、メリアの嬢ちゃん。久しぶりだな」

私は差し入れに持ってきた錬金術で疑似熟成して作ったダークラムを渡す。

「先日話したダークラムよ、本当は三年くらいかかるけど錬金術で疑似的に作ったの」

ストレートかロック、お酒が弱い人でどうしても無理ならジュースや牛乳、お湯で割って飲むと説明した。ソーダ割りとかカクテルは、また研究してからにしましょう。

「おう、ありがとよ。楽しみにしていたぜ！」

「あと、これがラムレーズンのチーズクッキーサンドよ」

レーズンをダークラムで漬け込んだラム酒を使った代表的なお菓子で、かなり美味しいから奥さんや娘さんにと補足を入れて手渡す。

「ダークラム漬けだからテッドさんもいけるかもしれないわよ」

「いや、俺が食うと飯抜きになりかねん。これは女房や娘に渡しておく」

あらら、仕方ないわね。料理長にダークラムを使ったラムレーズンのお菓子のレシピを渡して来たから、今頃はレーズンサンドをはじめとした代表的なお菓子が量産されているはず。今度はテッドさんが少し摘《つま》んでも問題ないほどのフルレパートリーで持って来てあげましょう。

その後、以前エリザベートさんの依頼として伝えた信号記録装置、オルゴール、それから私的な依頼である懐中時計などの進捗を聞くと、オルゴールができた後で作ることになっていた宝石箱以外はできていた。

「すごいじゃない！　もっと時間がかかると思っていたわ」

「ああ。王都一の細工師、ガラクの爺さんに作ってもらったからな」

私のオルゴールを見せたら、オルゴールの各部品の歪《いびつ》で拙《つたな》い加工とは真逆の超精密な仕組みに大笑いしてワシに任せろと二つ返事で引き受けたそうだわ。

さっそく試作のオルゴール箱を開けてみると、有名な夜想曲が再生された。

「ちゃんとオルゴール箱になっているじゃない！」

「ああ、そっちは見本があったからすぐできたぞ。本命は箱の中の時計だ」

私は箱の中に置かれていた銀製と思《おぼ》しき懐中時計をハンカチに包んで取り出すと、銀色の四つ葉のフォーリーフのふたをパチリと開けた。中ではクリスタルに納められた外側の文字盤をなぞるように、長針と短針、そして秒針がチクチクと時を刻んでいて、中央に剝き出しにされた調速機と脱進機の精密な動きが美しい。

ふとふたの裏側をみると、サイドテールにした女性の姿絵が精緻《せいち》に描きこまれていた。

「信じられない！　ガラクお爺さん天才じゃないの!?」

「天才は嬢ちゃんだろ。一応、俺も参考にして振り子時計を作ったぞ」

そう言ってテッドさんは奥から壁掛けの大きな振り子時計を運んできた。

「わぁ、シックなデザインでいいじゃないの」

手元の懐中時計と比較すると、まったく同じ時間を刻んでいた。

「こんなに大きさに差があっても同じ速さで回るんだから見ていて不思議だぜ」

「これを見て人に会う予定とかを合わせるんだから一緒じゃなきゃ困るわ」

「そこまでキッチリ予定を合わせないといけないのか？」

私は顎に手を当てて必要性を考えてみる。国によっては一時間ずれても誤差の範囲というのだから、この世界ではほとんどの人にとって無用の長物かもしれない。

「いえ、合わせる必要はないわね。よっぽど忙しい人向けよ」

自分で頼んでおいてなんだけど、時計を見ないといけないような人は働きすぎだわ！

「なんだ、じゃあメリアの嬢ちゃんにピッタリだな」

「……」

ま、まあ蒸気馬車とかを定刻通りに発車させたり、料理で使うオーブンの焼き時間をはかったりにも使うのよ。忙しくなくても需要はあるわ。

「それから、これが信号記録装置だな。結局、大きめのゼンマイで作った」

懐中時計に比べれば余裕だとか。結構長い間動くし、ゆっくり回転させるから長時間記録できるそうだ。

「ありがとう、エリザベートさんに見せてくるわ」

とりあえずできたものをエリザベートさんに見せて、追加要望や箱の外見をどうするかを聞いてくることにする。

その後、私が個人的に発注した時計の決済を済ませてテッドさんの店を後にした。

✧

次の日、研究棟からエリザベートさんに発注した品が完成したことを伝えると、エリザベートさんは早速完成した品を見にきた。

「以前に頼んだ信号記録装置ができました。あと私の好みで宝石箱に組み込む音を奏でる装置も作ってもらいました。箱はありあわせですけど、エリザベートさんもどうですか？」

私はテッドさんの店で受け取ってきたオルゴール箱を手渡した。エリザベートさんが木箱を開けると、例の夜想曲が再生される。

「これはすごいです！　箱は王家御用達職人に作らせましょう」

「わかりました、ではお持ちください」

「待ってください。中にある銀のペンダントのようなものはなんでしょう」

あれ？　渡されたまま持って来たから、懐中時計もそのままだったわ。

「ごめんなさい。これも似た機構で実現できるはずと私が頼んだ物で、懐中時計というものです」

私はハンカチで包んで懐中時計を取り出し、パチンとふたを開けるとエリザベートさんの方向から見やすいよう、対面の私から見て逆さ方向にして差し出した。その後、テッドさんが作った振り子時計も魔法鞄から取り出し、まったく同じ時を刻んでいる様子を見せて時計の針の働きを説明する。

そして、離れた場所で同じ時間、同じタイミングで行動したり、決められた時間キッカリに人と会ったり、蒸気馬車のように公共の乗り物を時計の時刻を基準にして出発させたり、料理の調理の時間を毎回ピタリと同じ間だけ焼いたりするような時間を計るときに使うと、様々な用途を話して聞かせた。

「オルゴールに使われている一定の速さで回転させる機構と基本的なところは同じです」

「これは素晴らしいです。この時計と通信を組み合わせたら、一秒のズレもない行軍が可能ではないですか」

辺境の守護をしていたエリザベートさんが想像する用途《ユースケース》は相変わらず物騒だわ。思わず眉間を親指と人さし指で押さえてしまったけど、そうですねと肯定しておく。

「この時計も量産できませんか」

「大きな方はできるかもしれませんが、懐中時計はガラクお爺さんしかできないかも」

「ああ、ガラク老の手による物ですか。さすがですわ」

エリザベートさんによると、ガラクさんも王家御用達職人の一人だった。

「そうなんですか、じゃあエリザベートさんの方で依頼してください」

「わかりました。これは芸術的価値もあって楽しみです！」

その後、元々の本題である信号記録装置を見せ、導光管に魔石を取り付けて試しに感光反応で記録する様子を見せる。

「これもゼンマイ式なので、ここの取手であらかじめゼンマイを巻いて使う必要があります。これで見逃しもなくなり長距離通信も確実に伝達されるでしょう」

そう説明すると信号記録装置の出来に満足したのか、エリザベートさんは配備の調整をしてきますと言って王宮の方に足早に戻って行った。

これで、エリザベートさんからの一通りの依頼がはけたわ。結局、一日に二回も研究棟にくることになってしまったけど、これで辺境伯邸に戻ってコタツでゴロゴロ計画が実行できそうね。

私は目を閉じて布団の温もりを想像しながら、やっと到来した休息の過ごし方についてあれこれと思いを巡らせるのだった。

✧

メリアが安息を得てからしばらく時が経ると、通信という新しいインフラが同盟各国で常用されるようになった。

ここ、エープトルコでは実務を受け持つ宰相がその利便性に舌を巻いていた。

「読み上げます！　ベルゲングリーン王国で続けて伝声管を製造していく要請については了解した。ただし国際通信網の早期実現に尽力した錬金薬師殿の疲労の蓄積を鑑《かんが》み、伝声管については無理のないペースで製造していくことになる。以上です！」

遠く離れたベルゲングリーン王国からスポーン王国を経由してこのエープトルコまで一瞬でこのような文を伝えることができるようになるとは誰も思っていなかった。しかも遠隔決済まででてきてしまうので、米や大豆などの農作物の国際間売買も一瞬で決まってしまう。今までとはまったく違う新しい商流が生まれていた。

ベルゲングリーン王国ではこのような即時通信・即時決済手段に加えて国中の都市や街を音声通話で繋ぐ通話網も完成しているという。技術協力の同意を得てから半年もしないうちにまったく新しい革新的な技術を開発してしまうとは、かの錬金薬師殿の頭の中は一体どうなっているのか。

さらに先ほど文を読み上げた通信士や今後普及していく通話網の交換手、それに通信インフラ整備に掛かった費用を、一般利用向けの光報サービス事業で回収させることで、平時における通信士の練度の維持と同時に、投資回収まで行う事業案を提示してくるなど、並の商才では考えつかないことだ。

上級ポーションやキュアイルニスポーションなどではなく、スポーン王のように無理難題を突きつければ、想像の遥か上の成果を提示してくれたのではないだろうか。

エープトルコの宰相は、そんな詮無《せんな》きことを考えていたが、ふと胸元の懐中時計を見ると、そろそろ謁見の時間になろうとしていた。

「薬師殿の発明品の中でもこの懐中時計は随一の優れものよな」

ベルゲングリーン王国から友好の証として送られてきた時計を陛下から下賜《かし》されたおかげで、待ち時間のズレで一分一秒も無駄にすることは無くなった。役職柄、これほど重宝するものはない。

薬師殿の次の発明が怖くもあり楽しみでもあると考えながら、宰相は謁見《えっけん》の間へ急ぐのであった。

メリアの発明に関心を持つのはエープトルコだけではない。隣国のスポーン王国でも、その動向は注目の的であった。

「錬金薬師殿の様子に変わりはないのか？」

「はい、国家間通信のケーブルの製造では外出の暇もないほど忙しい模様でしたが、今は楽に過ごされているようです」

スポーン王国の東端の街では辛うじて本国と伝声管による音声通話が可能であったため、信号通信によらず音声通話により情報を得ることができるようになっていた。

公開情報によると、錬金薬師メリアスフィール・フォーリーフに授けられた加護には、創造神の直々の注意書きで「過労死をさせるべからず」という明確な指示が下されている。そのため、周りから無理をさせているようで、実は健康には気を使われていたのだ。

「では次は明後日《あさって》の十七時ちょうどにまた頼む」

「わかりました、それでは報告を終わります」

ベルゲングリーンから友好の証しとして送られて来た懐中時計は本当に優れものだ。分刻みの予定を組んでも相手が振り子時計を確認して動く限り、正確に予定通りの行動ができる。オルゴールと呼ばれる宝石箱から音楽が流れてきた時には驚いたが、この懐中時計はその宝石箱に入れるに相応《ふさわ》しい宝物だった。

そう述懐《じゅっかい》するスポーン王国の宰相は、そろそろ次の会議の予定であることに気が付き、錬金薬師殿の発明の数々に思いを馳せながら通信室を後にした。

✧

各国の宰相が懐中時計の利便性に満足している中、それを贈呈したベルゲングリーンで活用されていないわけがなかった。

「メリアさん、五分遅刻ですよ」

「……申し訳ございません」

あれから王家御用達の細工職人であるガラクお爺さんの手により三国同盟の要人に懐中時計が行き渡ることになり、懐中時計を持っている王族相手には時間に正確な行動が求められるようになってしまった。

まったく、どこの誰よ！　時計などという諸悪の根源を作らせたのは！

「この懐中時計というものを各国の王家に贈ったところ大変好評です。是非増産してくれと頼まれる始末ですわ」

実に良い発明をしてくれましたと感謝の意を伝えるエリザベートさんだったが、そんなことだけで私を呼ぶような姫様ではないことはわかっていた。

「今日はなんの御用ですか」

嫌なことはさっさと済ませるに限ると思い、こちらから聞いてみると、

「実はある構想が持ち上がりまして……今ある通信網をフィルアーデ神聖国や大陸の西の諸国ま

で広げたら、どれほど可能性が広がるのでしょう」

などと宣《のたま》うエリザベートさんに眩暈《めまい》がしてきた。

「私の体力の限界が訪れる可能性が広がるのではないでしょうか」

三カ国だけでこれだけ大変だったのだから、大陸全土なんて無理に決まっている。ライル君やカリンちゃんが安定して導光管を作れるようになったらカバー範囲を広げることもできるかもしれないけど、まだそこまでの境地には至っていないでしょう。

「そうですか。実はフィルアーデの西にある国の海産物に干物というのがありまして。メリアさんがカツオブシやコンブと呼ぶ海産物の干物を探していると聞き及び、遠隔決済で輸入できたらと考えていましたが無理なら仕方ありません」

などと、聞き捨てならない情報を漏らすエリザベートさん。

「姫様、私は錬金薬師メリアスフィール・フォーリーフ。フォーリーフの名を受け継ぐ完成された錬金薬師にとって、その程度の距離を繋ぐことは児戯《じぎ》にも等しいことでございます」

気が付けば、私は胸に手を当て斜め三十度に腰を折った完璧な錬金薬師としての礼を取っていた。

「そうおっしゃってくださると信じていました。よろしくお願いしますね！」

そう、気が付けば、またエリザベートさんが目の前から姿を消していた。

「ああ！　やってしまったわ！」

「お前、まったく進歩していないのな」

そんなこと言っても醤油や酢やみりんがあっても、肝心のカツオブシがなくて、どうすればいいってのよ！　昆布は最悪、グルタミン酸、イノシン酸、グアニル酸、ナトリウムなどの旨味成分を直接合成すればなんとかなるけど、カツオブシは無理よ！

「というかバギーで行けばすぐだろう。聖女認定された今なら多少遠い旅行でも行けるだろうし、蒸気馬車と魔法鞄で長距離の旅でもポーションの作成や化粧品などの消耗品生産に問題はないことは証明されている」

そう言って肩をすくめるブレイズさん。それは旅行もできてナイスな考えだわ！

「その発想はなかったわね、それなら今すぐ行きましょう！」

「行けるわけないだろう。導光管の製造はどうするんだ」

「そんなものは道中で作ればいいってさっきブレイズさん自身が言ったばかりじゃないの。第一、私が作る傍《そば》から敷設していく方が効率もいいはずよ！」

その後、すったもんだ話し合った結果、残念ながら冬の山脈ごえは安全面から許可できないと却下されてしまったわ。グスン。

✧

冬と言えば間もなくケイトの誕生日だけど、考えてみればケイトより幼いカリンちゃんの誕生日を聞いていなかったわ。

「春になったらカリンちゃんが来て一年近くになるのね」

そろそろ十歳になるんじゃないかしら。まだ一桁の年齢なのだし、忙しくてもバースデーケーキくらい用意してあげるべきだったわ。いえ、今からでも遅くないわね。

私は料理長にお願いしてホールケーキを一つ作ってもらい、十本の蝋燭《ロウソク》を買ってきて錬金術で不純物や臭みを取り除いてからケーキに刺し、箱に入れて研究棟に来た。

「カリンちゃん、ケーキを作ってきたわ。お誕生日パーティーをしましょう」

「え？　今いくから待っていて！」

ライブラリを共有してバースデーケーキのなんたるかを知るライル君、それからアルマちゃんやケイトも呼んで、誕生日の歌を口ずさみながら皆でお祝いした。

部屋を暗くしてケーキに刺した蝋燭《ロウソク》の火を吹き消すカリンちゃんに拍手を送る中、カリンちゃんが不思議そうな顔をして聞いてくる。

「お祝いは嬉《うれ》しいけど、今日は誕生日じゃないよ？」

カリンちゃんの誕生日が今日じゃないことにライル君、アルマちゃんとケイトも驚きの表情を見せたが、その質問に対する私の答えは決まっていた。

「いいのよ、忙しくてやらないよりはマシでしょう」

いつかは、もっとたくさんの弟子や孫弟子皆で負荷分散ができて、ちゃんと誕生日にお祝いできるようになるわ。それまでは不定期開催よ！

「わかった！　メリアお姉ちゃん！」

そう言って笑い合う私たちに、また新しい春の季節が訪れようとしていた。

寒い冬が峠を越して少しずつ春めいた風を感じる頃になると、再び服飾コーディネーターとしての仕事が舞い込むようになった。私は研究棟の窓から降り注ぐ柔らかな陽光の傍《そば》で、今日も貴族の御令嬢を迎えて春の幕開けに相応《ふさわ》しいコーデを検討する。

シャッシャ、シャシャシャッ……

目の前のテーブルで満足気な様子を見せながら、ラムレーズンのマカロンでティータイムを楽しむ侯爵令嬢。そんな彼女をモデルとして、白地のハイウエストのティアードワンピースに春らしい色合いのフード付きプルオーバーを被《かぶ》せたデザイン画を描いていく。そうしてハイソな姿を見つめながら淡々と作業をしていると、少し驚かせてあげようという悪戯《いたずら》心が湧いてきて私は口を開いた。

「お抱え職人さんも育ったでしょうし、もう春のコーデとか私がしなくてもいいんじゃないでしょうか」

「だ、駄目ですわ！　そんなことになったら王都中の貴族令嬢が悲嘆に暮れてしまいます！」

「あ、ハイ。わかりました」

この世の終わりのような顔で迫《せま》れて、私は思わず反射的に返事をしてしまう。さりげなく服飾デザイナー引退アピールをしてみたけれど、ままならないものね。

それにしても貴族令嬢は素材がいい子ばかりだわ。あれかしら。美男美女ばかりを集めているうちに、形質遺伝を起こしたに違いない。

そうして会話を交えつつ無駄な思考を巡らせているうちに絵が完成する。イーゼルからキャンバスを取り出し手渡すと、侯爵令嬢は花がほころぶような笑顔を浮かべて目を輝かせた。

「まあ、素晴らしいですわ！」

作画でイメージした情景は、春の訪れに清々《すがすが》しいそよ風が吹く花咲ける庭園。そこに目の前の侯爵令嬢が春めいた装いで登場する様を描くと、物語の一幕のような一枚絵《スチル》ができあがっていた。以前は服飾のデザインのみだったけど、請われるままに絵を描くうちにずいぶん凝った背景を描くようになってしまったわ。

しばらく出来上がった絵を堪能していた侯爵令嬢は、とても満足そうな笑顔を浮かべてお付きのメイドに絵を運ばせた。その後、お礼と共に次回のコーデに言及する。

「これからも季節のコーデをお願いしますね！」

「かしこまりました、お任せください」

返事を返しながら「メリアのお友達ポイントカード」にデフォルメされた私のサイドテール顔

のスタンプを押して渡す。すると侯爵令嬢は胸の辺りで大事そうにカードを受け取り、研究棟の私の部屋を後にして去っていった。

パタン……ドサッ！

「はぁ、これってずっと続くのかしら」

ドアが閉じると同時にソファに身を投げ出して一気に脱力する私にブレイズさんが肩をすくめる。

「諦めろ。というか、自分でお任せくださいって話していたじゃないか」

「あれは条件反射よ。前にも言ったじゃない、イエス・オア・イエスって。これが盗賊とかドラゴンだったら問答無用で腹パンしてお断りしているところよ」

そんな愚痴を吐きながら、導光管の製作の続きに取りかかる。もうこうなったら導光管をさっさと作って大陸の津々浦々《つつうらうら》まで食材探索網を張り巡らせるしかない。直接買いに行けないなら、この世界でオンラインショッピングを普及させれば済む話だと前向きにとらえることにしたわ！

そう、結局のところ山脈が雪解けを迎えたとしてもスケジュール的にフィルアーデ神聖国の西にある国々に向けて旅立つことはできなかったのよ。北のブリトニア帝国なら距離的には一カ月以内に往復でしょうけど、そちらは敵対国なので通信網は整備されていなかった。このままだと私が存命中にとんでもない格差が生まれる気がするけど、大丈夫なのかしら。

「ブリトニア帝国と国交正常化するつもりはないの？　このままだと帝国は取り残されてしまうわ」

「こちらから正常化する理由はないだろうな」

「なら東の海から北上した海域で漁業をするのはありなの？」

「かなりの沖合なら問題ないだろうが、見つかったら拿捕《だほ》されるだろう」

つまり拿捕《だほ》されないスピードの蒸気船を貸し出せば、海産資源を取り放題というわけね。なんだか海賊みたいだけど、まだ海域の国境を主張するような段階ではないようだから合法よ。

でも、この国は個人で産業を興すのは難しいのよね。港の設置などは基本的に貴族が行うのだし、東は目と鼻の先の島との貿易しかしてないから大型船はないわ。

「詰んだわね、私のマグロ・カツオ漁計画」

ブレイクスルーをあきらめて考えるのをやめた私は、粛々と導光管の生産やポーション作りに集中した。

⁘

そんな私に新たな動きが知らされるのは数日経《た》ったある日のことだった。

「フィルアーデ神聖国を訪問することになったぞ」

「え？　もしかして教皇様がお亡くなりになったの？」

そんなわけないだろうとブレイズさんは訪問の背景を話し始めた。どうやらフィルアーデ神聖国の西に位置するキルシェ王国と通商条約を結んで導光管の敷設の段取りをつけるらしい。そこまで私の導光管が届いていたのね。

「待って、別に私は条約締結に必要ないんじゃない？」

「そこは仲介を務めるフィルアーデ神聖国からの要望だそうだ」

仕方ないわね。干物のために一肌脱ぐとしましょう。

「というか、フィルアーデ神聖国には敷設の許可とか取ったのかしら」

「お前が考案して自ら作ったものを敷設するのに許可は不要だそうだ」

それはありがたいのか畏《おそ》れ多くて身震いするというか。私はフィルアーデ神聖国の礼拝堂で皆が跪《ひざまず》く光景を思い出して寒気がしてきた。

ここはポジティブにいきましょう。今度こそ雪解け前の白糸の滝を見ることができるでしょうし、干物だって手に入れられるようになるのよ。ここで怖《お》じ気付いたらカツオブシを塗《まぶ》したお好み焼きもたこ焼きも焼きうどんも食べられない。

「うまくすれば、そのまま西の国に旅行できるわね！」

私は新しい食の可能性に胸を膨らませて出発の日を迎えた。


フィルアーデ神聖国への旅の途中でスポーン王国に立ち寄った私は前回とは別の理由で立ち往生をしていた。

「ええ、スポーン王国の南に面する乾いた土地でできる葡萄《ブドウ》なら、ベルゲングリーン王国の葡萄とはまた違った風味のワインが出来上がることでしょう」

「なるほど、それは興味深い。ぜひとも文化交流のためワインの造酒の方法についてご教示願いたいものです」

おかしいわね。フィルアーデ神聖国に向けて出発したはずなのに、なぜ私はスポーン王国で街興しのような相談を受けているのかしら。スポーン王国各地の特産品を次から次へと見せられ、活用方法について答えながらそんな疑問がわいてくる。

「まあ、素晴らしいデザインですわ」

ついでに言えば、それらのアドバイスと同時にセリーヌ姫のロイヤルウエディングドレスのデザインも同時進行でさせられている。ベールとスカートが長い王室仕様で、服じゃないけど見栄えの問題でティアラもセットで書き込んでいる最中だわ！

「五分後に、昼食をご用意してあります」

そう伝えてくる係の人は、やけに見覚えがある四つ葉のレリーフが刻まれた懐中時計を手に、一分一秒も無駄にしない勢いでタイムキーパーを務めていた。

「ありがとう……ございます？」

ありがたいのかどうか微妙だけど、反射的に返事をしてしまった。

「なるほど、懐中時計というのはこういう風に使うんだな」

「違うわよ、ブレイズさん！」

いいえ、違わないけどこんなに早く的確な使い方に辿《たど》り着くとは思っていなかったと内心で舌打ちをする。これがベルゲングリーン王国でも一般化したら大変だわ。

昼食中も一品一品について味を問われ、お酒で肉を柔らかくした方が、とか、白ワインを使ったビネガーを加えれば、とか述べた感想を逐一メモに取っていく姿は誰かを彷彿《ほうふつ》とさせる。どうやら、スポーン王国はベルゲングリーンのやり方をとことん吸収する方針にしたらしいわ。

分刻みのスケジュールからやっと解放された私は、ソファに横倒しになって呻《うめ》いていた。

「ちょっと！　こんなの聞いてないわよ。パパッと通過の挨拶をして終わりだって話していたじゃないですか！」

「通信手段の影響もあって錬金薬師殿の手腕が広く知れ渡ったせいもありますが、あそこまであからさまにされると却《かえ》ってクレームもつけにくいですな。王の謁見《えっけん》でもあそこまで過密スケジュールにはしません」

そう言ってエイベールさんは苦笑いをしてみせる。やっぱり駐在大使の目から見てもおかしいじゃない。

「とにかくこれで義務は果たしたわ。さっさとスポーン王国から脱出するわよ！」

「一応、今回の件を踏まえた注意事項を手紙にしましたので、エープトルコの駐在大使にお渡しください」

「わかりました。ご配慮くださりありがとうございます」

定型の返事をして手紙を受け取った私は、ふと気がついて通信網を使った光報で済むのではと確認したところ、急ぎではない外交連絡については、念のため文章でやり取りしているそうだわ。理由としては、導光管を伝わる光の明滅を途中で盗み見られる可能性があるからだとか。外交官というのは用心深いのね。

その後、私は逗留《とうりゅう》でお世話になった挨拶をしてエープトルコに向けて出立した。

✧

思わぬところで時間ではなく精神を削られた私は、解放された喜びを噛《か》み締めながら旅行気分を味わっていた。

「エープトルコには淡泊な対応を期待したいところね」

「公《おおやけ》の謁見だけなら何も問題は起こらないだろう」

エープトルコに向かう道中、ふと外の風景に目をやると水田に向かって苗を投げ入れている長閑《のどか》な農民の姿が見えっ……てまさか！

「止めて！」

私は蒸気馬車を止めてもらい、先ほどの村人に声をかけ、何をしているのか問い掛けた。

「何って見りゃわかるだろう。稲の苗を投げ入れているんだ」

つまり、江戸時代より前に行われていた苗打ちで稲を育てているということね。等間隔に苗を植えている暇なんてないかもしれないけど、もう少しこだわってほしいところだわ。

思わず苗に鑑定を掛けたところ、品種も品質もバラバラだった。

「いきなり蒸気馬車を飛び出してどうしたんだよ」

私の後を追ってきたブレイズさんが後ろから声をかけてきた。私はなんでもないと答えると蒸気馬車に戻っていく。私は何も見なかった。あんなの一部の農村だけよね。そう自分に言い聞かせ、王都の大使館に向けて再出発する。その道中で他の農民も同じかどうか窓の外を見続けるが、結果としては変わることはなかった。

「まさかエープトルコがこんな昔ながらの稲作をしていたなんて思ってもみなかったわ」

もっと手間暇かけられるほど稲作が盛んなら、ベルゲングリーン王国でも売られていたはずよね。それにエープトルコの肥沃《ひよく》な大地なら、細心の注意を払わなくても問題なく育つのでしょう。そのうち需要が増して値段が上がれば、供給側の農法も進歩していくに違いないわ。

とはいうものの、見てしまったからには見過ごすのも忍びない。私は意を決して、蒸気馬車の中で近代的な水田農法を一から書き始める。

「なあ、また自分からドツボにハマろうとしてないか？」

「うるさいわね。そんなことは言われなくてもわかっているわ！」

でもちゃんとした農業をすれば今の何倍も多く収穫できるだけでなく味も段違いよ。それに、さっき苗を鑑定した限りでは餅米《もちごめ》もあったわ。お餅をついてバターと醤油で食べたいのよ！

⁂

そんな一念で未来の稲作がもたらす美食を夢見ているうちに大使館に着いた。私は挨拶をした後、預かっていた手紙をエープトルコの駐在大使であるワイズリーさんに渡す。

「スポーン王国はずいぶん柔軟な考えができる者が揃っているようですね」

ワイズリーさんはエイベールさんからの手紙を読み終えると感心した様子を見せた。エープトルコではそこまで他国の良いところを取り入れようと躍起《やっき》になったりしないと笑う。

そんな悠長なお国柄だから稲作が進歩しないのね。スポーンとは逆になるけれど、ここは私が一喝してあげるわ！

「あの、ここに来るまでに稲作を見て改善案をまとめたんです」

改善に向けた分厚い稲作の手順書と改革に関わる工程、田植え機や刈り取り機、水を汲《く》み上げるポンプに水路などの区画整理図を魔法鞄から取り出してワイズリーさんに見せた。そして、こうすれば今の何倍も収穫できて美味しく、また餅米《もちごめ》という品種では新しい料理の可能性も開けると付け加える。

「……いささか踏み込みすぎですな。いくらエープトルコが呑気《のんき》なお国柄でも、ここまで詳細で具体的に書かれたら農業振興に積極的な内政派閥が農業改革を推し進めようとするでしょう」

そうなれば私は素通りできなくなるとワイズリーさんは眉間に皺《しわ》を寄せて苦言を呈《てい》し、これについてはベルゲングリーン本国に問い合わせをした上で取り扱いを決めると話した。

「仕方ないわね、でも最低でも餅米は分けて作ってほしいものだわ」

というか、稲と大豆しか考えていなかったけど、この国にはひょっとして茄子《なす》とか大根とか山葵《わさび》とか唐辛子とか蒟蒻芋《こんにゃくいも》とかもあったりするんじゃないかしら。

行きは日程に影響するから時間を取れないけど、帰りに市場を回ってエープトルコの特産品を見て回るしかないわね。これならスポーンみたいに一から十まで見せてもらう方が精神衛生にはよかったわ。

結局エープトルコの謁見では形式通りの挨拶を交わすのみで終わる。受け答えをしていた宰相さんが、またしても見覚えのある懐中時計をチラチラと見ていたのが印象的だった。時計というものは悪魔の発明なのかもしれないわ。

⁘

謁見を終えた後でワイズリーさんに別れを告げ、私は目的地であるフィルアーデ神聖国を目指して旅立とうとしていた。

「これで後は白糸の滝でもゆっくり見物しながら峠越えをすればいいだけね」

「ああ、前回を思えばずいぶんと余裕のある旅になったな」

そう言ってブレイズさんは私が作った高山病予防ポーションを受け取ると、他の蒸気馬車に配布しに行った。

今回はフィルアーデ神聖国の西の国との通商条約だそうだけど、よく考えたらエープトルコ王国の西にも国は存在するでしょうし、エープトルコを経由した通信網とかは考えなくていいのかしら。帰ってきたブレイズさんに聞いてみると、エープトルコの西の国は中立国で、敵か味方どちらに転ぶかわからないので保留だそうだ。帝国が北から攻めてきて情勢が傾いたと見るや、いつ攻めてくるかわからない国は危険だとか。

「今回条約を結ぶ国は問題にならないの？」

「フィルアーデ神聖国を間に挟んでいるので攻めようがないからな」

どちらかといえば、エープトルコの西の国エルザード王国が攻めてきたときに、手薄になった北からエルザード王国に攻めてもらえるような同盟関係が望ましいそうよ。そのためには、三国同盟としてフィルアーデ神聖国の西に位置するキルシェ王国と関係強化するに越したことはない。そういった地理的な条件に起因するようだわ。

「敵の敵は味方みたいな論理で殺伐としているのね」

「外交なんてそんなもんだ」

でも友好関係を結ぶに越したことはないってわかったわ。おかげで堂々と干物を輸入するためのインフラを整えられるから良しとしましょう。そして、刺身用の生魚は東と南の海でなんとかするしかないわね！

私は頭の中の食材マップを更新しつつ峠越えに向かって出発した。

✧

フィルアーデ神聖国に続く道中で、切り立った岩の間から飛沫《しぶき》を上げて細く流れる滝のスポットが見えてきた。滝の飛沫《ひまつ》がマイナスイオン効果を出してとても癒やされるわ。

「すごーい！　これが白糸の滝ね！」

飲めるのか確認するために鑑定をしてみたところ普通の水じゃなかった。


神仙水（一）：ごく微量の神気《プラーナ》を宿す雪解け水

「神仙水？　ライブラリにもないわね」

この水で試しに中級ポーションを作ったらどうなるのかしら。

「魔力神仙水生成、水温調整、薬効抽出、薬効固定、冷却……」

チャポン！

どれどれと鑑定で見てみる。


上級ポーション（＋＋）：軽い欠損や重度の傷を治せるポーション、効き目最良

え！　上級ポーションができているじゃないの！　じゃあ上級を作ったらどうなるのかしら。

右手に月光草、左手に癒やし草、そして中央に神仙水を汲み上げた瓶を置いて、

「二重魔力神仙水生成、水温調整、薬効抽出、合成昇華、薬効固定、冷却……」

右手に浮かべた深紅の魔力神仙水と左手に浮かべた赤色の魔力神仙水が両手の間で混ぜ合わされ、お椀《わん》のようにした両掌《てのひら》の上に黄金色をした最上級ポーションと思しき水球が浮かんだ。出来上がったポーションを瓶に詰めて鑑定をすると、

最上級ポーション（＋＋）：如何《いか》なる欠損や傷も治せるポーション、効き目最良

嘘《うそ》でしょう⁉　上級ポーションの材料で最上級ポーションが作れてしまったわ！　じゃあ、最上級ポーションの材料で作ったら何ができるのかしら。

「ブレイズさん、とんでもない発見をしてしまったわ」

私は今作成した最上級ポーションと上級ポーションを見せて、この白糸の滝の水をポーション作成で使った場合の効果について話した。

「じゃあ、今まで量産していた中級ポーションが、そのまま上級ポーションになっちまうのか？」

「そうなるわね。この最上級ポーションだったら胴体から真っ二つでも完治するわよ」

もっとも、そこまでされたら普通の人間はショック死するから口移しで飲ませて心臓マッサージしながら蘇生することになるけど。これでちょっとやそっとじゃ死ねなくなったわね。

「今までも手足切断や腹を刺されたくらいじゃ死なないはずだろ」

「そうね。オーバーキルならぬオーバーバーヒールなのよ、最上級ポーションは」

その最上級の上の可能性も見えて来てしまったけど、その効果が想像できないわ。若返りや不老、錬金薬師の夢と言われる不老不死の秘薬アムブロシアーとかできたら凄《すご》いわね。その可能性はまだ私の中だけに留めておきましょう。

「毎年、神仙水が取れるのかわからないし、しばらくここで神仙水を魔法鞄に入るだけ取っていくわよ！」

「わかった。他のやつらにしばらく野営すると伝えてくる」

「微量でこの効果って神気《プラーナ》はすごく便利なのね」

そんな感想を抱きながら、白糸の滝の直下で行水をするように魔法鞄に神仙水を溜《た》め込んでいく。フォーリーフの錬金薬師でも、まだまだ研究することは残っているようだわ。

✧

初心に帰って未知なる神仙水でポーションを作成していたら、戻ってきたブレイズさんに肩を摑《つか》まれ我に返る。

「……笑ってしまうほど上級ポーションができたようね」

行水体勢で神仙水を汲みながら八重合成で八本ずつ上級ポーションを生成していたら、魔法鞄が神仙水で一杯になるまでに八百本くらいできてしまったわ。

「中級ポーションがぶ飲みの時代は終わりを告げ、これからは上級ポーションがぶ飲みで不眠不休のノンストップ作業の時代が到来するのね」

「嫌な暗黒時代がやって来たな」

そう、今まで上級ポーションを消耗品のように使えるような環境になかったから気が付かなかったけど、上級ポーションなら長らく睡眠を取らなくても済むことに気がついてしまったのよ。人間、知らない方が幸せなことはあるものね。

つまり、その気になれば上級ポーションを飲みながら白糸の滝が尽きるまで朝晩ずっと上級ポーションを生成することができるということなのよ。

「この禁断の知識がフォーリーフの後生に伝わってしまうなんて！」

まあ、何かの役に立つこともあるでしょう。よく考えたら水分ばかり取っていたらトイレに行きたくなってずっと作業はできないわよ。待って、錠剤にできたら……はい！　考えるのやめた！

「そろそろ出発しましょう。ここにいると良からぬ閃《ひらめ》きが次から次へと湧いてくるわ」

「わかった、日程的にもここらが限界だしな」

白糸の滝でデトックスするはずが、とんだ行水修行になってしまったわ。

✧

白糸の滝を後にした私たち一行は、一気に峠を越えてフィルアーデ神聖国にあるベルゲングリーン大使館に到着した。エーレンさんは前回と同様、穏やかな表情で出迎えてくれる。

「お久しぶりです、お変わりないようで何よりです」

「ようこそおいでくださいました、通商条約締結の調印式まで数日ありますので、それまでゆっくりしていてください」

今回の条約締結はエーレンさんが全権大使として立つそうよ。不測の事態があっても、光報により即時ベルゲングリーンに直接問い合わせをすることができるようになったことで、権限委譲が進んだそうだわ。

「今までだったら外務大臣、宰相、王族のどなたかにお出《い》でいただくところでしたが、便利な時代になったものです」

「それはよかったわ、頑張った甲斐《かい》がありました」

そう、通商条約締結で干物がゲットできるところまでググッと近づくわ！

「調印式は大神殿の一室で行います」

「なるほど、わかりました」

私は窓の外に見える大神殿に目を向けた。相変わらず薄《うっす》らと光が立ち上っているわね。ひょっとして、あれが神仙水に含まれる微量の神気《プラーナ》なのかしら。だとしたら、微量じゃないとどうなるのか……って、また余計なものを作りかねないわね。

頭を振って考えを追い出すと、エーレンさんに退出の挨拶をして休息のため与えられた部屋に向かった。

「神仙水で清酒を作ったら神酒ができたりして……」

ベッドに横になって一段落すると、グルメ探求心という名の好奇心がムクリと身を起こした。

既存の純米酒に吟醸アルコールを追加して神仙水を加えて合成してみようかしら。

そう考えて、私は純米酒の口を開けて前に置くと錬金術を発動した。

「吟醸アルコール生成、魔力神仙水生成、昇華合成……」

よし、できた。鑑定してみましょう。

神酒（＋＋）：神前に供えるためのお酒。特級。

できた！　できたけどお供え用だったわ。あれね、月見団子と一緒に供える清酒みたいなものに違いないわ。折角作ったのだし、大神殿に行ったときにお供えしましょう。

次の日の夕食、条約締結の事前知識として西のキルシェについて聞いてみることにした。

「キルシェ王国はどんな国なんですか」

「気候はブリトニアと同じで寒冷地が多く、国土は広く西の海岸まで続いています」

要は西のブリトニア帝国と考えて良さそうだわ。真ん中にフィルアーデ神聖国がなかったら大陸の覇を競って不毛な戦争をしていただろうとのこと。そして、今でもドラゴンが多く生息しており、大陸でもっとも冒険者が活躍していることから、冒険者ギルドの本拠地があるのだとか。

「そんな、どうして北西にばかりドラゴンが……ずるいわ」

「なんでそうなる。ドラゴンなんていない方が平和でいいだろ」

そう肩をすくめてみせるブレイズさんに、エーレンさんは教会に伝わる伝承を話し始めた。

「嘘か真《まこと》か、かつての錬金術師たちは一振りでドラゴンをも丸焼きにしたり氷漬けにしたりする剣を手に、野生の鹿を狩るかのようにドラゴンを仕留めては食《しょく》していたそうです」

やがて生命の危機を感じたドラゴンたちは、錬金術師たちが住まう南東から一番遠い北西に一斉に大移動をしたのだとか。

「そんなことあるはずがありませんけどね、はっはっは」

そう言って笑うエーレンさんだけど、私にとっては笑えない話だわ。

「前半部分は、どこかで聞いたような気がする話だな」

ボソッと呟《つぶや》くブレイズさんを尻目に、私は心の中で絶叫を上げる。

(もう、情けないわね。そこは地上最強の竜種として、根性を見せるところでしょう。薬草と同じで、細心の注意をして狩り尽くさないように気をつけていたのに。何やってんのよ、ドラァ!)

とそんなことを考えているうちにもエーレンさんの話は続く。

「そしてキルシェでは竜騎士という者がいるそうです」

「竜騎士？」

「なんでもドラゴンと子供の頃から過ごして心を通わせ、人竜一体となって空を駆けるのだとか。キルシェでは竜騎士は一騎当千の強者《つわもの》として尊敬されているそうですね」

ドラゴンを飼うなんて凄いことを考えるのね、つまり養殖も可能ということじゃない。でも、竜に乗って一騎当千なんて……

「よほど曲芸じみた飛行をするのでしょうね」

「多分、お前が想像していることは何一《なにひと》つ合っていないと思うぞ」

失礼ね。キルシェはブリトニアの代わりに海産物《カツオブシ》が取れてなおかつドラゴンステーキ食べ放題のグルメ大国でしょう？　ちゃんと理解しているわよ。これで通商条約締結前の事前知識はバッチリね！

✧

前回慌ただしく帰国したせいで観光する暇もなかったでしょうと観光を促すエーレンさんの言葉に甘えて近郊の街を見て回っているうちに、キルシェからの使者が到着する日がやってきた。

前回と同様エーレンさんと共に大神殿を訪れると、例によってトップを含めた教会関係者に仰々しく迎えられる。

「お久しぶりです、教皇様」

「おお、聖女様。お久しぶりでございます」

うう、やっぱり聖女呼びは厳しいわ。でも今日一日過ぎれば終わりだから耐えるのよ。

「キルシェの使者は到着されましたか」

「本日ドラグーン卿が竜に乗って来られるそうです」

まあ！　話に聞いていた竜騎士かしら。それはちょっと見てみたいわ。

エーレンさんも興味が湧いたようで共に外で出迎えることになった。しばらく外の広場で待機していると、西の空に数頭のドラゴンが飛行する姿が浮かぶ。

「ドラゴンを養殖できるなんて夢のようね！」

「お前、そんなことを考えていたのか」

ブレイズさんが呆《あき》れたような声を上げたけど、物珍しいドラゴンの連隊から目を離せない。しかし上空に強風でも吹いているのか、こちらに近づくにつれて急に乱れた挙動を見せた。騎乗する竜騎士たちの喝でなんとか立て直したようだけど危なっかしいわね。

やがて目の前の広場に騎士を乗せたドラゴンたちが降り立った。思ったよりずっと若いドラゴンたちだわ。まだ子供じゃない。これじゃ、まだまだ食べ頃には程遠いわね。

そんな幼いドラゴンたちは、私を見たかと思うと……一斉に腹を見せてひっくり返ってみせた。騎乗していた騎士さんたち、なんだか痛そうだわ。

「あの、大丈夫ですか？」

よかったらどうぞ、と私は魔法鞄から中級ポーションを取り出して差し出した。騎士さんたちは仰向けになったドラゴンの下から這《は》い出ると、私が差し出したポーションを飲んで人心地ついたのか、謝辞を述べる。

「ありがとう、助かった。私はキルシェ王国の竜騎士団団長ドレイク・フォン・ドラグーンだ」

「私はベルゲングリーン王国の錬金薬師メリアスフィール・フォーリーフです」

こんな事は初めてだとドレイクさんは仰向けになったドラゴンたちに起きるように話し掛けたけど、一向に起きる気配を見せない様子に戸惑っている。

「あの、よろしければ起こしましょうか？」

「は？　いや、お嬢さんには無理だろう」

私は大丈夫ですと断言して、幼いドラゴンたちに合図をする。

ドンッ！

右足で大地に向かって震脚《しんきゃく》を放つとドラゴンたちは一斉にムクリと起き出し、私の前に一列に並んだ。

「これで問題ないですね！」

「あ、ああ……」

こんな子供のドラゴンたちじゃ、私から立ち上《のぼ》る地脈を見たら震え上がってしまうわよ。せめて、この子たちの祖父《おじいちゃん》か曽祖父《ひいおじいちゃん》を連れて来てくれないと……そこで思考を一旦区切ってドラゴンたちを見回して心の中でこう続けた。

（……食べても美味《おい》しくないわ）

その思いに反応してか、ドラゴンたちはブルブルと震え上がった。

✧

竜騎士団団長のドレイクは、竜たちを見回す目の前の少女に困惑していた。理由はわからないが、子供の頃から一緒に過ごしてきた自分の騎竜が目の前の少女に酷《ひど》く怯《おび》えていることは伝わってくる。

驚くべきことだが、騎竜たちが取った一連の行動は、竜の長《おさ》に対するものとまったく同じだった。一点だけ違うとしたら圧倒的な恐怖の感情の有無だ。

ふと教皇の方に確認するような視線を振り向けると、私の意図に気がついたのか例の少女を目線で示しながら、ゆっくり頷《うなず》いてみせた。なるほど、新しい聖女様というのは彼女のことか。どうやら見た目で判断してはならぬ人物のようだな。

そう自分に言い聞かせ、ドレイクは軍服の襟を正した。

✧

竜たちの鑑賞も済んだので、私たちベルゲングリーン王国の面々はひと足先に大神殿の大部屋に移動した。しばらくすると準備を終えたドレイクさんたちが入室してくる。

「あらためまして、私は本件におけるベルゲングリーン全権大使を務めますエーレンです」

「よろしく頼む、本件に関してキルシェの全権大使を務めるドレイクだ」

エーレンさんとドレイクさんが教皇様の間に立って握手を交わす。なぜか私はベルゲングリーン側ではなく教皇様の隣に座らされていた。なんでよ！

「まず前提として、フィルアーデ神聖国はメリアスフィール様が推進される通信網敷設に関して全面的な協力をすることを第九十五代教皇フィアデル・ヨハン・エインヘリアル・デア・フィリアの名にかけて誓います」

教皇様が両国の話し合いの前に通信網敷設の協力を宣言した。

いつ、私が推進することになっていたのだろうと首を傾《かし》げるも、食材確保《カツオブシ》のために邁進《まいしん》するのだから間違いはないかと割り切ったわ。

「ベルゲングリーンとしては、両国間の友好と通信網を利用した新しい商流を用いた両国間の互恵的な貿易のため、通商条約の締結と通信網敷設の協力を申し出る所存です」

エーレンさんは、フィルアーデ神聖国を経由した導光管の敷設により、特定の光信号で光報が送れることを通信信号の対応表を交えながら説明し、短い導光管を通してギルド証で決済ができる様子を見せることで、遠隔決済が可能となる利点を説いた。

「それは素晴らしい！　貴国ではそのような技術が普通に使われているのか」

「現在はエープトルコ、スポーン、ベルゲングリーンの三国間、そしてフィルアーデ神聖国まで直接通信できる通信網が既に築かれています」

そう現状を説明していくエーレンさんに感心する様子のドレイクさん。どうやら、私の出番はないわね。まあ、来る前からそう思っていたわ。だってキルシェにとってメリットしかないもの。

やがて条約内容に問題ないことの確認が終わると、神の前で条約締結するということで、例の神様の像が立ち並ぶ礼拝堂に向かい、そこで調印する運びとなった。

「あ、教皇様。神酒を作ってきたのでお供えしてもいいですか」

「ええ、もちろんですとも！」

許可をもらった私は礼拝堂に入ると、創造神様の前の台座に神酒を置いて目を閉じると祈りを捧げた。

「清酒で作った神酒です。これから洗練させていきます！」

「楽しみにしている」

返事が聞こえたような気がしたので目を開けてみると、また像が神々しい光を放っていた。よし、これでいいわね。そして振り返ると例によって教皇様を始めとした教会関係者全員が跪《ひざまず》いていた。

「ちょっ!?　今日、それはマズイですって！　ドレイクさんもいるんですよ！」

私は小声でさり気なく立ち上がるように教皇様に合図しながら傍にいるはずのドレイクさんの方を見ると、同様に跪《ひざまず》いていた。なんでよ！　まさか信徒さんなの!?

「た、大変失礼いたしました。まさか『わーわーわー』」

私は口に人さし指を立ててシー！　っと黙ってのお願いのポーズをとると、ドレイクさんは困惑した表情で教皇様の方を見た。教皇様はドレイクさんを見据えて厳《おごそ》かに告げる。

「すべては聖女様のお望みのままに」

教皇様の言葉に大きく頷くと、それきりドレイクさんは私に関して一言も余計なことを喋《しゃべ》らなくなったわ。交渉はトントン拍子に進み、通商条約の調印を済ませて合意文書を交換し合うとドレイクさんはエーレンさんと固く握手を交わす。

「これから是非よろしくお願いします」

「こちらこそよろしく頼む」

こうしてキルシェ王国とベルゲングリーン王国との間で、無事、通商条約が交わされた。

✧

「これでキルシェの干物が輸入できますね」

大使館に戻り堅苦しい外交交渉は終わったと、私は今まで作成を続けてきた導光管をエーレンさんに引き渡しながら干物の話をしていた。

「干物ですか、確かにそういった特産品があると聞き及んでいます」

「いくらかかっても構いません。もし伝手《つて》があるようでしたら、これでお願いします」

ガチャン！

私は白糸の滝で作ったポーションを百本机に並べた。

「このポーションは普通のものと色が違いますね」

「最高品質の上級ポーション百本です」

「……は？　そんなもの受け取れませんよ！」

それから受け取りを拒否するエーレンさんと押し問答をした後、ポーションを利用してキルシェ国内でコネクションを作るツールとして利用してもらい、それによって、干物の早期購入の便宜を図るということで納得してもらった。

これでエーレンさんの気質であれば、なんとかしてくれるはずよ。仮にダメだったとしても、そうしたら私が直接乗り込めばいいわ！

こうしてフィルアーデ神聖国での目的を果たした私は、満足した表情を浮かべてベルゲングリーンに向かって出発した。

✧

「あのままキルシェに乗り込むというのは無理だったのかしら」

条約締結というメインイベントを終えた私は、フィルアーデ神聖国からエープトルコ王国に至る峠道の途中で気が抜けた風情でブレイズさんに問いかけた。

「地図があって日程が確定していれば行けないこともなかったな」

今の時代、地図は重要な軍事情報だから、まだ条約を結んだばかりのキルシェの詳細な地図はないそうよ。それじゃあ手探り道中になってしまうから仕方ないわね。

「しょうがないからエープトルコの市場を漁《あさ》って満足することにするわ」

「手短にな。あまり長くいると公私の私の付き合いも求められるぞ」

はあ、それは気が重いわね。でも、あの稲作を放置するくらいなら、この私自ら稲作をすることも厭《いと》わないわ。見せてあげるわよ、農民歴十二年のこの私の実力を！

「ところで帰りの道中で見どころスポットはないのかしら」

確か白糸の滝の他に見下ろす景色が美しいところがあると聞いたような。

「ないこともないが、絶壁を登らないといけないらしい」

ロッククライミングが必要な場所とは、ずいぶんワイルドな観光スポットなのね。私とブレイズさんだけなら行っても良かったけど、一緒にきた人たちを置き去りにすることになるからダメね。

「そう、残念だわ……」

「てっきり行きましょうとか言うかと思っていたぜ」

「失礼ね、これでも私は十五歳の立派なレディなのよ？　従者の人たちを置き去りにしたりはしないわ」

「いなかったら行っていたんじゃないか」

どこがレディなんだというブレイズさんを横目に、見納めとばかりに窓の外の風景に目を向けた。すると、そこで信じられないものが視界に飛び込んでくる。

「止まって！」

蒸気馬車が止まると同時に飛び出し、私は目の端に映ったものの前で跪《ひざまず》いた。

「おいおい、置き去りにしないいんじゃなかったのか？」

急いで後をつけてきたブレイズさんはグチグチと文句をつけていたけど、全然耳に入ってこない。

「信じられない、こんなところで精霊草を見つけるなんて！」

普通はドラゴンに守られるようにしてひっそりと生息しているはずの精霊草が、こんな道端《みちばた》に生えていたのよ。私は丁寧に根を傷つけないようにして周りの土ごと精霊草を引き抜き、細心の注意を払って錬金術で乾燥処理をかけた。続いて最上級ポーションの合成に移る。

右手に精霊草と月光草、左手に月光草と癒やし草、そして中央に神仙水を汲み上げた瓶を置いて、

「四重魔力神仙水生成、水温調整、薬効抽出、二重合成昇華、連結合成昇華、薬効固定、冷却……」

右手に浮かんだ二つの水球から合成昇華された黄金の魔力神仙水と、左手に浮かべた二つの水球から合成昇華された深紅の魔力神仙水が両手の間で混ぜ合わされ、お椀のようにした両掌の上に虹色をした何かのポーションと思しき水球が浮かんだ。

恐る恐る出来上がったポーションを瓶に詰めて鑑定をすると、

究極のポーション（＋＋）：最盛期の年齢で完全復活させるポーション、効き目最良

私は先人たちが歩んできた道のりの、更にその先に辿り着いていた。


とんでもないポーションを作ってしまって一時は動揺したけど、フィルアーデからエープトルコへの旅路で山間《やまあい》の景色を眺めているうちに次第に落ち着きを取り戻していた。

エープトルコに到着した私は帰りがけに市場を見て回るためにしばらく逗留《とうりゅう》すると断りを入れるために大使館に立ち寄った。ほんの挨拶のつもりだったので、そのまま立ち去ろうとしたところワイズリーさんに引き留められる。

「帰りをお待ちしておりましたよ、例の件で本国から回答がありました」

先日提出した稲作の改善案についてベルゲングリーンに問い合わせたところ、可能な限り協力するように指示されたそうだわ。理由としては、輸入量も大幅に増加している上に貿易黒字の問題が顕在化してきていることから、同盟国としてはある程度は不均衡是正に向けたポーズを見せることが必要なのだとか。

「仕方ないですね！　私が持てる知識の全てをもって、エープトルコを農業大国にしてみせましょう！」

ぜんぜん仕方なさそうに見えなかったのか、ワイズリーさんは溜息《ためいき》をついて私に釘《くぎ》を刺してきた。

「誰もそこまでしろとは言っていませんよ。例の手順書や工程について問い合わせがあれば光報で対応し、農業機械についてはベルゲングリーンに戻り次第、見本の設計と製造をしていただければ十分です」

焦《じれ》ったいわね。ちゃんと餅米《もちごめ》を生産してくれるか心配だわ。こうなったら私が食べる分だけでも、遠心分離機でもなんでも使って餅米を選別するしかないわね。

私はワイズリーさんに了解の返事をし、私用でしばらく逗留《とうりゅう》すると報告した後、目当ての市場に向かった。

✧

今回は新しい食材も見つかっていないし、エープトルコの市場には期待したい。そんな心持ちで市場に来た私は、早速、当たりを引いていた。

「いきなり唐辛子と胡麻《ごま》を見つけてしまったわ！　売ってください！」

「唐辛子に胡麻だ？　こっちの赤いのはチャイパト、黒い種子はセッサーっていうんだ」

前々世とは違う名前のようだけど、決済を済ませて味見をしてみると非常に似通った味がした。

これでラー油を作ったり胡麻団子《ごまだんご》を食べたりできるわ。豆腐《とうふ》を作って麻婆豆腐《マーボーどうふ》を食べるのよ！

その後、茄子《なす》や大根、南瓜《かぼちゃ》に似た作物があることもわかった。茄子はナゴス、大根がシラコン、南瓜はパンプスという名前だったわ。パンプスについては季節ではなかったから旬のものは手に入れることはできなかったけれど、秋になればパンプスプリンにケーキやタルトが作り放題ね。

山葵《わさび》は山とか高原じゃないとないから、自力で見つけて世に出さないとあっても放置されているかもしれないわ。蒟蒻《こんにゃく》もなかったけれど今回はこれだけあれば十分よ。

✧

逗留先に戻った私は、蒸気馬車のキッチンスペースで豆腐作りに取り掛かっていた。

まずは大豆を水につけて一晩おくところを、

「水分浸透」

錬金術で加速処理し、水を加えてすりつぶして焦げないようにかき混ぜながら鍋で煮立てる。

その後、魔石で十分弱ほど保温した後に布に入れて豆乳を搾《しぼ》り、おからと分けた。おからはおからで美味しくいただくのよ！

そうしている間に豆乳の温度が摂氏七十度くらいに下がってきたら海水を煮詰めてできる苦汁《にがり》を入れるんだけど、今回は海水がないから塩化ナトリウムと塩化カリウムを錬金術で直接生成して水に溶いて適量を豆乳に投入しつつ、かき混ぜながら容器に入れて固める。

その後、固まった豆腐から余分な豆乳を水で流し、重石《おもし》などで水を抜くところを錬金術でちょうどいい水分に調整して出来上がりよ！

切り分けた豆腐に醤油をつけたり、輪切りにしたシラコンと一緒に茹《ゆ》でた湯豆腐にしたり、お味噌汁に入れたりして料理長に食べてもらい、まずは豆腐の素の味を知ってもらう。付け合わせとして、ついでにナゴスも軽く焼いて、おからと味噌と醤油を付けて出す。

「これは不思議な食感がしますな。なかなか素朴で優しい味わいがします」

「ちょっとピリッとさせる薬味を入れてあげると味が引き立つわよ」

それから、セッサーから油を抽出して胡麻油《ごまあぶら》ならぬセッサー油を精製した。さらに粉状にしたチャイパトと混ぜてラー油に代わるチャイパト油も作っておく。

今日は餃子《ギョーザ》を食べる気分じゃないからチャイパト油は置いておいて、早速、すき焼き擬《もど》きを作ったり、ナゴスとセッサー油《ごまあぶら》を使ってセッサー団子を作ったりしてみせる。

「こんな感じで肉や野菜と合わせると、また違った料理のバラエティーが楽しめるのよ」

料理長は味を確かめながら逐一メモに取っていく。よし、これでまた新しいレパートリーが増えて、料理長の手で昇華されていくわね！

私は餃子などで使うと説明して、今回は使わなかったチャイパト油を料理長に渡し、やりきった充足感に包まれながら蒸気馬車を後にした。

「条約締結で調印した合意文書は別途送られているのだし、このままエープトルコでゆっくりしていてもいいのではないかしら」

ベルゲングリーンとは違う異国風の宿屋の雰囲気に旅行気分を満喫していると、ブレイズさんは少し考える素振りを見せた後、問題ないんじゃないかと答えた。

「服飾デザインも一巡しているから、導光管や伝声管、それにポーションや化粧品の原料などの消耗品をちゃんと作っているなら、どこにいても変わらないだろう」

田植え機も今年は時期を過ぎているし、秋までに刈り取り機や脱穀機を作ればいいわね。強いて言えば、今年の夏の予定があれば何か作っておきたいものね。

初夏にもならないうちから気が早いかもしれないけど、去年は急な予定であまり準備できなかったから今年はちゃんと準備して旅行を楽しみたいわ。

「今年の夏は山や海に行けるのかしら」

「それは聞いてみないとわからんが、希望はあるのか？」

森にあるクレーン湖畔には行った。山は白糸の滝などの観光スポットを見て回ったばかりよ。忙しいと思っている割には、案外、色々な場所に旅することができているのね。

そうだわ！　今年の秋には三年ものの赤ワインが出来上がるから、牡蠣《かき》とか貝が採れるところがいいかもしれない。

「そうね、東の諸島とも船で工芸品などの貿易をしているそうだし、沖合は無理でも貝や昆布とかの海産物とかが取れるなら、その辺りも一度は見てみたいわ。だけど静かな森で一休みするのも捨て難《がた》いし、南の沖合で一本釣りも楽しそうだし、ブレイズさんに任せるわ」

欲張りすぎだと笑うブレイズさん。一気に捲《まく》し立ててしまったけど、要は、ゆっくりできて美味しい食べ物を食べられるなら、どこでもいいのよ！

私はまだ見ぬリゾート地を思い浮かべながら、新しいレジャー用具の開発に思案を巡らせ頬を緩ませた。

✧

メリアがエープトルコで旅行を楽しんでいる頃、ここキルシェでは条約締結を終えて帰って来た竜たちが騒がしそうにしていた。

キュイキュイキュイイィー！

グルル……

「帰ってきてからも落ち着きがないな」

キルシェの竜騎士団の竜舎で、フィルアーデ神聖国に騎乗した竜たちが親竜たちに寄り添って何やら鳴き声を上げている様子に、世話係の者たちは不思議そうに首を傾《かし》げる。

人間と比べると大きく見えるがまだ幼い竜だ。何か不安を感じるような事があったのかと世話係の者は竜たちを落ち着かせようとするも、効果がないのでそっとしておくことにした。

その竜たちはというと、フィルアーデで見た錬金術師のことを竜同士で話していたのだ。

『東の人間の国に行ったら、物凄い太さで地脈の力を吹き上げさせる錬金術師がいたんだ！』

『うん、ボクらのことをまるでそこいらの子豚の発育を見るかのように見回していた！』

共に育った相方の人間たちが他界して久しい親竜たちは、子竜たちの訴《うった》えに困惑していた。そんなに強大な力を持った錬金術師などいただろうか。聞けば大地を打ち鳴らして、服従の姿勢を取った子竜たちを叩き起こしたという。竜の習性にも詳しいようだ。

いまだに怯《おび》える子竜たちを宥《なだ》め賺《すか》していると、奥から長老竜が出てきた。

『どうしたんじゃ、騒がしいのう』

『お爺《じい》ちゃん、聞いてよ！』

話を聞いた長老竜は、小さい頃に聞いた話を思い出すようにして語り始めた。

『何代も前、大陸の南東には強大な力を持った人間の錬金術師たちが、我ら竜の祖先たちをいとも容易《たやす》く狩っていたという』

祖先たちは、錬金術師たちが住まう土地から避難するように北西に移動し、やがて人間と共生の道を歩むようになったと、長老竜は北西に住まう竜の歴史を話して聞かせた。

『彼奴等《きゃつら》は人間に付き従う竜やお前たちのような子竜を無闇《むやみ》に殺《あや》めたりはせん、安心するがよい。狙うとしたら儂《わし》のような古竜やそれ以上の大物だけじゃ』

そう言って目を細めるようにして遠い南東の方角を窺《うかが》う長老竜に、若い竜たちは南東への飛行は可能な限り控えようと大きな体軀《たいく》を震わせた。

✧

同じ頃、キルシェの宰相は自身の執務室でフィルアーデから戻ったドレイクから調印が済んだ合意文書を受け取っていた。

「ベルゲングリーン王国との通商条約の締結、ご苦労だった。ドラグーン卿。して、フィルアーデ神聖国が認めた聖女殿はいかがであったか？」

「……非常に、そう、極めて特別な聖女であらせられます」

豪快なドラグーン卿にしては慎重な物言いに顎に手を当てて思案を巡らせると、宰相は鎌をかけて反応を見ることにした。

「使徒殿であったか？」

「私の口からはなんとも……」

肯定も否定もしない様子に、求める答えを得た宰相はドラグーン卿を下がらせた。

「どうやら使徒である事実は隠すことをお望みのようだ。そうであるならば、我が国としても対応を考えねばならんな」

独白するように呟いた宰相は、今後のベルゲングリーンとの外交について思案に耽《ふけ》るのであった。

第6章 薬爵の錬金薬師

フィルアーデ神聖国からベルゲングリーン王国に帰国する道中で束《つか》の間の休息の時を得た私は、物見遊山《ものみゆさん》と称して食材開拓に乗り出していた。エープトルコの山間《やまあい》の村々を訪れ清水が流れているような場所を教えてもらい山菜採りに明け暮れているうちに、山葵《わさび》や蒟蒻芋《こんにゃくいも》を発見することができたわ！

蒟蒻芋《こんにゃくいも》をすりつぶして水に溶かし、錬金術で生成した水酸化カルシウムを加えて固めてシラタキにしてすき焼きを再現したところわりと好評だった。シラタキを使ったバリエーションとしておでんも好まれるのではと試してみたら、そちらはよい味わいが出せないでいた。はんぺんやちくわ、さつま揚げなどは、白身魚をすりつぶして作っているから川魚でも作れるはずと安易に考えていたけど、やっぱり海に出て適した魚で作らないといけないようね。

「それはさておき、そろそろベルゲングリーン王国に戻らないとまずいんじゃないかしら」

正直言ってエープトルコの農作物は私にジャストフィットしすぎた。このままだといつまでも居続けてしまう気がするわ。稲作に役立つ農業機械の図面も滞在中にドラフターで書きまくったし、テッドさんに見てもらいたい。どうしたものかしら。

「そういえば姫さんから光報が届いていたぞ」

どれどれと手紙を開いてみるとキルシェから返礼として大量の贈り物が届いているそうで、いったい何をしたのかという問い合わせだったわ。どうやらエーレンさんは約束通り食材調達の働きかけをしてくれたようね。

「あとで光報を通して返信するとして、そろそろ帰国しましょうか」

「ああ、夏の旅行の候補地もいくつか出ていることだしな」

なんと、それはできるだけ早く帰国しないといけないわね。夏に旅行する時間が確保できるように、今から御令嬢たちの夏服のデザインを描き始めましょう！

✧

ベルゲングリーン王国に帰国すると、エリザベートさんに呼び出されて上級ポーションを配りまくった件について詳しく説明させられていた。

「それでは上級ポーションが簡単に作れるようになったというのですか」

「はい。白糸の滝の神仙水を使うと、一段上のポーションが作れるようです」

そう思い込んでいたのだけれど、情報共有も兼ねて試しにとライル君やカリンちゃんに作ってもらったところ一段上のポーションはできなかった。もしかして神仙水の効果がなくなったのかと私が作ってみるとそんなことはなく、やはり中級ポーションの材料で上級ポーションが作れたわ。

「どうやら、メリアさんだけのようですね」

どうしてかしら。ひょっとして私が神仙水の成分である神気《プラーナ》を垂れ流していることに関係があるのかもしれない。自分では自覚はないけれど、フィルアーデの教会関係者には一目瞭然だそうだし。

そう思って私が瓶を摑《つか》んだ状態でポーションを作成してもらったところ、一段上のポーションができた。これで私自身の神気《プラーナ》も寄与していることは確定ね。

「正確には、神仙水に微量に含まれる神気《プラーナ》と、私に授けられた創造神様の加護に起因する神気《プラーナ》の相乗効果だったようです」

後世のフォーリーフの錬金薬師たちが私と同じことをしようとしたら、加護付きの人を連れて来て瓶を握ってもらわないといけないわね。でも再現性が確認できてよかったわ。

いずれにせよ錬金薬師としてできる幅が広がった。内々には情報共有するけれど、どこに流れるかわからない市場には上級ポーションを大量に流通させないように注意されたわ。

「ところでキルシェの竜騎士に会ったそうですがドラゴンはどうでしたか？」

「はい、まだ可愛《かわい》い年頃で頼りない様子でした」

疑うような眼差しでエリザベートさんがブレイズさんに目配せをすると、ブレイズさんは何故か勢いよく首を横に振っていた。ベルゲングリーンには生息していないから仕方ないのかしら。

「まあいいですわ。その件は別途報告してもらうとして、キルシェの外交筋からメリアさんに干物が届いていたので、本日、辺境伯邸に送らせました」

「ありがとうございます！」

どうも石のように硬いらしく、叩《たた》き合わせるとカンカンと乾いた音がするそうだわ。

「食べ物かどうか判別が付かないので落胆しないでくださいね」

ふっふっふ、むしろそれが欲しかったのよ。柔らかい干物だったらどうしようかと思っていたところだわ。テッドさんにカツオブシを削るためのカンナでも作ってもらわないといけないわね。

「ところでメリアさんはどこか欲しい土地とかはないのですか」

へ？　以前、街にいた時のようなお家《うち》とか、ポーションを販売する店舗のようなものかしら。

「いえ、今のところは特に。強いて言えば、生家の近辺にあるような薬草が群生して生えている高原みたいなところでしょうか。あくまで薬草が踏み荒らされないように保全することが目的ですけど」

よくわかりましたとニッコリ笑って、用は済みましたとエリザベートさんは部屋を後にした。

なんだか少し気になる表情だったけど、今はカツオブシよ！

✧

研究棟でカンナの概略図を書いた後、辺境伯邸に戻る前に職人街に立ち寄った。カンナで削り出される薄いカツオブシを想像すると、どうしようもなく頬が緩んでくる。

そんな異常に高いテンションを保ったまま、テッドさんの店に飛び込んだ。

「テッドさん、お久しぶり！」

「おう、メリアの嬢ちゃん。旅は楽しんできたか」

「まあまあね。今回はエープトルコでゆっくり羽を伸ばすことができたわ」

そこでエープトルコの作物について熱く語り、稲作用の農機と先ほどのカンナの図面を差し出して製作を依頼した。

「農機で質の良い米が取れるようになれば、以前渡した清酒も段違いに美味しくなるわよ！」

「よし、わかった。こいつは俺に任せてくれ！　こっちのカンナってやつは木工用として普通に店で売っているから持っていきな」

カンナは木材加工用途で既にあったのね、嬉《うれ》しい誤算だわ。私は念のため三つほど受け取り決済を済ませて、テッドさんの店を後にした。

✧

辺境伯邸に戻ってキルシェからの贈られたという木箱の一つを開封してみると思い描いていたものが姿を現した。

「これはまさしくカツオブシじゃないの！」

鑑定するとカツオではなくカール魚という沖合の魚らしいのでカールブシなのかもしれないけど、細かいことは気にしないわ。

カチコチになるほど乾燥させた魚の身を取り出し、テッドさんの所で買ってきたカンナで削り出してみると、懐《なつ》かしいカツオブシの香りがした。そんな木材加工をするかのような私の様子に、ブレイズさんは少し引き気味に尋ねてくる。

「おいおい、これ食えるのか？」

「これは齧《かじ》って食べるんじゃなく、削り出してお吸い物やおひたしなどの出汁《だし》に使ったりするのよ。たこ焼きやお好み焼き、焼きうどんにまぶすと、香ばしい風味と味わいが楽しめるわ」

論より証拠と調理場に突撃すると、早速、それらの粉物やうどんを作ってみせた。やはり、今までと一味も二味も違うわ！

「うはっ、うめえ！　こいつはビールが手放せないぜ！」

「なんということだ。今までのものが不完全だったと思わせるような完成された味わいだ」

なくても食べられるけど、一度、食べてしまったらカツオブシを振り掛けずに食べるなんて考えられないわよね。それに、うどんの汁とかもカツオブシ無しじゃ厳しすぎるわ。

「これで出汁《だし》に風味付けに大活躍とわかったでしょう」

「まさに、これは手放せないものになりそうです！」

料理長は感動し、ブレイズさんは返事もせずにガッガッと食べまくっている。私は広大なカツオブシの適用範囲を思い、今までの料理の更なる進化の予感を感じて打ち震えた。

それにしても、カツオブシがあるということは使い方も知っているのでしょうから、キルシェの郷土料理には期待できるのかもしれないわ。機会があれば堪能してみたいものね。ただ、カツオブシを作っている西海岸は大陸の反対側だからなかなか厳しいかもしれない。

次の食材探索の対象はキノコ類とか海草かしら。海草の成分は合成できるけど、キノコは作れないから優先順位としてはキノコが先になるわね。でも毒キノコもあるから慎重に探さないといけないわ。

「次は香り高いキノコや旨味《うまみ》に優れたキノコとかを探してみたいわね」

そうしたら、和食の鍋や煮物やお吸い物も引き立つし、洋食でもグラタンやソースを付け合わせれば、更に美味《おい》しくなるはずよ。そんな私の言葉を料理長は逐一拾ってメモをとり、こちらでも探しておきますと言うその姿は、探究心に燃えていた。

本当にどうして一つ見つければ、また、あれもこれもと欲しくなってしまうのかしら。人間の三大欲求の一つである食欲とは、底知れないものね。

私はカツオブシという新たな食材が演出する香りと風味に包まれながら、限りない食の可能性とこれからの未来を思い、期待に胸を膨らませるのであった。

✧

初夏を迎えて気分が高揚していた私は、夏の旅行に向けたある乗り物の開発により文字通りふわふわと浮くような感覚を味わっていた。

「ついに空を飛んでしまったわ」

蒸気馬車で散々活用してきた空間拡張された室内で、移動時も快適に過ごしているうちに気がついてしまったのよ。別に大掛かりな飛行船を作らなくても、二立方メートルくらいの正方形の箱を空間拡張して大部屋にすればいいことに。そのコンパクトな箱を気球で浮かせて風の魔石を使えば、大風でも吹いていない限り推進方向も自由自在よ。

安全性については、地上十メートルくらいの高さを維持する仕組みで高度を維持することで担保した。地面に垂らした石が離れたら、その重みで気球を熱している火炎の魔石が離れて高度が元に戻るという簡単な仕組みよ。急降下したり着陸したりする場合は気球を冷却の魔石で冷やせばいい。

「高度十メートルなら飛び降りても上級ポーション一本あれば全快するけど、念のためにヘリウムガスで置換した密閉カプセルを用意したわ。カプセルを割れば風船が即時展開されて安全に降下できるのよ」

「そこまでして空を飛ばなくても地面を走ればいいじゃないか」

「山もスムーズに越えられるし速度が違うのよ」

こんな簡単な仕組みだけど、ある程度の高度を保って風と同じ方向に進むなら時速百キロを超える。東海岸に向かうなら行きは時速百キロオーバーで急行して、帰りはゆっくり蒸気馬車で帰れば移動時間を短縮できるわ。

「バギーがもっと改良されれば地上でも時速百キロ以上で走れるけどね」

「今でも十分速いと思うんだがなぁ」

ブレイズさんにしてみれば運転する楽しみもあるでしょうし、使うかどうかは気分次第といったところかしら。でも、途中で橋が落ちていたり川が氾濫していたりしても確実に観光地に行けるようになったんだし喜ばしいことだわ。

私は風の魔石で逆噴射してスピードを落としながら気球を降下させて実験を終えると、バギーで王都に向かう。帰り道で、横を並走するブレイズさんに感想を聞いてみる。

「でも、空を飛ぶのも少しは気持ちよかったでしょう?」

「まあな。だが、もう雲の上はごめんだ」

「そうね、少し怖かったかもしれない」

そうだわ！　ヘリウムガス風船の安全装置もいいけど、ハンググライダーとかパラセーリング、パラグライダーとかはどうかしら。魔法鞄から取り出せる時間的余裕があるなら落下地点のコントロールが効かない風船よりは安心感が得られるはず。それに、娯楽としても面白そうだし、また今度検討しましょう。


王都の門に到着し、試験飛行を見物していたテッドさんと合流した。私は早速先ほどの試験飛行の感想を聞いてみる。

「テッドさん、どうだったかしら？」

「おう、見ていたぞ。とんでもねぇな」

本当はヘリウムガスとか水素ガスをガス袋に詰める飛行船にしたかったけど、密閉性と高度調整が難しく妥協した。それでも、わりと高評価のようだわ。

「風に乗れば時速百キロ以上は出るけど、蒸気自動車が当初目標の時速百キロを出せるようになったらそちらの方が確実ね」

「蒸気自動車は速度を上げると振動が激しくなってな。なかなかうまくいかねぇ」

共振が起きているのかしら。そこまで行くと、ちゃんと車体の長さとか走行時の固有振動を考慮して作らないといけないから難しいわね。一応、テッドさんに共振の概念を伝えたけど、そこまで辿《たど》り着けるかわからない。そこで理論はさておき、最初のうちは各所の寸法をわざと変えた試作品を作っては試すトライ&エラーによる開発を進めたわ。理論と実験の両面からアプローチするのが基本よ。

「そういえば稲作用の農業機械だが、稲刈り機と脱穀機はもうできたぞ」

「え、本当？　早いわね」

刈り取りや脱穀は麦を参考にしたらすぐできたそうだわ。むしろ田植え機の一本一本を植えていく精度の方が難しいのだとか。

「苗は一本一本とまで行かなくても二、三本とかまとまっていて大丈夫よ」

「なんだ、それならわりとすぐできそうだな」

これで今の池に苗を投げ入れる農法よりは段違いの米が収穫できそうだわ。水田から水を汲み上げるポンプは井戸の汲み上げと変わらないし、エープトルコ向けの農業機械の見本とまとめて王宮に送ってもらいましょう。

✧

テッドさんを職人街に送り届けた後、辺境伯邸への帰りに服飾店に寄って今度の旅行用の夏服のデザインを渡した。

水色のボウタイに白地の折り襟のシングルブレスト、スカートは水色のハイウエスト。もう一つはフレア袖にした上で、夏らしさを演出するために少し大胆なオープンショルダーにして風通しを良くしたデザインよ。色はブラウスを薄い緑、スカートとリボンタイを深い緑にしてもらう。

あとはその二つをもとにカラーバリエーションを七色ずつ作ってもらうようにしたわ。

「これは私の服だから一般売りのデザインにしていただいて大丈夫です」

「わかりました！　ありがとうございます！」

一般売りはかなり色々なデザインが出たからもう出番はないかと思っていたけど、私がデザインすると一応メリアスのブランドになるので人気が出るらしいわ。とはいえ、これが最後になるはず。なぜなら！

「もうすぐ十六歳になって大人びてきてしまうことだし？　そろそろ十代前半向けの服飾デザインは卒業ね！」

サラリとサイドテールを流してさりげなく大人アピールをする私。

「いえいえ、大丈夫です！　以前とまったく変わりない可愛らしいメリア様ですわ！」

「……」

おかしいわね。農村にいたころに比べれば、比較にならないほど栄養を取っているはずなのに！

まあいいわ。そのうち大人コーデであっと言わせてみせるわよ！

私は顔を引き攣《つ》らせながら決済を済ませると、服飾店を後にして今度は商業ギルドへと向かった。

✧

「こんにちは。化粧品の原料とポーションを卸しにきました」

「これはメリアスフィール様、いつもありがとうございます」

商業ギルドで旅の間に作り溜《だ》めした化粧品の原料と中級ポーションを納品し、納品した分の空き瓶を受け取った。上級ポーションがたくさんできていたけど、エリザベートさんの指示で流せないわ。

「フィルアーデ神聖国への往復でご無沙汰でしたが、何か変わったことはありましたか」

私も商業ギルド証を持つ身。商売人として近況を聞くのも仕事のうちよね。

「そうですね。ベルゲングリーンを中心とした三国同盟間は、数年スパンで見れば爆発的な成長を遂げていいます。通信網を使った遠隔決済と交通インフラの充実のおかげですね」

なるほど。商業ギルドとしてみたら、同盟三国とそれ以外の国とでは顕著な差が見られるということね。ここまで取引が活発化すると、そのうち物流専門会社ができるかもしれないわ。

「今後はフィルアーデ神聖国の西に位置するキルシェ王国とも取引が広がるんですけど、干物の輸入に便利な手段はありますか」

「キルシェにも商業ギルドはございますから、ギルド間調整で現地のギルドに特定商品の輸送依頼を出すことはできます」

なるほど、それなら上級ポーションをばら撒《ま》かなくても普通に取引できたかもしれないわ。私はキルシェから送ってもらった干物がなくなりそうになったら、輸送費に糸目を付けずに改めて輸出をお願いすると伝えて商業ギルドを後にした。

✧

「ついに来るべきものが来てしまったわ」

辺境伯邸に到着して少しお腹が痛いと思っていたら、ついに月の物が来た。十二歳までの食育状況があまり良くなかったから遅れていたけれど、これで大人のレディになってしまったわ。

とりあえず右手に一薬草、左手に癒やし草を握り婦人薬のポーションを作成して服用する。これで一切の体調不良はなくなるけど、これからはノンストップの強行軍みたいな真似《まね》は避けたいところね。

ふぅ……ふと思ったのだけど、私にはアニーのような婚約前の貴族子女以外に大人のメイドさんが必要な気がするわ。今までお子様扱いだったからメイド見習いの子が至らないところはブレイズさんに頼めば事足《ことた》りたけど、大人の女性じゃないと相談しにくい話も出てくるはずよ。

「というわけで話しづらいのだけど、大人のレディになったので令嬢以外のメイドさんもつけて」

「お前、まったく相談しにくそうにしてないじゃないか……」

「仕方ないじゃない、他に話す人がいなかったのよ！」

こうなったら開き直ってやるわ。私は窓を開け放ち大きく息を吸い込むと、額に手を当て溜息《ためいき》をつくブレイズさんに轟然《ごうぜん》と言い放つ。

「さあ！　大人の女性になったこの私に、お祝いを寄越《よこ》すのよ！」

「そうだな、ちょうどいい。ほら、お祝いが届いているぞ」

「何よ、この手紙……」

私はブレイズさんから放られた手紙を空中でキャッチして、やけに豪華な装丁のそれに視線を落とした。表面には『薬爵叙爵《やくしゃくじょしゃく》の内示』と書かれている。

「お前に爵位が授与されるらしい。おめでとう」

「なん……ですって？」

信じられない言葉を聞いて呆然《ぼうぜん》とする私の頬を、若葉の香りを運ぶ穏やかな風が撫《な》でていった。

手紙が届いてから数日後、王宮の研究棟で私はエリザベートさんに例の叙爵《じょしゃく》の件について詰め寄っていた。

「これはどういうことなんですか！」

「メリアさんは、この国にとってなくてはならない大事な方ということです」

神聖国から聖女に認定され、工業、服飾業、農業、陸運と海運への寄与、通信による商業全体への貢献、食文化の振興、さらには同盟三国やキルシェ、フィルアーデなどとの外交にも並々ならぬ影響を及ぼしている。何より最上級ポーションを作成した実績を持つ唯一無二の錬金薬師で、弟子二人に知識伝承を行った功績もある。

そうしてエリザベートさんは今までの功績を挙げていき、私の眼前で指折り数えてみせる。

「大体、すべての貴族令嬢とお友達のメリアさんが平民のままというのがおかしいのです。これで叙爵《じょしゃく》するなというのは無理がありますわ」

言うべきことは言ったとばかりに、お茶を飲むエリザベートさん。

「そんな！　お友達というのは単なる方便ですよ？」

確かにコーデを請け負った際に「メリアのお友達ポイント」というカードを配布したけれど、それで私がすべての貴族令嬢とお友達というのは無理があるわ。

「メリアさん……周囲はそう考えていません。ですが安心してください。爵位については、方便のようなものです」

授けられるのは薬爵という私のためだけに用意された特別な爵位で、子爵級だけど領地は薬草の群生地のみなのだとか。それに加えて一切の事務的管理は宮廷の内務の方で代行してくれるし、所属も子爵級にもかかわらずファーレンハイト辺境伯配下のままでいられるという。

「まさか、以前に欲しい土地を聞いたのは家とか店の話じゃなくそれですか」

「まあ。店舗などメリアさんが一言でも欲しいとおっしゃれば、王都の一等地を用意しますわ。王都以外でも、国内外問わずすべての街で歓迎されるでしょう」

その気があれば大陸全土に店を構えることも早期に実現可能と示唆され、私は首をブンブン振って固辞《こじ》する。そんな規模でチェーン店を経営していたら過労で死んでしまうわ！

後日、謁見《えっけん》の間で陛下から正式に薬爵の叙爵《じょしゃく》を言い渡され、私はメリアスフィール・フォン・フォーリーフ薬爵となった。式典で私が献上した品は、黄金色の最上級ポーションよ。

なおライル君やメリアちゃんがもし叙爵《じょしゃく》された場合には、フォーリーフはミドルネームになり別の家名を名乗らせるのだとか。フォーリーフの家名は私の直系の血縁か、養子とした錬金薬師のみが継げるということになったわ。

そんな薬爵生活はどうかというと……

「叙爵《じょしゃく》を受けても、薬草が簡単に手に入ること以外は何も変わらないじゃないの」

結局、これからも服飾デザインするし、ポーションも化粧品の原料も導光管も作っていくのよ。強いて違いを言えば、次に外交で国外に出たときに各国の駐在大使が私を宮廷に連れて行きやすくなっただけで、私にはメリットがほとんどないわね。

「そうだわ！　薬草の群生地に別荘を建てて夏の避暑地に仕立てれば旅行に行けるわね」

「お前、たとえば以前に行った薬草高原で過ごしたいと思うか？」

微妙ね。老後になったら静かな場所でひっそりと過ごすのはいいかもしれないけれど、今行っても娯楽がない普通の山でしかない。スローライフを実現できても、人生の楽しみが激減しては本末転倒だわ。

まあ、ギルド証と同じでツールとして何かに使うこともあるとして割り切りましょう。

✧

それからしばらくして、辺境伯邸に新しいメイドさんがやってきた。今度は貴族子女ではなく、本職のメイドさんだ。

「本日よりメリアスフィール様付きのメイドとなりましたメアリーです」

よろしくお願いしますと互いに挨拶を交わすと、メアリーさんはお茶の用意に退出していく。

「以前頼んだこと覚えていたのね」

「忘れるわけがないだろう」

これでブレイズさんに言いにくいことはメアリーさんに相談できるわ。でも、もはや言いにくいことなんてほとんど残ってないけどね！

やがてお茶を用意して戻ってきたメアリーさんは私とブレイズさんにお茶を配膳すると、何かあればベルでお呼びくださいと言い残して隣の控えの部屋に戻っていった。

「大人のメイドさんだけあって、お茶を淹《い》れるのがうまいわね」

それにしてもお茶……ね。前から思っていたけれど、もっとバリエーションが欲しいわ。緑茶、紅茶、ハーブティ、フレーバーティー。贅沢は言わないけど、ダージリンとアールグレイくらいは欲しい。麦茶に玄米茶に烏龍茶《ウーロン》は、今のお茶と風味がたいして変わらないからいいわ。

紅茶ができれば、ストレートで香りを楽しんだ後、二杯目はミルクティ、その後はジャムを入れたロシアンティ……あれ？　ジャムも作ってないわよ！　もう、次から次へと足りないものが出てくるものね。

そういえば、茶器もそれなりに格調高いものを用意したい。陶器や磁器はテッドさんの領分ではないでしょうし、また考えないといけないことが増えたわ。

私は食材探索《ないものリスト》に紅茶の茶葉と茶器を書き加えるのだった。

薬爵に関わる手続きが進められる中で、夏の旅行先が伝えられた。

「今年は北東のコリアード海岸に決まったぞ」

コリアード諸島との交易で工芸品の取引が盛んな港町に泊まるそうだわ。ただし、その前に薬爵を叙爵《じょしゃく》されたことにより領地となった北のイストバード山の高原にある街に立ち寄り、領主館の引き継ぎをするのだとか。

「領主館って好きに使っていいってこと？」

「ああ、執事とメイド付きだ」

もともと王家が維持していた関係で長らく統治者の居住目的に使われていないから、薬草採取の拠点にちょうどいいだろうということで下げ渡されたらしい。館で働く人たちのお給金は薬爵の爵位報酬から付け替えで支払われ、事務は王宮の官僚が行うらしい。

「爵位報酬なんてあったのね」

「税収がない場合の処置だ」

基本的に貴族は領地の税収が主な収入になるけど、低位の官僚や騎士爵は領地を持たないので年棒が支払われる。その制度を転用して必要経費を処理するのだとか。つまり官僚にしてみれば科目が変わっただけで、私の与《あずか》り知らぬところで処理される。要は、気にしなくていいのね。

「それならイストバード山に登山に出かけてみたいわ」

山の幸があるかもしれないし薬草の群生地も見てみたい。ライブラリによると山頂には大きなカルデラ湖があるはずよ。あれ？　ひょっとして観光地に魔改造して、ずっとそこで住んでもいいわね！

「忘れているようだが年に四回コーデで呼び戻され、三年に一度は弟子取りで呼び戻されるだろう」

くぅ、宮仕えの辛いところね……って、季節のコーデは公務なのかしら？　もはや自分でもわからなくなってしまったわ。

✧

初夏を迎えて太陽が眩《まぶ》しい季節がやってくると、夏のコーデをこなしながらジャム作りに励んでいるうちに私は十六歳になっていた。

ビュビュビシュ！

山登りに向けた体力作りと錆《さび》落としに軽く槍《やり》で演舞をしてみたけど、テッドさんに渡された直後は少し重く感じていたヒヒイロカネの槍は、今は少し軽く感じるようになっていた。

今度機会があれば、武器をアップグレードしないといけないわね。

「北の山はやっぱり熊とか狼が出るのかしら」

「いや、ビッグボアとかコモドドラゴンだな」

そんな大物が出るなんて、猪鍋《イノシシナベ》を食べ放題じゃないの。でも、コモドドラゴンが出没するなんてなんだかおかしいわ。

「高山に爬虫類《はちゅう》なんてどうなっているのよ」

寒くて半年は冬眠しないといけないのではないかしら。

「山の中腹にお湯が湧く場所があって、そこを避ければ遭遇しないらしい」

「え！　まさかの温泉なの!?」

これは是非とも入らなくてはいけなくなったわ！　もう老後はイストバード温泉で余生を過ごすということで決まりね！

「まさか入ろうとか思ってないだろうな」

「どうして？　入るに決まっているじゃない！」

熱燗《あつかん》……は無理でも温泉卵くらいは楽しめるわね。

「湯にコモドドラゴンが群がっていたらどうするんだ」

「ブレイズさん、雷神剣の出番よ。かわいそうだけど、温泉のためにワニ皮のバッグやお財布になってもらうしかないわね！」

その後、強硬に反対するブレイズさんと議論した結果、仮に退治しても外でお風呂はダメだそうだわ。水着ですら許容できないのに、タオル一枚は更にダメなのだとか。

「大人のレディというのなら自重しろ」

「仕方ないわね、いつか温泉にパイプラインを敷設して領主館まで引き込むことにするわ」

そう決意して今回は温泉巡りをあきらめることにした。

✧

目的地も定まり夏のレジャーに向けて着々と準備を整えて来た私は、ついに出発の日を迎えていた。

「さあ、いくわよ！」

「本当にこれで行くのかよ」

熱気球を使えば山の中腹まで直接行けるんだし、いいじゃない。ふわりと浮かんだあと流されないように風の魔石で進路を調整すると、ゆっくりと北に向かって進み出した。

カリンちゃんも連れて来ようかと思ったけど、危険なので、エリザベートさんやライル君と一緒にもっと安全なところに行くそうだわ。

「そんなに危険かしら」

「この状況でよく危険じゃないと言えるなァ！」

朝の新鮮な空気を堪能するために地上十メートル飛行をやめて気分よく高度を上げていたら、ギャーギャーと騒ぎ出したわ。

「そんなに下が気になるなら居住スペースにいればいいじゃない」

「それはそれで不安なんだよ！」

仕方ないわね、高度を下げて低空飛行で行きますか。風の関係でゆっくりになってしまうけど、今回は寄り道をする関係で夏のコーデが終わり次第出発したから日程に余裕があるわ。

どこか茶葉が摘《つ》めるところがあればいいんだけど、期待せずに行きましょう。

「しばらく何もないのだし、サンドイッチでも食べながら地図を確認しましょうよ」

私は山苺や葡萄で作ったジャムを挟んだサンドイッチやロールパンの切れ目にウインナー、ハム、野菜、卵などを挟んだ惣菜パンを取り出し、魔法瓶に入れた眠気覚ましのホットコーヒーを勧めた。夕方までに中継都市に着くように朝イチで出発したから、朝ご飯抜きでお腹が空いたわ。

私はサンドイッチを片手に地図を取り出し旅程を確認する。まずは北の城塞《じょうさい》都市ブルームにいって一泊する。次に偏西風に乗って北東に進路を取って一気に第一目的のイストバード山の領主館に乗り付け、そこから山を登って高原にある薬草を見学し、山頂のカルデラ湖で蒸気ボートを浮かべ、火口の湖の景色を堪能する。そこからは領主館に帰らず、そのまま東の港町に向かうのよ！

「ところで主人のいない領主館を維持する仕事って暇じゃないのかしら」

「普段は研究室の薬草を納めているぞ。お前もお世話になっているだろう」

つまり、北のイストバード山の高原にある街に住む町民は皆王宮直属の使用人のような立場らしい。だから、町民がいても税収がゼロなのだとか。

「それなら薬草以外にも食べられるものが見つかったら送ってもらいましょう。キノコとか茶葉とか山芋とかね。椎茸《しいたけ》みたいに栽培できるなら大歓迎よ！」

「キノコなんて食えるのか？」

「もちろんよ。一応有毒か鑑定はするけど、仮に毒でもキュアポーションで一発完治なんだし心配することはないわ！」

そんなやり取りをしているうちに日が昇ってきて、朝霧が晴れて遠くの風景がよく見えるようになった。北西は森林が広がり北東は見渡す限りの平野だった。きっと、高度を上げたら絶景なのでしょうね。

私がスッと高度調整器のレバーに手を伸ばしたら、ガシィとばかりにブレイズさんの手に阻《はば》まれた。

「おい、どうしていきなり高度を上げようとする！」

「目の前の自然のパノラマを高いところから楽しもうかと思って」

ギリギリと高度調整器のレバーを巡って攻防が繰り広げられ、やがてブレイズさんに軍配が上がった。そこまで高いところが嫌なんて、きっと高所恐怖症なのね。

仕方ないので居住スペースに移ってポーション作りやケーブル作成で時間をつぶすことにして、何か見えたら呼んでもらうことにしたわ。平野じゃ新しい発見もないでしょう。

✧

生産に集中してしばらく時間が経《た》ち、ふと懐中時計を見ると正午を過ぎていた。お昼はお弁当を魔石レンジで温め直すだけよ。

「お昼の準備ができたわよ」

「ああ、わかった」

外の風景を見ると、比較的大きな沼を横断するところだった。ちょっとした湿地帯かしら。蒸気馬車だったら迂回《うかい》するところね。蓮根《レンコン》とかあれば筑前煮《ちくぜんに》ができるのだけど、さすがにここに着陸はできないわ。

「途中で何か面白いものはあった？」

「何もないな。強いて言えば広い綿花畑ができていたところか」

大規模農業は初期だけど順調なようね。まだまだ開墾して生産を増やせるわ。私は唐揚げをパクリと食べながら次の質問に移った。

「城塞都市ブルームには何か特産品とかあるのかしら」

「あるわけないだろう、北の防衛拠点だぞ」

本当に一泊するだけになりそうね。その後、昼食を食べ終えて延々と道中の生産ノルマをこなしていき、夕方になる頃に目的の街の南門に降り立っていた。

そして、なぜか大勢の人に囲まれていた。

「面妖《めんよう》な！」

「空を飛んできたぞ！」

「敵襲か！」

などと、門番や衛兵さんと思《おぼ》しき人たちに槍を突きつけられてしまったけど、叙爵《じょしゃく》の際にもらった薬爵の紋章を見せると直立不動の姿勢で敬礼され、すぐに門を通された。

「「失礼いたしました！」」

なんの役にも立たないと思っていたけれど案外役に立つものね、この紋章。その後、魔法鞄から蒸気馬車を出し、街中央の宿で停まってチェックインをした。

ディナーは一般的なステーキで、可もなく不可もなくといったところだった。お肉は焼けばある程度は美味しくいただけるし、パンもやわらかい。白ワインはおそらくウィリアムさんのもので文句がないできだわ。

「まあまあね！」

ここ数年でここまで食文化が広がったと、私は達成感に身を震わせた。多少はお酒を飲める年齢になったおかげで、大人向けのコースを味わえてご満悦よ。苦労した甲斐《かい》があったわね、主にウィリアムさんが！

「明日は昼前には領主館に着くぞ」

「思ったよりずっと長い道のりだったわね」

「五年前なら三日はかかっていた。一日で着く方がおかしい距離だ」

途中で野宿になっても、蒸気馬車でなら問題ないんだけどね。やっぱり空から迂回なしで一直線だと早く到着するわ。その代わり、ちょっと退屈なのが玉に瑕《きず》かしら。

その後、明日に備えて私は軽く湯浴《ゆあ》みをしてすぐに就寝した。

次の日の朝、モーニングセットをいただいてチェックアウトを済ませて北門を出ると、熱気球に暖気を送り込んで再び空をいく旅人になった。ふわりと浮かぶ熱気球に驚きの声をあげる門番さんたちに手を振り、偏西風に乗って一路北東のイストバード山に向かう。

「さあ、猪鍋に向かって出発よ！」

「狩猟の予定なんてないからな」

予定はなくとも身に降り掛かる火の粉は払わねばならないのよ。それに、昔と違って醤油も味《み》醂《りん》も清酒もあるのだから、かなり美味しい鍋が作れるわ。

城塞都市を出て二、三時間もすると、前方に大きな山が見え始めた。思っていたよりずっと大きいわね。カルデラ湖を形成するくらいだからあたり前かも。

「あ、中腹に街のようなものが見えるわ」

「あれがベルゲングリーンで最も高い場所にある街、ピレーネだ」

街の斜面にある木の葉、茶葉じゃないかしら。ひょっとして街の人が栽培して緑茶とかにして飲んでいるのかもしれないわ。着いたら少しもらって発酵させて紅茶にしてみましょう。

その後しばらくして、私たちはゆっくりとピレーネの中央広場に降り立った。領主館に着くと執事らしき男性が出迎えてくれた。

「薬爵様、遠いところ、よくぞおいでくださいました」

名前はバートさんで、二十年以上、この館の維持管理をしてきたのだとか。館内を案内されながら客室に迎えられる。その場で淹《い》れられたお茶を飲んでみると、なんと完璧な緑茶だった。

「素晴らしいわ！」

湯加減、蒸時間、湯切りが完璧なタイミングで出されている。これが熟練の執事がなせる技なのね。私は発酵させた紅茶も飲んでみたくなり、茶葉を分けてもらうようにお願いした。

「お安い御用です。発酵の仕方をご教示いただければピレーネで作って王都に薬草と共に送ることも十分可能でございます」

「ありがとう、後で書面にして渡すわ」

これで紅茶もできてしまうわね。乾燥フルーツやハーブを混ぜていけばあっという間に好みの紅茶が出来上がるわ！

その後、領主の部屋の引き継ぎと領主印の引き渡しが済んだ。でも、ここに領主印を置いておかないと決済とか困るんじゃないかしら。

そんな疑問をストレートに口にすると、代行印をもらったので通常業務なら問題ないそうよ。領主印は文字通り私の許可が必須な時にのみ使われるようになるので、私自身が持っていないといけないらしいわ。

「恐れながら、ポーションを作成するところを一度だけ見せていただけませんでしょうか」

何年も続けてきた薬草採取が実を結んだところを見たいと？　いいでしょう！　私は癒やし草を手に神仙水を入れた瓶を中央に配置し、バートさんが後ろで見守る中で錬金術を発動させる。

「魔力神仙水生成、水温調整、薬効抽出、薬効固定、冷却……」

チャポン！

上級ポーション（＋＋）：軽い欠損や重度の傷を治せるポーション、効き目最良

「はい、これはバートさんにあげる……わ？」

振り返るとバートさんが涙を流していた。なんだかよくわからないけれど、きっと何かしらの思い入れがあったのでしょう。私は作成した上級ポーションを手渡すと、バートさんを客間に残してブレイズさんと共に領主の部屋に移動した。部屋の扉を閉めると同時に盛大に声を上げる。

「びっくりしたわ！」

「バートさんは事故で奥さんを亡くしてから、ずっとポーションの復活に尽力してきたんだそうだ」

そんな事情があったのね。人に歴史ありとはよく言ったものよ。

「これからはライル君やカリンちゃんがポーションの製作方法を未来に伝えてくれるでしょう。私がそうしたようにね」

そう言って亡き師匠の面影を脳裏に浮かべながら、窓から差し込む木漏《こも》れ日に目を細めた。

✧

領主館で引き継ぎを終えて一泊し、たっぷりと休息を取った私は山のレジャーに出かけることにした。

「さあ、登山の時間よ！」

「気球でパパッと山頂まで行けばいいんじゃないか？」

「それじゃあ薬草の群生地が視察できないじゃない。それに、猪《イノシシ》に出会えなかったらどうするのよ」

「普通、猪に出会ったらどうするじゃないのか？」

「その場合は、猪鍋にして美味しくいただくだけよ！」

昨日は色々あったけれど、次の日にはバートさんはパリッとした執事然とした様子に戻っていた。私は昨日のうちに錬金術で疑似発酵させて作った素の紅茶と、香料をつけたフレーバーティーの見本をバートさんに渡して紅茶の件をお願いして領主館を後にしていた。

後は山の幸を探索してカルデラ湖で遊ぶだけだわ！

✧

ピレーネの街から数合上にある薬草の群生地についた私は、種類ごとに管理が行き届いた様子に舌を巻いていた。

「完璧じゃない。これなら見に来なくても心配いらなかったわね」

あとは採取するときの乾燥処理だけ気をつければ文句なしよ。癒やし草はもちろん、各種薬草に加えて月光草までそれなりの量が確保されているわ。

「そうか、なら今からでも熱気球で……って、遅かったな」

少し離れた場所からビッグボアが興奮した様子で突っ込んでくるのが見えた。待っていたわよ、飛んで火に入《い》る夏の猪ね！

私は、今となっては軽くなったヒヒイロカネの槍を、中段にピシッと構えた。

「飛燕雷撃穿《ひえんらいげきせん》！」

ズドォーン！

久しぶりに放った槍は完璧なタイミングで猪の額に吸い込まれ、突っ込んできたビッグボアは横倒しになった。

「だから、護衛対象が真っ先に突っ込んでどうするんだ！」

「別にいいじゃない。これくらい問題ないでしょう？」

早速縄で足を縛ると、ブレイズさんに木の枝に宙吊りにしてもらい血抜きを行った。当たり前だけど、二人で食べるにしては大きすぎるわね。

仕方ないので腿肉《ももにく》だけ取り分けると、他の可食部位は冷却の魔石で冷凍して保管する。毛皮は錬金術でなめして魔法鞄に収納したわ。

「さあ、行きましょう！」

「は？　まだ登山する気か？」

「まだキノコとか山菜とか山芋の有無を確かめてないじゃない。私たちの食材探索《たたかい》はこれからよ！」

そう奮起して歩き始めた私にブレイズさんは溜息をついた後、足早に追いかけてきて前に出る。

「わかったから、お前は後ろだ」

「さすがブレイズさん。話がわかるわ！」

その後、山頂に着くまでに舞茸《マイタケ》と椎茸《しいたけ》に非常に似たキノコが見つかったわ。密かに松茸やマッシュルームやなめこのようなものも期待していたけど、これだけで十分よ。

山頂についた後、早速、カツオブシを使っただし汁を十として清酒、味醂、醤油を十分の一ずつの割合で鍋に入れ、食べやすい大きさにしたビッグボアの腿肉《ももにく》と舞茸《マイタケ》、白菜に根菜を入れて火炎の魔石のコンロで煮込み、その傍《かたわ》らでお米を炊く。

「やっぱり十二歳の頃に比べると山登りも格段に楽になったわ」

登っている間も息切れするようなことはないし、今も平時と変わらない体調を維持できている。ここまできたら温泉も少し見てみたい。というか温泉があるなら、工業利用目的に硫黄が採取できたら役に立ちそうね。でも旅行だし自重しましょう。

ふと湖の方を見ると凪《な》いだ湖面は火口の淵と青空を映し、想像していた通りの綺麗なカルデラ湖だった。魚が生息しているなら釣りも面白いかもしれないわ。

「おい、鍋が吹いているぞ」

「あら、本当だわ！」

慌てて弱火にしてふたを開けると、美味しそうな匂いが立ち込めた。私は出来上がったご飯を二人分よそって、魔法瓶から飲み物を出して昼食を取り始める。

「こりゃうめぇ！」

「どう？　これがキノコの力《パワー》よ！」

やっぱりキノコを使った料理は美味しい。さしすせそプラス舞茸《マイタケ》による猪鍋は前々世基準で採点してもほぼ完璧に近いわ。旅から戻ったらバートさんに可能なら舞茸《マイタケ》と椎茸《しいたけ》を送ってもらうようにお願いしよう。椎茸《しいたけ》は上手くすれば栽培できるかもしれない。魔石を使えば温度と湿度のコントロールは難しくないわ。

気がつけば鍋は空になっていた。さすがにここからうどん締めはできないわ。お腹いっぱいよ！

「じゃあ、腹ごなしに蒸気ボートに乗ってカルデラ湖をゆっくり見物しましょう」

「調子に乗ってスピード出すんじゃないぞ」

「わかってるわ、景色を楽しむだけよ」

私はそう言って魔法鞄から蒸気ボートを出すと、慎重に進水《しんすい》させた。湖面を見つめると信じられないほどの透明度で、魚は住んでいないようだわ。もしかすると毒性があるのかもしれない。

試しに鑑定してみると、極めて弱いながらも毒性が認められた。

「ブレイズさん、湖の水は飲まないで。弱毒性よ」

「こんなに綺麗なのにか？　わかった……」

含まれている硫黄は微量だから、湧水として出る頃には濾過《ろか》されて清水になっているんだわ。

王都に戻った後に、街の人には定期的にキュアポーションを配布するように手配しましょう。長年にわたり飲み続けていたら体内に蓄積していてもおかしくないわ。

弱毒性があるとはいえ随一の透明度を誇る綺麗な湖の景色を堪能し、約一時間後に火口の縁に戻る。その後、山から見下ろす景色を最後に見納めると次の目的地へ出発することにした。

「はぁー、心洗われる景色だったわ」

熱気球に暖気を送りながら満足気に感想をこぼした。これで温泉に入れたら完璧な保養地だわ。いつか硫黄採取と絡《から》めて、観光地として温泉開発を考えましょう。

✧

やがて熱気球がふわりと浮かび、私たちは再び空を行く旅人となった。

「次は東のコリアード海岸の港街ね」

「ああ、夕方までに間に合わなければ野営だ」

いい景色だった。これならライル君やカリンちゃんにも見せてあげたかったわよ。一枚しか撮影できなくてもいいから、写真でも作っておけばよかったかもしれない。銀版写真なら錬金術でも化学反応でも作れるわ。新たな課題として考えることにしましょう。

「コリアード海岸に到着したらコリアード諸島の工芸品も見物できるし楽しみだわ。そういえば東海岸の島々は所属的にはどうなっているのかしら」

そんな素朴な疑問を投げかけると、ブレイズさんはどこにも属していないと答えた。

「島が点々としていて、管理するほどの広さがないのが理由だな」

「管理しない代わりに、保護もしないというわけね」

百年か二百年くらいして海を安全に航行できるようになったら、ブリトニア帝国とベルゲングリーン王国との間で領有権を巡った争いの元になりそうだわ。でも今は問題ないから、あわよくば蒸気ボートでコリアード諸島に乗り付けて直接買い付けに行きましょう。

そんな他愛もない話をしながらピレーネで錬金生成した紅茶を嗜《たしな》んでいるうちに、偏西風に乗って加速したのかもう海が見えてきた。

「偏西風のおかげで速かったわね、どうやら今日のうちに街に着けそうだわ」

「ああ、港町サリールまでもう一時間以内といったところだな」

コンパスを片手に到着予測を立てるブレイズさん。やがて港町が前方に見え始めたので、城塞都市の門前での一件を思い出した私は気球を早めに降ろし、残りは蒸気馬車で行くことにした。

ふふん、私は学習する女なのよ！

蒸気馬車でゆっくりと門に近づいて行くと、おかしなことに門番はいなかった。代わりと言ってはなんだけど、立てかけられた看板に大きな文字でこう書かれていた。

『疫病発生中、死にたくなければ引き返すべし』

どうやら学習の成果は無駄になってしまったようね。ブレイズさんも看板に記載された内容を確認したのか、深刻そうな顔つきをしていた。

「観光どころじゃなくなったな」

「何を寝ぼけたことを言っているの？　錬金薬師の私が引き返してどうするのよ！」

「今のところ、熟練した錬金薬師はお前一人なんだぞ。お前自身が懸けて疫病に侵された街を訪れなくても、安全な場所からポーションを供給すればいいだろう」

たしかにブレイズさんの意見にも一理ある。でも、今から運搬する人を呼び寄せていたら助かる命も助からないかもしれない。せめて感染症の重篤度を確認してから判断しよう。

そう結論付けてブレイズさんと看板を通り過ぎ、街に続く噴水の傍《そば》で座り込んでいる人を遠目に鑑定を掛けた私は、この港町でとんでもないことが起きているのを知る。

街人：感染症に罹患《りかん》、重症、余命三日

頬に冷や汗を流した私の後ろから、生暖かい風が海に向かって通り抜けていった。

第7章 親交の錬金薬師

「これを飲んだらついてきて」

私は魔法鞄《かばん》からキュアイルニスポーションを二本取り出し、一本をブレイズさんに渡した。お手本とばかりにグイッと一気に飲み干してみせると、ブレイズさんは戸惑った表情を浮かべて手元の瓶に目を落とす。

「おいおい。病気になる前にこいつを飲んで効果があるのか？」

「キュアイルニスポーションを飲んだら少なくとも二週間は病気にかからないわ」

それを聞いたブレイズさんがポーションを口にしたことを確認すると、私は港町サリールの門を通って噴水の傍《そば》で座り込んでいた男の人にキュアイルニスポーションを飲ませた。すると、おぼろげだった意識が明瞭になったのか目の前の男性の目の焦点が私に合う。

「ここは……俺は、一体どうしたんだ」

「疫病に罹《かか》って意識を朦朧《もうろう》とさせて座り込んでいたのよ」

「そ、そうだった！　あれ？　どうしてなんともないんだ？」

「もうポーションで治したから問題ないわよ」

「あんたは一体……」

絶句した男性に薬師であることを告げ街の現状を話してもらうと、二日前くらいから街の人口の三分の一くらいが症状を発症してバタバタと倒れていったという。

まずいわね。最初に症状を出した人は生きていたとしても、もうギリギリじゃない。

「ブレイズさん！　今ここでキュアイルニスポーションを作りまくるから、街の人全員に配って飲ませて！　もう時間がないわよ！」

「わかった！　任せろ！」

助けた男性にも旅の道中で作っていたポーションを渡して配布の協力を仰ぎ、空き瓶を回収して戻ってくるように頼み込む。そうして配布に十分な人員を確保した私は、キュアイルニスポーションの量産に入った。

神仙水を使えば一本で十本分を作ることができる。八重合成で四本ずつ、希釈して四十本分だから百回で四百本ほど作れば四千人は救えるわ！

✧

「やれやれ、一時はどうなることかと思ったけど、なんとかなったわね」

あの後、助かった人たちもポーションの配布を手伝ってもらい、なんとか港町に住む住民全てにキュアイルニスポーションを飲ませることができた。これで、他にジャイアントラットみたいなキャリアとなる魔獣がいたとしても二週間は安心ね。

「街に設置された通話機で王宮に知らせてきたぞ」

「お疲れさま、これでも飲んで休んで」

冷やした水を渡すとブレイズさんは一気に飲み干してプハッーと疲れが吹き飛んだような息を吐き、もう一杯とせがんできた。何杯飲む気かわからないと水筒を渡して手酌で飲んでもらうことにして、私も果実水を飲んで一息つくことにした。

そうして仕事を終えた後の一杯を味わっていると、街の人たちが遠慮がちに声をかけて来た。

「ありがとうございます、錬金薬師様。貴女様《あなた》がおられなかったら、どれほどの人命が失われていたかわかりません」

街の責任者をはじめとして住人が一斉に頭を下げてきたけど気恥ずかしいわ。薬師がいなくなりすぎて疫病も防げなくなっていたようだけど、昔ならここまで悪化する前に、街に一人はいた薬師が簡単に退けてみせたはずよ。

「お礼はもういいわ。それよりさっき話した通り血のついたシーツの処分や天日干しと、ジャイアントラット向けのキュアイルニスポーションを浸した肉団子の設置をお願いね」

先日狩ったビッグボアの肉と小麦粉を混ぜ合わせて肉団子を作ったわ。ジャイアントラットを引き寄せる効果を付与した魔石の粉末を入れた特別製よ。それをキュアイルニスポーションに浸してばら撒《ま》けば、キャリアの疑いがある他の魔獣や小動物も癒やせるわ。

これで問題はないと思うけど他の街に拡散しているかもしれないので、王宮には王国のすべての街に警戒するように伝達してもらったわ。私が三日以内に着ける範囲ならほとんどの人を助けられるはずよ。

それにしても下水処理が進んできたベルゲングリーン王国で疫病なんて、どこで発生したのかしら。なんだか気になったので、もう少し詳しく経緯を聞いてみることにした。

「おそらくですが、コリアード諸島との交易を経由して伝染したのではないかと」

役人の話では、ここ一週間で人の出入りがあったのは船の往来だけだったという。そうなると、時系列的にコリアード諸島の人たちの方が切羽詰まった状況ということじゃない！

私はブレイズさんに上級ポーションを渡しながら言い放つ。

「今すぐに蒸気ボートでコリアード諸島に向かって、不眠不休でキュアイルニスポーションを飲ませて回るわよ！」

「正気か!?　島の場所もわからずどうするつもりだ！」

「うっ……それはそうだけど、この街より島の方が緊急を要する事態になっているはずなのよ！」

どうやら、安心するのはまだ早かったようね。このままでは工芸品を生み出す職人が絶滅してしまうわ。それに薬草が十分にあるこの状況で、私の目の前で感染症に罹患して死んでもらってはフォーリーフの名が廃《すた》るわよ！

「誰かコリアード諸島に詳しい人はいない？」

「工芸品を売りに来ていた島の者がよいかと……」

「私が案内します！」

役人と話していた内容を聞いていた街の住民たちの中から、少し甲高い声が上がった。

私が目を向けると人々が身を退き、一人の少女が姿を現す。黒に近い髪を三つ編みにして下げた十七歳前後の女の子は、街の人とは異なりサリーのような民族衣装を着ていた。

「あなたは？」

「島から工芸品を売りに来ていたレイニーです。薬師様、コリアードの島々への案内は私に任せてください！」

人のことは言えないけど、こんなに若い子で大丈夫かしら。島に到着した後も、島民に話を通す必要があるわ。

「少し急ぐから蒸気ボートという魔石で加速する小舟を使おうと思っているんだけど、レイニーさんは島の人と繋《つな》ぎをとれる？」

「ご安心ください。私はコリス島の首長の娘ですから、他の島々の首長とも交流があります」

「それはよかったわ。すぐに出発するから、これに荷物を入れて身支度を整えて」

そう言って私は予備の魔法鞄をレイニーさんに渡した。簡単に使い方を説明して船着き場で落ち合う約束をすると、彼女は踵《きびす》を返して宿屋にかけて行く。他にも数人ほど彼女を追っていくところを見ると、考えていたよりも立場が上なのかもしれない。命令口調は不適切だったかもしれないけど、非常事態だし忘れることにしましょう。

私は意識を切り替えるようにしてあらためて役人に向き直り今後の予定を話すと、彼は何かを思い出したように口を大きく開けた。

「そういえば王宮からメリアスフィール様宛に、このような知らせが届いていました！　返答は如何《いかが》いたしましょう」

役人が差し出した光報による伝言にはサリールの役人が知らせた疫病に関する情報提供の依頼のほかに、ライル君やカリンちゃんも私の応援に駆けつけたいと話していることが記載されていた。

疫病の症状や私がうった対策を王宮に知らせるのは役人に任せるとして、サリールの街から内地に飛び火している可能性も否めない。しばらくは王国に張り巡らせた通信網を活用して各地で疫病が発生していないか監視体制を取るように、と合わせて連絡事項を話していく。

「それと私の弟子たちには、そのまま王都で待機させてキュアイルニスポーションの作製をさせるように伝えて。私がコリアード諸島で心置きなく活動するには、王国内で対応できる後詰《ごづ》めが必要だわ」

「承知いたしました。それでは、そのように王宮には伝えます」

私は固く目を閉じ二人の笑顔を思い浮かべる。実は待機させるのはそうした理由以上に二人の経験が足りないせいだった。悲惨な現場を見ても動揺せず適切な行動を取れる精神は、知識の伝承だけでは備わらない。

今回は気持ちだけ受け取ることにして、ここは私が踏ん張るしかないわね！

「というわけで現地の魔獣退治は頼んだわよ、ブレイズさん！」

「了解だ！　何匹いようと任せておけ！」

こうして、点在するコリアード諸島を巡っての救援活動が幕を開けたのであった。

✧

レイニーさんの案内で港町から一番近いというコリス島に蒸気ボートで急行した私たちは、船着き場付近でサリール以上に症状が進行した島民たちの姿を目の当たりにした。血相を変えたレイニーさんが走る後をブレイズさんとつけていくと、広場の地面に寝かされ呻《うめ》き声をあげる島民たちの介護を指揮する男の姿が目に映る。

「お父さん！　大丈夫なの!?」

「レイニーか？　待て、近寄るんじゃない！　この島は疫病に侵されてしまった。今すぐ島から避難……ゴホッ！　ゲホッ！」

レイニーさんの父親、つまり首長と思《おぼ》しき男性は途中で激しく咳き込み倒れ込んだ。鑑定してみると、地面で横になっている他の島民たちとさほど病気の進度は変わらない。どうやら責任感で自らを奮い立たせていたようだ。

私はブレイズさんに目配せして父親にしがみついて泣きじゃくるレイニーさんを引き剝《は》がしてもらうと、魔法鞄からキュアイルニスポーションを取り出して飲ませてあげた。しばらくすると薬が効いたのか、狐《キツネ》につままれたような表情をして自分の体を見回し立ち上がる。

「これは……どういうことだ？　苦しかった息がなんともなくなっている！」

「キュアイルニスポーションを飲ませたわ。もう病気は治っているはずよ」

「そのような貴重なポーションを飲ませてくれたのはありがたいが、見ての通り島民のほとんどが感染していて危険な状況だ。今すぐ娘と共に島から避難してくれないか？」

どう説明したものかと後ろに目を向けると、父親が全快して落ち着きを取り戻したレイニーさんがこちらに近づいてくる。私はレイニーさんに道を譲るように一歩下がった位置で説得する様子を見守るが、首長はなかなか信じられないでいるようだわ。実の娘の安全がかかっているのだから、慎重になるのは仕方ないわね。

そう考えた私は、事情の説得はレイニーさんに任せて島民の救済に必要となるキュアイルニスポーションの増産をその場で始めることにした。キュアイルニスポーションは雪下草と癒やし草の二重合成が必要だけど、今の私は八重合成までできるから四並列で作れるわ。

「八重魔力神仙水生成、水温調整、薬効抽出、四並列合成昇華、薬効固定、冷却……」

チャポポポポン！

ブレイズさんが出来上がった四本の十倍濃縮キュアイルニスポーションを回収して次の空き瓶と交換している間にも、私は目を閉じて集中しながら次の合成を始める。もはや慣れ切った流れ作業だと淡々と作業をしていたところ、いつの間にかレイニーさんの説得の声が途絶えていることに気が付いて目を開く。

「あ、あり得ない！　太古の昔に失われたはずの二重合成錬金術を、更に四並列だなんて……まさか、使徒様ですか⁉」

「うっ……今はそんなことよりも、倒れている人たちにポーションを飲ませてあげて。下手すると助からない人もいるでしょう！」

私は周りを見回して簡易鑑定をかけると、急を要する目印として腰のポーチから串を取り出し地面に突き立てる。

「枕の傍に串を突き立てた人たちは、あと半日もたないわよ！」

「はっ、承知いたしました！　使徒様！」

なんだか不穏な呼び名が聞こえた気がするけど、今は訂正している場合じゃない。私は一人でも多くの島民を救うため、地脈が通る臍《へそ》の下に意識を集中していった。

✧

それからポーションの合成、希釈作業、人々への配布、意識のない人に飲ませる介護と流れ作業に徹すること一昼夜、コリス島の疫病は根絶された。体力のない人には中級ポーションを希釈したものを飲んでもらっている。これで、ひとまずは安心ね。

私は首長に用意してもらった建物の一室で一息つきながら、次の施策に考えを巡らせた。

「それじゃあ、レイニーさんのお父さん？」

「ボリスと呼び捨てにしてください、使徒様」

御簾《みす》の向こう側から平身低頭する姿に私は溜息《ためいき》をつきながら、なんとか軌道修正を試みる。

「えっと……昨日は訂正する暇がありませんでしたけど、私はそんな大層な者じゃありません。それはさておき、他の島々への連絡と、キュアイルニスポーションの配布をお願いします」

「かしこまりました……メリアスフィール様」

ボリスさんは一瞬だけ不服そうな表情を浮かべつつも、それを押し殺すようにして頭を下げたまま部屋の外へと去っていく。なんだかコリス島の人たちがフィルアーデ神聖国の教会関係者みたいになってしまったけど、そのうち是正されていくだろうと忘れることにした。

「さて。それじゃあ原因となった魔獣、ジャイアントラットの群生地にでも行きましょうか」

島に来る前にレイニーさんにヒアリングしたところ、感染源となるジャイアントラットはこの島の南西に位置する大洞穴に群れを成して住んでいるらしい。

伝承によると青龍が住んでいた跡だそうで、地下はどれほど深くまで繋がっているかわからないという。普段はそこからジャイアントラットが湧いてくることはなかったそうだけど、何かしらの影響で最近は地上に姿を現すようになったそうだわ。

「魔獣狩りはクエストを出して冒険者にでもまかせておけばいいんじゃないか？」

「そうもいかないわ。青龍の大洞穴の話は、私のライブラリにもあるのよ」

そう。前世の記憶では、ここには本当に青龍が住んでいるはずだった。前世ではコリス島には青龍に仕える巫女《みこ》が存在していたけれど、疫病の拡散を見逃すとなると長い歴史の中で巫女どころか青龍自身もいなくなってしまったらしい。

そう考えると青龍不在の大洞穴で魔獣にとっては平和が続いていたはずだから、ジャイアントラットが押し出されるような何かが住みついた可能性がある。それをつぶさなければ、疫病の元を根絶したことにはならないというわけよ。

そうした推測を伝えると、ブレイズさんは頭をガシガシとかいて立ち上がる。

「仕方ないな。だが錬金薬師が洞窟探検をしたなんて、お偉方が聞いたらひっくり返りそうだから内緒だぞ！」

「さすがブレイズさん！　話がわかるわ！」

こうして私とブレイズさんは疫病の原因となったと思われるジャイアントラットの氾濫を調査するため、南西にある大洞穴へと足を運ぶことにした。

✧

レイニーさんの案内で大洞穴へと足を踏み入れた私とブレイズさんは、大洞穴の奥地に向けて歩を進めていた。地中深くになるにつれ温度が上昇して生暖かい風が頬を通り抜ける中、ブレイズさんの大剣が薄暗い闇の中で閃《ひらめ》く。

キンッ！　ドサッ……

「この暗闇で吸血蝙蝠《コウモリ》の接近を感知できるなんて、野生動物並みの勘ね」

ピクニックに行くような気軽さでブレイズさんに話しかけつつ、私は接近してきた吸血蝙蝠をヒヒイロカネの槍《やり》で同じように両断する。

ビシュッ！　ドサッ……

「同じことを大剣より遠い槍の間合いでしているお前に言われたくない」

「熟練した錬金薬師が魔石の接近を感知できない方がおかしいでしょう？」

ブレイズさんが気配をとらえているのに対して、私は吸血蝙蝠の魔獣が体内に持つ魔石の波動を頼りに探知している。何を元に接近を感知しているかで、互いの主観に基づく難易度が変わってくる。それを思えば、そんなに気にすることでもないはずよ。

「あのなぁ、百歩譲って錬金術のおかげで接近を探知できるのはよしとしよう。じゃあなんでその錬金薬師のお前が、高速で飛来する吸血蝙蝠を正確に槍の穂先でとらえることができるんだ？」

「えっと……修行の成果？」

「そこがおかしいんだ。あまり才能を感じられないのに、繰り出される一撃は修練の果てに行きつくはずのそれだからな。よほどいい師匠に恵まれたんだろう」

言われてみれば単なるオフィス仕事しか知らなかった私に、よくぞここまで武芸を仕込んだものだわ。私は前世の師匠を思い浮かべながら、他人事《ひとごと》のように感心してしまう。

「それに比べてブレイズさんは才能の塊よね。それなのに、そこまで鍛錬で研ぎ澄ませているなんて不思議だわ。十代後半には、もう修行をしなくても十分強かったでしょう？」

こうしていつ襲われるかわからない大洞穴を並んで歩いていればよくわかる。繰り出される剣技は天性の冴《さ》えをみせながらも、幾度か繰り返された剣の軌道は寸分の狂いも生じていない。私と同じか、それ以上の修練を積んだ証拠だわ。

「そんなに鍛えて、いったい何と戦うつもりだったの？」

「単なる家の事情だ……っと、お客さんみたいだぞ」

「そうみたいね。ああ、ジャイアントラットの氾濫は天敵となる大蜥蜴《オオトカゲ》が住み着いたせいだったのね……あてが外れたわ」

何がとブレイズさんが聞き返す暇もなく、少し離れた位置にいた大蜥蜴がこちらに向かって突進してくる。別名としてアースドラゴンともよばれる魔獣だけど、ドラゴンと違って知性はない。何よりも……

「あんたの肉は美味《おい》しくないのよ！」

ズドォーン！

瞬歩のスピードと地脈の力を乗せた正拳突きをアースドラゴンの鼻面に真正面から叩き込むと、アースドラゴンは五十メートル先まで押し戻されていった。

そんな様子を見て、ブレイズさんは困惑したような表情で尋ねてくる。

「おい。俺はそんな威力の拳法の組手をさせられていたのか？　ライルに一本取らせたら、骨折どころじゃ済まないじゃないか！」

「大丈夫よ。ライル君は、まだここまでの威力は出せないわ……多分」

少なくともあと数年はかかるはず、とそっぽを向いて話す私にジト目を向けるブレイズさん。

「王都に帰っても、もうライルと組手はしないからな！」

「もう、心が狭いわね。ほら、アースドラゴンだってたいして効いてないみたいよ？」

私が再び突進してくるアースドラゴンを指さすと、ブレイズさんはあんなやつと一緒にするなと不平を漏らした。それから何かを思いついた表情をみせたかと思うと、真打ちの雷神剣を魔法鞄から取り出して上段に構えて迎え撃つ姿勢をみせる。

「よし、あとは任せろ。ようやく、こいつの出番だな！」

「ちょ!?　海底に続いている洞窟の中で何を……」

ズガァーン！　ガラガラ……

私の制止の声も届かず放たれた雷神剣の一撃によって、アースドラゴンは紙のように引き裂かれて後ろの洞穴の壁にぶち当たる。地脈の力を目に集中させて遠くの壁を観察してみると、岩の割れ目から海水が染み出してくる様子が見て取れた。

「ま、不味いわ！　今すぐ撤退するわよ！」

「なんでだ？　アースドラゴンの危険も去ったじゃないか。あとはゆっくり洞窟の見物でも……」

なおも能天気に会話を続けようとしたブレイズさんの手を取り、私は一目散に来た道を駆け上っていく。そうしている間にも後ろから聞こえる音が次第に大きくなり、やがてその時は訪れた。

ドォーン！　ザザァー！

「なんだあれは!?　とんでもない量の水が押し寄せてくるぞ！」

「馬鹿ね！　大洞穴の上は海底なのよ？　針のような穴でも、決壊させたらここはあっという間に海の底よ！」

「そういうことは早く言えー！」

「言う前に考えなく雷神剣をぶっ放したのはブレイズさんでしょ！」

往路で見せていた余裕を微塵《みじん》も見せずに必死な形相で走る私たち二人の後ろに濁流が迫ったところで、私はあることを思いついてブレイズさんの魔法鞄から蒸気機関の実験の時に使った氷結の大盾を取り出した。

「ちょっと待て！　お前、まさか⁉」

「考えている通りよ！　さあ、お逝きなさい！　氷結の盾！」

私はハンマー投げの要領でブンブンと振り回しながら氷結の魔石を全開で発動させると、襲い来る濁流に向かって放り投げた。

「ああ！　俺の無敵の盾が！」

その叫び声を聞いてブレイズさんは案外この盾を気に入ってくれていたのだと驚きつつも、くだんの氷結の盾は海流の中に呑《の》み込まれて見えなくなる。代わりに暴力的な勢いを見せていた海水は、瞬間的に氷塊へと変化してせき止められた。

「ふぅ、助かったわ。氷結の大盾一号、あなたの尊い犠牲は忘れない」

私は額の汗を拭いつつ、非業の最後を遂げた自身の作品に向けて敬礼を送る。

「お前なぁ……まさか、それで綺麗《きれい》に終わらせられたと考えているんじゃないだろうな？」

「うっ……だって仕方ないじゃない！　命あっての物種よ？　無敵の盾ならまたテッドさんに頼んで作ってもらうから、諦めてちょうだい」

私の言葉を聞いて先ほど自分が発した言葉を思い出したのか、気恥ずかしさに咳払いをしながらブレイズさん。やがて互いに顔を見合わせて笑い合ったところで、ビシッっと氷にヒビが入る嫌な音があたりに響き渡る。

「お、おい……もしかして？」

「そうだわ！　盾から手を離したら、氷結の効果が消えるように作ったんだった！」

「アホか！　今のうちに、さっさと逃げるぞォ！」

全力疾走をしながら「尊い犠牲はなんだったのか」と文句を垂れるブレイズさんに一時は助かったのだから間違っていないと反論しつつ、私たち二人は即席で作った浮輪にしがみつき、濁流に翻弄されながらも命からがら脱出に成功した。

✧

水没した大洞穴から帰った私とブレイズさんの二人は、轟音《ごうおん》に心配して駆けつけたレイニーさんとの情報交換を済ませたあと、用意された部屋の一室で大の字になって寝転がった。

「どうにか助かったわね……」

「そうだな。もう海底洞窟に潜るのはごめんだ」

幸か不幸か、キャリアとなるジャイアントラットはその住み処《か》ごと海の底へと葬り去ることができた。これからアースドラゴンのような大型の魔獣がやってくることがあっても、疫病が再流行するようなことはないでしょう。

「これで工芸品の技術が失われる危険を排除できたわね」

「お前、そんなことを考えていたのか」

ブレイズさんは疫病に侵された街の真っ只中に突っ込んでよく工芸品に気を回す余裕があったなと呆《あき》れているけど、薬師にとっては疫病なんて日常茶飯事よ。

それよりもボリスさんがコリアード諸島の首長たちに連絡をとってわかったのだけど、ブリトニア帝国と取引がある島で疫病が蔓延《まんえん》していたことの方が気になるわ。その島の疫病は私のキュアイルニスポーションにより治すことができたそうだけど、感染の広がりを考えると楽観的にはなれない。もしかしたらコリス島の大洞穴から流出した感染症が、別の島を経由してブリトニア帝国にも飛び火しているかもしれないわ。

「ブリトニア帝国には錬金薬師はいないのよね？」

「公表されている限りではベルゲングリーン王国にしかいない」

「このままだと、よくて四分の一、最悪で半数のブリトニア国民が死ぬわ。そうなったら、帝国と国境で接している同盟三国も無事では済まない」

「……王宮の連中には伝えておく」

疫病の発生を完全に断ち切れなかったとなると、国境を封鎖しないと国内でいくら駆逐してもキリがない。商人の出入りまで制限するのは厳しいと思うけどどうするのかしら。

考えても答えの出ない問いに思考を停止し、気分転換をするために私は努めて明るく振る舞うことにした。

「それはさておき、もう遊ぶ時間がなくなってしまったわ！」

「お前があれほど熱望していた海水浴とやらを楽しめたじゃないか」

「あれは、おぼれ死にそうになったっていうのよ！　コリアード諸島にあるコリス島に上陸したのに、一つも工芸品を鑑賞できなかったわ！」

サリールの港に戻ってきた時に陶磁器の有無だけ聞いたらあるという。存在することだけがわかってしまい余計に無念だわ。

それから潜伏期間も過ぎて再発生がないことを確認した私は、港町サリールを後にした。

✧

帰りの蒸気馬車の中で、疫病撲滅活動で使ってしまった分を補充するため再びポーションの量産体制に入った私は溜息をつきながら心境をこぼす。

「まったく休んだ気がしないわね」

「そうかもしれんが、俺は初めて薬師の護衛騎士になった実感が湧いたぞ」

大勢の人を助けたんだ、もっと誇れというブレイズさん。そんなことはわかっているけど、レジャーを楽しみたかったのも事実なのよ。というか初めてとは心外ね！

「それにしても、何本作っても安心できないわ」

あの後、王宮の取り決めでブリトニア帝国から来た商人は二週間の隔離期間を経ないと街に入れないよう、入国制限が設けられた。もともと細々としか交易のなかった商人の往来は、割に合わないということで限りなくゼロになったようだけど油断はできないわ。

私はブリトニア帝国がある北の方向を見据えて、今後起き得る事態を想定して気を引き締めた。


王都に帰ってしばらく経《た》って王宮の研究棟に顔を出すと、待ち構えていたようにエリザベートさんに呼び出された。

「メリアさん、無事でしたか。心配しました」

「錬金薬師が疫病などで死ぬことはありませんよ」

自分で気が付かずに疲れて倒れることはあるけど、と心の中で付け加えた。その後、疫病の症状について聞かれたので大体のところを説明していく。

「私が確認した今回の疫病は潜伏期間が七日から十日程度で、何も治療を施さなければ発症して三日から四日で半数が死に至ります」

そして人から人へは主に飛沫《ひまつ》感染、人以外でもジャイアントラットのような湿地に住まう中型魔獣を介して感染する仕組みを解説した。

「肺に症状が出たら、ポーションなしでは助かりません。それだけでなく咳によって飛沫が飛び散ることで、空気感染する恐れもあります」

「そのような危険な疫病をよく駆逐できましたね」

神仙水を使えば十倍の効率でキュアイルニスポーションを量産できるし、十人相当の薬師がいて港町程度の疫病を駆逐できないわけがない。もちろん間に合えばの話よ？

「たまたま発症して間もない頃に居合わせたおかげです。ブレイズさんも街の人たちも協力してくれたしね」

「それでも多くの国民の命を救ってくれたことに変わりはありません。王女としてお礼を申し上げますわ」

頭を下げたエリザベートさんに私はぎょっとして、努めて明るい声で話題を転換する。

「おかげで工芸品を見る暇がなかったわ。せっかく、ちゃんとした茶器で紅茶を淹《い》れられると思ったのに」

「あら、それならいい話があります。コリアード諸島は揃《そろ》ってベルゲングリーン王国に編入することになりました」

「え、突然どうしたんですか？」

なんでも命を助けられた恩は命をもって返す風習なのだそうだわ。義理堅いことね。

「そういうわけで、コリアード諸島はメリアさんの領地となりましたわ」

「は？　なぜ私の領地になるんですか！」

「コリアード諸島の首長たちの総意です」

ベルゲングリーン王国としても島民にまで税収を期待することもないので、納税が発生しない私の領地にした方が事務処理も面倒がなくていいそうだわ。

「平和的に領土が拡大することは滅多にないことですし、メリアさんにも利のある話なので了承していただければと……」

「わかりました。そういうことなら、お洒落な食器も期待できそうですしお受けします」

エリザベートさんはそれを聞いて満足したのか、私の研究室を去っていった。

✧

メリアの活躍により港街周辺の疫病騒ぎがおさまりしばらくした後、王宮ではちょっとした騒動が起きていた。

「ブリトニア帝国から使者が来ました」

「追い返せ」

ベルゲングリーンの宰相チャールズはにべもなく事務官に返答した。しかし事務官から了承の返事がなく、戸惑ったように続けられた言葉にチャールズは固まることになる。

「そ、それがブリトニア帝国第一皇女ルイーズ・ド・ヴァリエール・ラ・ブリトニアと名乗っています！」

「何？　大使でも大臣でもなく、いきなり直系の第一皇女を送ってくるだと？　皇太子の次席ではないか！」

チャールズは驚きの声をあげると、報告にきた事務官に先を促した。

「我が国の錬金薬師殿に疫病対策の協力を願うとのことです！」

「使者一行が疫病に罹患している恐れはないのか？」

「はっ！　荷物の検疫と潜伏期間の隔離を受け入れ、その後、王都に向かっているとのことです！」

ブリトニアの皇族が商人と同様の検疫を受け入れるなど尋常な話ではない。なるほど、帝国はそこまで追い詰められているということか。

宰相はしばらく考えたのちトップの判断を仰《あお》ぐことにし、王の執務室で事の次第を報告した。

「よかろう、会ってやろうではないか」

「よろしいのですか？」

ベルゲングリーン王の意外な判断に宰相は再度確認すると、協力に応じるとは限らないが長らく敵対してきた帝国がどのような態度を示すつもりか興味があるという。

「それに、そちも薬爵が本当は何者であるかわかっておろう」

「……かしこまりました」

たとえ敵国であっても、使徒に縋《すが》る者を阻《はば》んで何万人もの無辜《むこ》の民が亡くなった場合、果たして何の罰も下る恐れはないのか……宰相はおろか王といえども、その答えを持ち得なかったのだ。

こうしてメリアの知らないところでブリトニア帝国との交渉が始まることとなった。

✧

「お初にお目にかかります、ブリトニア帝国第一皇女ルイーズ・ド・ヴァリエール・ラ・ブリトニアでございます」

綺麗なカーテシーを決めるルイーズ皇女は、皇族特有と言われる赤髪を結い上げた意志の強そうな黒い瞳をした二十歳くらいの女性だった。帝国版のエリザベートさんみたいな人ね。

そう。なぜか帝国との外交の場に臨席するように指示を受けた私は、そんな謁見《えっけん》の様子を臣下が参列する両脇の位置から見ていた。

「うむ、余がベルゲングリーン王、コーネリアス・ヴォルニクス・フォン・ベルゲングリーンだ。して、此度《こたび》はどのような用向きで来られたのか……敵国である我が国に」

そう付け加えた陛下は、皮肉たっぷりの表情を作ってみせていた。でも何年も北の国境で紛争を続けてきたというし、あの応対も仕方ないのかもしれないわ。

「貴国の北西にある港町やコリアード諸島を疫病の手から瞬《また》く間に救ってみせたという御高名な錬金薬師殿に、是非ともご助力いただきたく参りました」

そう言って、ルイーズ皇女はその場で跪《ひざまず》いた。あの帝国の皇族がと周囲は騒然とした様相を呈したけど、陛下が手で制すると静けさを取り戻した。

それはさておき疫病の話なんて、なんだか雲行きが怪しくなってきたわ。

「疫病の脅威は把握しておるが、今までの貴国との関係を考えれば些《いささ》か都合が良すぎぬか？」

その辺りはどう考えているのかと詰め寄る陛下にルイーズ皇女は膝をついた姿勢のまま顔をあげ、意志の強い瞳を陛下に向けて真意を伝える。

「わたくしの首を持って償《つぐな》います。何卒《なにとぞ》、ベルゲングリーン王のお慈悲に縋《すが》りたく」

さすがにそうくるとは思っていなかったのか陛下は逡巡《しゅんじゅん》する様子を見せ、謁見の間はまた騒然とした雰囲気に包まれた。それからしばらくした後、再び陛下から声がかけられる。

「皇女の首などいらん。まわりくどい事はやめて単刀直入に聞こう。一体、帝国の現状はどうなっている？」

その言葉にルイーズ皇女は痛々しい面持ちで答えた。

「帝国東部の主要都市の人口の四分の一は死に絶えました」

「なんと……」

現在は死滅した街を焼き払って一定の区域を隔離しているという。

不味《まず》いわね、想像以上に進行しているわ。医療水準を考えれば対処は的確だけど、キャリアが何かわかっていないはずだから人間を隔離しても西部に広がるのは時間の問題ね。

そんな考察に耽《ふけ》っていると、宰相から前に出るよう指名された。私はルイーズ皇女の斜め後ろの辺りで跪き、陛下のお言葉を待つ。

「フォーリーフ薬爵よ、卿の忌憚《きたん》なき意見を述べよ」

陛下のお言葉に、私は先ほど思案した内容と薬草の在庫を合わせた結論を口にした。

「恐れながら、これ以上進行した場合はフォーリーフの力を以《も》ってしても、大陸全土への拡散を防ぎきれなくなる恐れがあります」

その後、疫病のキャリアとなるジャイアントラットの存在と薬草の在庫状況を知らせ、奇跡的に封じ込めができている今のうちに駆逐するのがベルゲングリーン王国としても得策であると述べた。

「相分《あいわ》かった。余の国にも影響するのであれば致し方あるまい。フォーリーフ薬爵、卿に帝国の疫病撲滅を命ずる」

「はは、フォーリーフの名にかけて必ずや疫病を根絶して御覧にいれましょう」

そう言って私は右手を胸に当てた錬金薬師としての礼をとった。

「ルイーズ皇女よ、勘違いするな。これはあくまで緊急の措置である」

陛下の言葉に、ルイーズ皇女はただ平伏して謝辞を述べるのであった。

✧

謁見が終わると同時に私はすぐに研究棟へと向かった。行く途中の馬車で、ブレイズさんに確認をする。

「というわけで、帝国に行くことになってしまったわ。安全の保証はできないけど、ブレイズさんはついてきてくれる？」

「当たり前だろう。俺は、錬金薬師の護衛騎士だぞ」

「そう言ってくれると思っていたわ」

そう言って、私は薬草の在庫をありったけ魔法鞄に詰めるようにお願いした。キュアイルニスポーションの材料である雪下草と癒やし草、あと、体内で毒素ができていた時のために、念のために毒消し草があれば十分ね。あとは、薬師として本気で疫病に立ち向かう決意をしたときだけに行える験担《げんかつ》ぎをしますか。

王都を出発する前にブレイズさんと現場の兵を指揮するルイーズ皇女を教会に呼び寄せ、私と同じポーズをとるように指示して儀式を始める。

「我、メリアスフィール・フォーリーフとその従者ブレイズ及びルイーズ、創造神フィリアスティン様の敬虔《けいけん》な信徒なり」

パンッ！

両手を前で打ち鳴らした後、ゆっくりと額突《ぬかづ》き、両手を開いて掌《てのひら》を上に向ける。

「我、伏《ふ》して願い奉《たてまつ》る。疫病に立ち向かわんとする聖徒らに、如何《いか》なる病をも跳ね返す御身が光の盾を貸し与え給へ」

次の瞬間、私とブレイズさんとルイーズ皇女は聖なる光に包まれた。よし、これで一カ月は疫病からは無敵よ！

私はゆっくりと姿勢を戻すと、両手を組んで感謝の祈りを捧げた。

「さあ、イストバーンで薬草の在庫をピックアップして帝国に直行するわよ！」

こうして再び熱気球の旅が始まった。

✧

高度を上げてノンストップでイストバードの領主館に来た私は、事前に伝声管の通話網で連絡した通りバートさんに薬草を持ってきてもらう。

「バートさん、雪下草と癒やし草の在庫をありったけ魔法鞄に詰めてちょうだい」

準備を進めてもらっている合間を縫って食事をとり、今後の予定について打ち合わせをする。

「ルイーズ皇女様、帝国についたら案内をお願いします」

「ルイーズで構いません。礼儀作法をどうこう言っている場合ではないでしょう」

ありがたい仰せに軽く頷《うなず》く。助かるわ。正直言って距離感が摑《つか》めないのよね。

「私が十倍濃度のキュアイルニスポーションを作りまくってブレイズさんが希釈したキュアイルニスポーションを用意するので、そこを中央陣営として現場の兵士さんには封じ込めの境界から東に向かって順に街や村にできたポーションを配っていってください」

同時に、ジャイアントラットを引き寄せる効果付与を魔石に行うので、砕いて粉末にしてキュアイルニスポーションに浸した肉団子を散布すること、死体および吐血したシーツなどは焼却処分してそれ以外も天日干しにしてできるだけ清潔に保つこと、ポーションの効果は二週間継続するので再罹患することは二週間にわたってないことなど、基本的なことを説明して、帝国の兵士さんの指揮をお願いした。

「わかりました。他に気をつけることはありますか？」

「あ、配布する兵士さんもキュアイルニスポーションを事前に飲ませてください。それで二週間は罹患しませんので、二週間ごとに飲むよう指示をお願いします」

「それは素晴らしい。帝国兵士への指示は任せてください」

そうした申し合わせを済ませながら食事を終えて薬草の在庫を受け取った私たちは、国境付近まで熱気球で移動した。その後地上に降りてからは、蒸気馬車で帝国内の疫病封じ込めの境界へと向かう。

✧

いよいよ帝国の国境が近づいてくると、蒸気馬車で移動しながら現地に到着した後のことについて打ち合わせを始めることにした。

「現地に到着したらどんどんポーションを作るから、ブレイズさんは一本を十本分に薄めて配ってちょうだい」

「わかった、任せろ！」

「ルイーズさんには移動スピードアップのために、蒸気自動車《バギー》の使い方を覚えてもらうわ」

私は運転の仕方を教えたあと、収納用の魔法鞄と共に自分のバギーと今まで不安に駆られて作り続けてきたキュアイルニスポーションを全てルイーズさんに渡す。

「これは作り置きしておいた分よ。私たちは帝国の地理に疎いから、ルイーズさんの指揮で効率的に配布してください」

「任せてください、一人でも多くの民を助けてみせます！」

よし、あとはいつものようにポーション製造機になるだけよ！

⁺⁺

ルイーズさんが前線でポーションの配給とジャイアントラットの駆除を指揮している間、私とブレイズさんはキュアイルニスポーションを作り続けながら、兵士さんから散発的に現場の報告を受けていた。時系列的に最初に発症したのは帝国であることから予想はしていたけど、死者数が数万単位で報告されてきて酷《ひど》いものだったわ。私のポーションで封じ込めの境界は徐々に東の海岸に近づいていくものの、通り過ぎる街の人たちの表情は暗かった。

やがて帝国に来て一カ月弱になろうかという頃、東端の港町も含めて疫病とキャリアとなるジャイアントラットを駆逐することに成功した。私は念のため自分とブレイズさんとで最後にキュアイルニスポーションを飲んで、ルイーズ皇女にお別れの挨拶をしに大本営へと向かう。戸口に立つ近衛の騎士は私の姿を目にすると、すぐに王女の元へと案内してくれた。

「ルイーズさん、お別れの挨拶に来ました。すべての人を助けることはできませんでしたが、疫病根絶という王命は果たすことができましたので国に帰りますね」

「メリアさん、いや聖女様。本当にありがとうございます。我が国は、貴女から受けた恩を決して忘れることはないでしょう」

お礼と共にルイーズさんが腰に佩《は》いていた皇家の紋章付きの剣を渡される。

「これは……？」

「ちょっとしたおまじないです。通行証代わりに使ってください」

なんと、これを見せれば帝国内であればどこへでも通行できるそうだわ。ビザみたいなものかしら。

「ありがとうございます！　これで帝国領内でも食材を探索し放題ね！」

私は喜びながら蒸気馬車に乗り込むと、ルイーズさんの姿が見えなくなるまで手を振った。

✧

手を振るメリアが見えなくなるまで見送ると、近衛の騎士がルイーズ皇女に遠慮がちに問いかけた。

「ルイーズ様。先ほどの剣、よろしかったのですか」

「彼女の功績を考えればたいしたものではないでしょう。あれこそが創造神の加護を持つ聖女様……いえ、使徒様ですよ？」

　わずか一カ月で疫病の猛威から帝国を救ってみせた錬金薬師としての手腕は聞きしに勝るものだが、それ以上に精神の有り様がこの上なく尊い。疫病で壊滅的な被害を受けていた帝国に、いささかの躊躇《ためら》いもなく乗り込んで来られる者などそうはいない。

　ルイーズ皇女はベルゲングリーン王国を出立する前に共に掛けられた加護の光が未《いま》だに薄《うっす》らと輝いているのを見て、フィルアーデ神聖国が出した聖女認定の文言を思い返していた。これほど長い間持続する神聖魔法など教皇にも掛けられまい。

　それを思えば皇女の第一位の騎士に送られるはずの誓いの剣など安いものだった。

「お父様にベルゲングリーン王国との関係改善を進言しなくてはなりませんね」

　使徒様が救った帝国臣民の数は、百万を下ることはない。あれだけの働きをしておきながら使徒様本人は何一つとして個人的対価を求めず、まるで当たり前のことをしたかのように帰ろうとしたのだ。そこまでしてもらった礼が剣一本では、歴史あるブリトニア皇家の名が廃《すた》るというものです。

　ルイーズ皇女はメリアを乗せた蒸気馬車の方角に向けて決意を込めた瞳で見つめながら、固く口を引き結んだ。

ルイーズ皇女が並々ならぬ決意を固めたのとは対照的に、メリアは蒸気馬車の居住空間に持ち込んだソファの上で横倒しになっていた。そうして聖女だの使徒だのといった威厳は欠片《かけら》も感じさせない姿勢で萎《しな》びた声を漏らす。

「いやはや。今まで色々あったけど、一番疲れたわ……」

何が一番辛《つら》いかって、食事が不味いことよ。硬いパンを齧《かじ》りながら一昔前の食生活に戻って大変だったわ！

「なあ、今更だが出発するときに教会でしたおまじないってなんだったんだ？」

「あれは聖光の盾と言って、神職を兼務していた過去のフォーリーフの錬金薬師が疫病に侵された街に赴《おもむ》くときに使った神聖魔法の一種よ」

疫病を根絶するまで帰らない覚悟を持った者にだけ与えられる時間制限付きの完全防疫の加護だから、使い所が難しいのよね。普通の状況では不退転の覚悟なんてできやしないわ。

「そんなものまで使えたのか。本当に薬師としてだけは完全無欠だな」

「だけって何よ。否定はしないけど言い方ってものがあるでしょう」

「その格好で言われてもな。さすがに今は咎《とが》める気はないが、報告するまでが任務だぞ」

「うう……このタイミングで言わなくてもいいじゃない。国境の街に着いたら通話機で報告するわよ」

それにしても夏の旅行の途中から怒濤《どとう》の日々を過ごしてしまったわ。もうそろそろ秋になってしまうじゃないの。

「そうだわ！　秋といえば、そろそろ三年ものの赤ワインが完成するはずよ」

「おお、そりゃいいことを聞いた。帰りに寄って行こうぜ！」

「そうね。それくらいの寄り道は許されるでしょう！」

私とブレイズさんは大きく頷くと、一路ウィリアムさんの醸造蔵へと蒸気馬車を走らせるのであった。

✧

メリアがベルゲングリーン王国の北端の街に着く頃、ベルゲングリーン王宮の宰相チャールズにも疫病駆逐の任を完遂した報告が届けられていた。それと同時に、帝国から深い謝意と共に過去の紛争の清算と平和条約締結の打診が寄せられている。

「やはりこうなったか……」

彼女が向かった時点で結果は見えていた。より正確に言うならば、帝国の第一皇女が跪いて陛下の慈悲に縋《すが》った時点でというべきか。あそこまでされたら、使徒を擁《よう》する国として道義的にそれを遮ることなどできない。

「はあ、せめて使徒である事実が公表されていたなら説明も楽だったものを……」

これから帝国との和平について反対する国内貴族に同意を得る道のりを思い、溜息をつくチャールズであった。

✧

「ウィリアムさん、赤ワインの味見に来ましたよ！」

「ああ、ちょうどテイスティングしていたところだ」

私とブレイズさんは辺境伯邸に戻る前に、真っ先にウィリアムさんのところに来てワインの味見をしに来ていた。早速とばかりにグラスに注がれる赤ワインからは芳醇《ほうじゅん》な香りが漂ってくる。

「ああ、ものすごくベルゲングリーン王国に帰ってきた感じがするわ」

「そうだな。俺も今、猛烈に感動している」

「なんだよ、飲む前から大袈裟《おおげさ》だな」

私たちの反応に後ろ手に頭をかいて見せるウィリアムさんに、この一カ月の帝国での強行軍の様子を話して聞かせた。

「はっはっは、そりゃ大変だったな」

「というわけで、チーズとパンとピザとかも出してくれるとありがたいわ」

待っていろと、料理人にワインに合う料理を持って来させるウィリアムさんが救世主に見えてくる私とブレイズさん。

「助かるぜ。本当にここ一カ月、硬いパンと上級ポーションしか飲んでない」

「そりゃ聞きようによってはこの上なく贅沢《ぜいたく》な話だな」

上級ポーション一本で、どれだけ飲み食いできるか知れたもんじゃねぇと笑うウィリアムさん。

それはそうだけど、ポーションは栄養ドリンクじゃないってのよ！

「はあ、ピザ美味しぃ！　ワインと合うわぁ」

「すまん。赤ワインが最高に美味いってのはわかるんだが、今は何を飲んでも食っても最高とし か思えねぇ！」

「なんだかウィリアムさんのところに飲み食いに来たみたいで悪いけど許してほしいわ。薬草を 持てるだけ持っていくということで、美味い料理に美味いワイン。それこそ俺がワイン造りを始めた原点だからな。

そんだけ美味そうにしてくれれば本望だ」

そう言ってウィリアムさんは朗らかに笑った。うぅ、いい人だわ。

「あとはラム酒と最後にウイスキーの天然物ができれば最初に目標にした地点までくるわね。

オールドヴィンテージの赤ワインは十五年以上熟成するから、次はそこかしら」

落ち着いてきて赤ワインをチビチビと飲みながら熟成ワインに想いを馳《は》せる。

「おいおい、まだ先があるのかよ」

「先というか、一先《ひとま》ず十五年から三十年が目安だけど、もっと長い場合もあるしワインのピーク はずっと研究し続けるしかないのよ」

「三十年!?　そりゃずいぶん先の長い話だな」

「ウィリアムさんがお爺《じい》ちゃんになる頃に自分なりの極めたワインが一本できていたら、老後の楽しみにいいんじゃないかしら」

至高のワインに向け探究心をくすぐられたのか、ウィリアムさんは意気込んでグッと拳を握って宣言する。

「これからも研鑽《けんさん》を続けて、いつか最高のワインに辿《たど》り着いてやるぜ！」

「それはよかったわ。これで、老後のスローライフのお供として最高のワインが楽しめそうね！」

私は三年ものの赤ワインのグラスを傾けながら、将来のオールドヴィンテージワインの夢に酔いしれるのだった。

✧

「おかしいわね。薬師としてこの上ない働きをしていたと思ったら、コーディネーターに逆戻りしていたわ」

「偶然だな。俺も錬金薬師の護衛騎士として名誉ある働きをしていたと思ったら、マネジャーに逆戻りだ」

あれから帝国との間に平和条約締結に向けた前交渉がされるようになり、それに先駆けた親交の証しとして私は王国だけでなく帝国の貴族令嬢のコーデもすることになった。服飾デザインにかかる時間が倍になってしまったわ。

ベルゲングリーン王国の令嬢たちが比較的ゆったりとした丈の長い服を好むのに対し、帝国の令嬢はブレザーに丈が短めのスカートという制服調のデザインが受けたので被《かぶ》りは少ない。だけど、服飾デザインと紅茶を使ったお茶会に加え美容アドバイスという三重苦のフルセットメニューはキツいものがあるわよ。

「必ずお父様にお願いしますね！」

王都を訪れた帝国の外交官の御令嬢に渡した「メリアのお友達ポイントカード」にスタンプを押すと笑顔で帰っていく。食文化も服飾も段違いのベルゲングリーンでの生活に、はしゃいでいるようだわ。

そんな帝国の御令嬢たちには、地域の特産品情報を送ってもらうことにしている。もう、あんな硬いパンと上級ポーションだけの強行軍はゴメンよ。大体、北にあるんだからカツオブシが作れるような魚介類を水揚げしたり、メープルシロップを産出したりしてもらわないとね！

✧

研究棟で御令嬢方のコーデを終えて辺境伯邸に戻る途中、久しぶりに職人街へと足を運んだ私はテッドさんと顔を合わせていた。

「久しぶり！　元気にしていた？」

「おう、俺は元気だぞ！　だがメリアの嬢ちゃんは帝国では大変だったみたいだな」

「あはは、まあね。でも今はひと段落ついたわよ！」

私は世間話として帝国の一件を話した後、農業機械の見本をエープトルコに送った後の先方の反応について聞いてみた。

「見本は問題なく動いたそうだが、いくつか質問が来たので適当に返事をしておいた」

実物があるから仕組みの理解も早く進み、なんとか量産まで漕《こ》ぎ着けることができたようだわ。これで来年から収穫アップが見込めるといいわね。ついでに餅米《もちごめ》も出荷されるようになれば万々歳だわ。

「そういえば前にテッドさんが作ってくれた槍なんだけど、成長して筋力がついたせいか軽くなってきたの。もう少し重くできないかしら」

「嘘《うそ》だろ、あれは嬢ちゃんが大人になる頃を想定したつもりだったんだが……」

ちょっと振ってみろというので、裏庭の試し斬りスペースで魔石を外して案山子《かかし》に上中下段の三連突きをしてみせた。その後、筋力を見るならとルイーズさんにもらった帯剣で袈裟《けさ》斬りからの燕《ツバメ》返しをしてみせる。日本刀じゃないから厳しかったけど、筋力測定みたいなものだから問題ないわね。

「驚いたな。おい、ブレイズよ。メリアの嬢ちゃんの剣の腕はどうなってんだ？」

「知らん、本人に聞いてくれ」

なぜ剣が使えるって、氷炎剣は誰が何のために作ったと思っているのかしら……って、あれは前世だから私ではないことになっていたわね。私は気にしないでと誤魔化した。

「とにかく大体わかった。槍の方は俺の方で調整しとく」

「ありがとう！　そういえば三年ものの赤ワインができたから置いていくわ」

私はウィリアムさんのところでもらった三年もののワインを差し入れとしてテッドさんに渡した。

「おう、楽しみにしてたぜ！　ありがとな」

私は槍の調整が終わる頃にまた来ることを約束して、辺境伯邸への帰路についた。

⟡

「お久しぶりです、聖女様」

辺境伯邸に戻ったらルイーズ皇女が訪れていた。客室で料理長が作ったお菓子やメアリーさんがいれた紅茶に感心している様子を見ると、謁見やポーション配布の指揮をしていたときとはずいぶん違うわ。この年頃の女性らしい柔らかい雰囲気を醸《かも》し出しているのが、本来のルイーズ皇女の姿なのね。

「お久しぶりです。外交交渉などでお忙しいのでは？」

緊急時の対応は終わったので態度を改めて用向きを尋ねると、やけに豪華な装丁の手紙を渡された。ちょっと待って、なんだかデジャヴを感じるわよ？　表紙をチラッと確認すると名誉薬爵《めいよやくしゃく》叙爵《じょしゃく》という文字が見えるわ。

「今回の聖女様の功績に対して、お父様から然《しか》るべき爵位をもぎ取ってきました。是非、お受けとりください」

ルイーズ皇女のお父様というとブリトニア皇帝かしら。でもその前に確認すべきことがあるわ。

「あの……複数の国で爵位を貰《もら》うのはまずいのでは？」

「そこは既に調整済みですわ」

ルイーズ皇女によると、ベルゲングリーン王国の了承は得ているから問題ないそうよ。名誉爵だから私一代限りの爵位なのだとか。

「そうですか。まあ、名誉爵は名前だけの爵位だから問題ないですよね」

「名誉爵としたのは王国への配慮です。こちらでの先例に倣って帝国領内全ての薬草生産地が領地となりますから、子孫への爵位継承以外は同等ですわ」

名ばかりじゃなかった！　管理も王国と同じように事務官にやらせておくので手間はかからないというけど、王国の三倍は広い帝国の薬草生産地のすべてが領地なんて、受け取りすぎじゃないかしら。ちっとも同等じゃないわよ！

「さすがにそんなに広い領地は如何《いかが》なものかと……」

「我が国の高原の木からは甘い樹液を濃縮した甘味料がとれ、聖女様がお作りになるお菓子にも役立てるかと思いますわ」

「ありがたく頂戴いたします」

やったわ！　これで商業ギルドと調整して領地からメープルシロップと思しき蜜を送ってもらえるわ！

「おい、即答するな。もっとよく考えてから受けた方がいいぞ」

「もちろん考えたわ。これで私のスイーツのレシピの幅が広がるってことよね！」

グッと握り締めた拳を天に突き上げた私を見て、ブレイズさんは駄目だこりゃと両手で顔を覆って天を仰いだ。

領地のことは後でまた考えるとして、あれから疫病が発生していないか念のため確認した。ずっと気になっていたのよ。

「大丈夫です、完全に疫病は根絶されました。本当にありがとうございました」

そう礼を述べたかと思うと、ルイーズ皇女は頭を下げてきた。私は慌てて頭を上げてもらう。皇族が頭を下げるなんて、そうそうあってはならないわ。それに……

「病に臥《ふ》せるものを助ける。フォーリーフの名を継ぐ薬師として当たり前のことをしただけです」

ルイーズ皇女は私の言葉に満足そうに顔をほころばせた。

「……そうですか。やはり私の目に狂いはありませんでしたね」

その物言いに何か引っ掛かるものを感じて思考を巡らせたけど、それが形を成す前に用は済みましたとルイーズ皇女は辺境伯邸を後にしていった。


ルイーズ皇女を見送り部屋に戻ると、ブレイズさんが待っていたかのように口を開く。

「おい。さっき渡された手紙、中を開けて確認したか？」

「へ？　口頭で伝えられたから読んでないわよ」

「すぐに開封して中身をあらためろ。きっと手紙だけじゃないぞ」

やけに急《せ》かすブレイズさんの指示に従ってペーパーナイフで開封して封筒の中を取り出してみたところ、書面と共に何か十字のブローチのようなものがついていた。手紙を読んでみると、名誉爵位の叙爵と合わせて親交の証しとして第一位騎士勲章を送ると記載されている。

「やっぱりか……」

「何よ。これが何か知っているの？」

「お前、帝国の姫さんの第一位の騎士になっているぞ？」

「はあ？　何を言っているのよ」

なんでも、帝国から戻る時にもらった紋章入りの剣とセットで、皇族一人につき生涯一人だけ指名できる第一位の騎士に贈られる勲章だそうで、かなりの発言権を伴うのだとか。

「家紋だけでも単なる通行証としては十分だから剣を渡したのは緊急時の便宜的な処置かと思っていたんだが、あの姫さん本気も本気だったようだな」

「そんな前から気がついていたなら教えてよ！」

もう、困ったわね。私は剣なんて……使えるけど。試しに貰った剣で中段突きからのフェイント技である月影を放ってみる。うん、やっぱり今の私の腕力ならちょうどいい感じだわ。

「お前、剣技もそこまで使えるのか。これじゃあ剣の腕を理由に勲章を返上することはできそうにないな」

ブレイズさんから呆れた声が聞こえてきたけど、騎士勲章については深く考えないことにした。美味しいメープルシロップが手に入るようになった。その事実で十分だわ！

✧

こうして新たな領地の調整を終えて平穏な日常を取り戻した私は、研究棟でケイトと共に新しいスイーツを研究する毎日を送っていた。王国や帝国はもちろんのこと、港街サリールやコリアード諸島に至るまで疫病を撲滅できてよかったわ。

「ねえ、メリア。このシロップって、村で作っていた水飴や普段使っていた砂糖とも違うみたいだけどどう作ってるの？」

次第に言葉の訛《なま》りが消えて洗練されてきたケイトに感心しながらも、私は聞かれた内容の説明に苦慮する。

「このシロップは帝国の高原の木からとれる樹液の蜜を濃縮して作ったものよ。独特の風味があって、ホットケーキみたいな素朴なお菓子によく合うのよ」

「ふーん……夏になると木に虫が集っていたけど、こんなに美味しいものなんだ」

「村の傍の木とは種類が違うわよ。昔、探したけどこんな風なシロップになるものは生えていなかったわ」

昔から鼻が利いて食いしん坊なケイトにピッタリな仕事として、私は新しいスイーツを色々と試食してもらうことにしていた。スイーツと合うお茶を何度も用意しているうちに、自然と行儀作法も身につくから一石二鳥よ！

しかし、そんな文字通り美味しい仕事に相応《ふさわ》しい人材は研究棟にはもう一人いる。

「三番と七番がクッキーに合って、九番がケーキに合うみたい」

「カリンは、このワッフルにシロップをかけて食べるのがいいと思うよ、メリアお姉ちゃん！」

ケイトとカリンちゃん。年の離れた二人の好みやリクエストを聞いて手広くスイーツを作っていけば、自然とバリエーションは豊かになっていくでしょう。

そう考えて満足しつつ二人が勧めるスイーツと甘味料の組み合わせを研究棟の皆で試していると、ライル君が思い詰めたような表情で問いかけてきた。

「メリア師匠、どうして帝国に僕も連れて行ってくれなかったんですか？」

その一言を皮切りに、ライル君は私が疫病の撲滅のためにコリアード諸島や帝国を回っていた際にどれだけ心配したかを吐露した。私はその心根に温かさを感じながら、理由を説明する。

「全員で帝国に行ってもしここで疫病が発生したら、誰が王国や同盟国の人たちを救えるの？」

「それは……僕とカリンしかいません」

私が帝国に向かう段階では、まだ王国にも疫病が再発することも考えられた。さらに言えば、帝国と接している他の国々にも飛び火する可能性はあったのだ。

「それに、フォーリーフの知識を受け継ぐのは私の他にはライル君とカリンちゃんの二人しかいないのよ？　不慣れな土地に、武術や体術が未熟な二人を連れて行くわけにはいかないでしょう」

「はい……仰《おっしゃ》る通りです。それでも、僕は師匠と一緒に人々を救いに行きたかったです！」

そう話すライル君に将来錬金薬師として大成する資質を感じ、私は嬉《うれ》しさを覚えながらも諭すように言い聞かせる。

「これから先の未来、私が駆けつけられない場所で救える人物はライル君だけになるときがきっとくるはずよ。その時まで、今の気持ちは大事にとっておきなさい。ライル君は、きっといい錬金薬師になるわ！」

薬師としての私と適合したライル君、そして性格的に親和性の高いカリンちゃん。師匠……あなたが最後に遺《のこ》してくれた言葉と同じように、私もまた、かけがえのない弟子を持てたようだわ。

こうして今は亡き師匠と同じ境地に至った私は、前世に果たすことができなかったフォーリーフの名の継承に確かな手応えを感じ、二人の弟子を見つめて静かに微笑《ほほえ》んだ。

✧

その後しばらくしてブリトニア帝国とベルゲングリーン王国との間で平和条約が結ばれた。一部領土割譲と賠償金の支払いを含んだ大幅に王国に譲歩した内容であったが、疫病の影響もあり賠償金の支払いは分割で行われる配慮がなされる。

その平和条約の冒頭には『創造神の極めて特別な聖女の活躍により、帝国内に蔓延した疫病が根絶された。その功績に帝国は深く感謝し、以下の条約に批准するものである』という一文が明記され、のちのフォーリーフの錬金薬師たちの活躍と共にメリアの名は後世に永く語り継がれたという。

カリン・フォーリーフ

アルマやライル同様、錬金術の素養があるとして地方の教会の孤児院で養われていた。

メリアが新しい弟子を取れる年齢になったため、カリンは王都に呼び寄せられることになる。

しかし、カリンは「王都に来れば饅頭をたくさん食べられる」と言い含められて
王都にやってきたので、メリアのことを不信がっていた。

だが、お菓子の話をするやいなやメリアを実の姉のように慕う。

そして、知識伝承の儀式を無事に終え、メリアの二番目の弟子となった。

テッド

この世界の人間にとって
奇想天外なメリアの発注品に
振り回されることなく、
意気投合して共にものづくりに挑む。

ルイーズ・ド・ヴァリエール・ラ・ブリトニア

ベルゲングリーン王国の北に位置するブリトニア帝国の
第一皇女。皇太子に次ぐ皇位継承権第二位の持ち主。
責任感が強く、帝国臣民のためにベルゲングリーン王に
頭を下げることを厭わない優しさを併せ持つ。

こんにちは、夜想庭園《やそうていえん》です。

この度は『転生錬金少女のスローライフ2』を手に取ってくださり誠にありがとうございます。多方面で活躍するメリアと楽しい仲間たちの姿、お楽しみいただけましたでしょうか？

知識チートでものづくりをしたり内政を充実させたりする物語は色々ありますが、基となる知識がなければ詳細を語ることはできません。そうした意味で過去の自分を振り返ると、紡績とか難しいものをよく書く気になったものだと思います。

グローバル化が進んだ今では布や衣類の生産は人件費の安い途上国へと移転が進む分野ですが、詳しく調べれば調べるほど蒸気機関が発明されたくらいで普通の人が考えつくことではありません。産業革命で機械化した人たちは凄いと感心してしまいました。

もう一つの大きな題材である通信については、他の人であれば魔石を利用した魔道具による遠隔通話で適当に誤魔化していたはず。それなのに伝声管とか光通信とか、物理法則に即したケーブルを敷設して信号をやり取りするなど何を考えていたのか。

こちらは紡績とは逆にネットワークコントローラーや無線通信の物理層向けのチップ開発をしたことがあるせいか、どうやって魔石から無線やそれに準じた信号を飛ばして受信するのか想像できなかったようです。おかげで通信インフラを充実させるために主人公をグルメ食材で釣って、かなりの無茶な作業をさせてしまいました。

まったく、どこの誰よ！　それ以外にも懐中時計とか農業機械とか鉛筆量産とか、それぞれ単品でも面倒なものをポンポン出した作者は！　と言われてしまいそうです。

そんなわけで前巻以上にあれやこれやと手を出し自らドツボにハマるメリア。その姿を見て「スローライフとはなんぞや?」と思われた方もいるかもしれません。その答えは「あるがままに」と私は考えています。

田舎に引きこもってゆっくり過ごすのがあるがままなのか、自分のしたいことに邁進するのが本来の姿なのか…すべては理想とするありのままの自分、魂の形によって異なるものです。だからスローライフを題材とした物語は十人十色のストーリーとなり、決まった形はないのだと私は思います。

自らの半生を思い返すと、通信が流行ればネットワーク研究所に就職して技術開発に勤しみ、小説を書いてコミカライズのネームやイラストを見ては自分も絵が描けたならとあらぬ夢を見る。あれこれと色々なことに手を出して、最後の時まで新しいことをしてお祭り気分でいたい。そう思ってしまう私の理想の姿は、相当変わっているのかもしれません。

さて、何十年前かに聞いたような禅問答はここまでにして二巻刊行にあたってのお礼を。

本巻の大幅な改稿にあたり多大なるお力をいただいた編集Y様。そしてイラストを引き受けてくださったpotg《ぴおてぐ》様。そして素敵なデザインに仕上げてくださったデザイナー様。本当にありがとうございました。

それでは、また何かの機会にお会いできることを祈って。

二〇二三年八月　夜想庭園

［著］

夜想庭園

半導体設計者として渡米。帰国後に通信、無線、
オーディオ、白物家電、車載マイコンと色々設計してリストラ。
転職後は中途採用、オウンドメディアや
ＳＮＳ運営にデジタルマーケティング、
ＡＩ・機械学習でのＳａａＳビジネス、
情シスと、職も住処も転々としつつ、
最後にハイファン小説書きと好き勝手している
財テク好きの読書中毒者です。

［画］

potg

キレイな風景とかわいい女の子を描くのが好きです。
あと食べるのと寝るのとゲームするのが好きです。
夜更かしも現実逃避も友達とだべるのも好きです。
でもやっぱり絵を描くことが一番好きです！

転生錬金少女のスローライフ
tensei renkin shojo no slow life
2

2023年9月29日　初版発行

〔著〕
夜想庭園

〔画〕
potg

〔発行者〕
山下直久

〔編集長〕
藤田明子

〔担当〕
山口真孝

〔装丁〕
arcoinc

〔編集〕
ホビー書籍編集部

〔発行〕
株式会社KADOKAWA
〒102-8177　東京都千代田区富士見2-13-3
電話：0570-002-301（ナビダイヤル）

印刷・製本
図書印刷株式会社

●お問い合わせ
https://www.kadokawa.co.jp/（「お問い合わせ」へお進みください）
※内容によっては、お答えできない場合があります。※サポートは日本国内のみとさせていただきます。
※Japanese text only

定価はカバーに表示してあります。
©yasoteien 2023 Printed in Japan ISBN 978-4-04-737592-5 C0093

本書は、カクヨムに掲載された「転生錬金少女のスローライフ」を加筆修正したものです。

コンプエースにて
11月よりコミカライズ
連載開始!

漫画:里町　原作:夜想庭園　キャラクター原案:potg

転生錬金少女のスローライフ

「」カクヨム
2,000万人が利用!
無料で読める小説サイト
イラスト:スオウ
カクヨムでできる
3つのこと
What can you do
with kakuyomu?
2
読む
Read
有名作家の人気作品から
あなたが投稿した小説まで、
様々な小説・エッセイが
全て無料で楽しめます
1
書く
Write
便利な機能・ツールを使って
執筆したあなたの作品を、
全世界に公開できます
3
伝える
つながる
Review & Community
気に入った小説の感想や
コメントを作者に伝えたり、
他の人にオススメすることで
仲間が見つかります
会員登録なしでも楽しめます!
カクヨムを試してみる
「」カクヨム https://kakuyomu.jp/
カクヨム
検索